# L'Homme qui marche

## Du même auteur

Aux Éditions Héloïse d'Ormesson

*Assassins !*, 2019. Le Livre de poche, 2021.

Aux Éditions Le Passage

*Les Voyages de sable*, 2018.

*Bossa nova, la grande aventure du Brésil*, 2017.

*Les Pêcheurs d'étoiles*, 2016.

*12, rue Carioca*, 2015.

*Couleurs Brasil. Petites et grandes histoires de la musique brésilienne*, 2014.

*Saudade*, 2014.

*Brasil*, 2013.

*Pour l'amour de Rio*, 2012.

*Pour tout l'or du Brésil*, 2011.

Aux Éditions Buchet-Chastel

*Zumbi*, 2009.

Aux Éditions Métailié

*Samba triste*, 2007.

*Dans l'ombre du condor*, 2006.

*Corcovado*, 2005.

*Embrouilles au Vélodrome*, 2002.

*De l'eau dans le grisou*, 2001.

*Chair de lune*, 2001.

*Tu touches pas à Marseille*, 2000.

*L'Île aux femmes*, 1999.

# Jean-Paul Delfino
# L'Homme qui marche

Éditions Héloïse d'Ormesson

Roman

ISBN 978-2-35087-755-6

Éditions Héloïse d'Ormesson
92 avenue de France, 75013 Paris
www.editions-heloisedormesson.com



FSC
www.fsc.org
MIXTE
Papier issu de sources responsables
FSC® C003309

L'éditeur de cet ouvrage s'engage dans une démarche
de certification FSC® qui contribue à la préservation
des forêts pour les générations futures.

Pour en savoir plus :
www.editis.com/engagement-rse/

Je dédie avec amitié ce roman
à deux marcheurs qui, jamais,
n'ont renoncé à passer de l'autre côté du miroir,
Pierre Défendini et Gilles Cohen-Solal.

*Si tu n'arrives pas à penser : marche.*
*Si tu penses trop : marche.*
*Si tu penses mal : marche encore.*

Jean Giono

# UN ✹

Quant à vous dire comment tout cela a commencé, c'est une autre paire de manches. D'ailleurs, sait-on jamais quand une chose commence ou bien finit ? Quoi qu'il en soit, dans le cas de Théophraste Sentiero, il semble que tout se déclencha lors du repas du 25 décembre de cette année-là. Comme à l'accoutumée, l'on fêtait dans le même temps la Noël et, par un hasard malicieux du calendrier, l'anniversaire dudit Théo. Repu de foie gras, gavé par l'ingestion trop rapide d'un morceau de dinde à la chair mollassonne, assommé de marrons nageant dans la graisse, tombé sous la mitraille d'œufs de lump et abreuvé de champagne bon marché, Théo présidait. Il était chez lui. Ce jour était son jour. Pour l'une des seules fois de l'année, il était mis à l'honneur. Même ses enfants, d'ordinaire prompts à le houspiller par des traits plus ou moins cruels, lui consentaient une paix royale. Les cadeaux avaient été ouverts. Comme il se devait, et bien que ce fût son anniversaire, il n'avait reçu qu'un seul présent par convive, mais il ne se formalisait plus d'être floué. La concomitance des deux dates l'avait habitué depuis longtemps à cette entourloupe, cette arnaque du destin. Dès son plus jeune âge, en effet, ses parents puis ses proches avaient su le persuader que le fait d'être né le même jour que le Seigneur ne lui conférait aucun avantage particulier. Il s'y était fait. De toute façon, il avait toujours vécu avec ce sentiment désagréable que la vie le filoutait à loisir. Pour un peu, il éprouvait même un plaisir pervers à être privé de ce qui, pourtant, lui revenait de droit. Chaque 25 décembre, les participants au repas lui tendaient leur paquet tout enrubanné de la sempiternelle phrase éculée, et qui se résumait par un : « Ce cadeau, c'est pour ton Noël et ton anniversaire » – le tout, agrémenté de considérations plus ou moins heureuses auxquelles il ne répondait jamais, sinon par un sourire las. Les choses étaient ainsi. Les enfants nés le 25 décembre étaient blousés, floués, forcés de s'asseoir sur l'une des deux fêtes auxquelles tous les autres avaient droit.

Peu porté sur la rancœur, s'étant fait depuis longtemps à cette escroquerie calendaire, Théo Sentiero jeta sur la carcasse de la dinde un regard empli de compassion, mais aussi d'inquiétude. Les cuisses, les blancs et les pilons avaient disparu dans la gloutonnerie des convives, certes. Mais il restait encore dans le plat de porcelaine les ailes, le croupion, les deux suprêmes, un bout de filet mignon. Et le squelette. Face à l'énormité de la bête, les estomacs des mangeurs avaient calé. Les ceintures défaites et le trou normand n'avaient produit aucun effet : il restait de la dinde. En parfaite cuisinière qui sait qu'un sou est un sou, Cécile n'en aurait fini avec le volatile que lorsque celui-ci aurait été transformé, au choix, en terrine, en hachis, en accompagnement de pâtes ou de salade – quant aux os, ils finiraient dans une soupe de légumes que tous les membres de la famille verraient réapparaître dans leurs assiettes durant au moins trois jours. Rien ne se perdait, chez les Sentiero. Tout devait faire ventre.

D'une voix agacée, l'épouse de Théo lança à la cantonade : « Alors, c'est sûr ? Vous n'en voulez plus ? »

Comme personne ne jugea bon de lui répondre, les lèvres encore empâtées par trop de nourriture, son nez se pinça pour marquer sa déception, puis elle se leva. Sans un mot, avec le même soin qu'aurait mis un prêtre ou un mystagogue au moment de transporter un reliquaire, elle disparut en cuisine pour y serrer dans le réfrigérateur les reliefs de la dinde. La grande bataille ne débuterait que le lendemain.

Ce déjeuner de Noël-anniversaire, comme tous ceux qui l'avaient précédé jusqu'alors, dériva ainsi tout au long de l'après-midi, sans fou-rire, sans éclats de voix, chacun se contentant de lâcher de temps à autre des considérations d'une platitude consternante. De façon indistincte, tout y passa. Les impôts trop hauts, les retraites que l'on ne toucherait jamais, les collègues de bureau, la vie chère et tout le saint-frusquin. Dans la rue parisienne de l'Estrapade, le soleil avait entamé sa descente vers le crépuscule et Théophraste Sentiero, coincé en bout de table, malaxait entre ses doigts une boulette de mie de pain, faisant de son mieux pour masquer sur son visage l'ennui qui le dévorait. C'était Noël, tout de même. Et son anniversaire. La famille était réunie. Certes, Bénédicte et Joël, depuis longtemps, avaient déserté la table des agapes. La première, âgée de quatorze ans, usait ses pouces sur le clavier de son portable, envoyait des messages à l'univers entier et se sentait, de fait, enflée d'une importance que les adultes ne comprenaient pas et ne comprendraient jamais. Joël, lui, de deux ans son cadet, se contentait de sourire, affalé sur le canapé croûte de cuir. Son visage reflétait un mélange subtil de béatitude et de bêtise. La télévision, qu'on lui avait donné le droit de regarder à la condition expresse que le son fût coupé, bavait une quelconque émission calquée sur les *reality shows* nord-américains. Il touchait au paradis. D'un regard, Théo enveloppa sa progéniture de son affection toute paternelle. Ils étaient à lui, ils étaient ses enfants. À dire vrai, ils étaient surtout ceux de Cécile. Sauf lorsqu'ils avaient besoin d'un supplément d'argent de poche ou d'une autorisation délicate à obtenir. À cet instant précis, ils redevenaient aussitôt les siens.

À table, Robert et Ginette Wendling continuaient à faire ce qu'ils savaient le mieux faire : du Robert et Ginette Wendling. Ils avaient tout vu, ils savaient tout mieux que quiconque. Du mystère de la virginité préservée de la sainte Marie à la meilleure façon de se déplacer dans Paris, les jours de grève, ils avaient un avis sur tout. Si Robert, frère de Cécile, possédait la superbe du chef de service entamant sa quatrième décennie dans l'administration française – le ton cassant, le verbe haut, l'œil volontiers méprisant et le coup de fourchette ravageur –, Ginette n'avait pu se débarrasser, malgré les années, de sa propension à critiquer chaque chose à la moindre occasion. La bouche fleurie de ronces, elle complimentait ainsi sa belle-sœur sur la qualité de chacun de ses plats mais, de façon invariable, une critique vitriolée venait clore l'amorce du dithyrambe. Entre les deux femmes, la haine était devenue, au fil du temps, une relation acceptée, voire consentie. Elles se détestaient, mais avec politesse, presque cordialement. Aucune des deux n'aurait assassiné l'autre sans lui avoir demandé la permission de le faire ni, une fois le forfait commis, s'être abîmée dans un flot lacrymal tempétueux au moment de la mise en terre.

Restait Léonide, la mère de Cécile et Robert. Elle avait vu le jour Dieu seul savait quand et personne ne se serait risqué à lui demander son âge. Léonide n'était pas de ces petites vieilles bienveillantes, toujours parfumées, aux cheveux bleutés à force d'être blancs. Elle ne serrait dans ses poches ni bonbons, ni pièces de monnaie. Lorsqu'elle s'exprimait, chose rarissime, ce n'était que par des grognements incompréhensibles, des borborygmes incohérents car formulés dans une langue qui n'appartenait qu'à elle. Théo ne l'avait jamais vue embrasser ses petits-enfants et, lui-même, après dix-sept années rythmées par les repas de famille, lui donnait encore du vous. Léonide n'embêtait personne. Elle était là où on la posait, les yeux toujours fixés droit devant elle. Semblables à des griffes de cristal, ses mains demeuraient crispées sur ses genoux lorsque sa fille lui donnait la becquée. Bien qu'on ne l'eût jamais entendue hausser le ton, on la sentait cependant capable de colères terribles, de ces coups de grisou susceptibles de vous crucifier sur place. Trop fière pour intégrer une maison médicalisée, elle occupait depuis quelques années la plus grande chambre de l'appartement, dans laquelle personne, hormis Cécile, ne pénétrait jamais. La seule fois où Théo avait émis l'idée que leur couple gagnerait à vivre dans plus d'intimité, moyennant un placement en EHPAD de l'ancêtre, la réponse de son épouse avait été cinglante. Si toute la famille pouvait loger dans cette coquette rue du cinquième arrondissement parisien, cela n'était pas grâce au salaire du père de famille qu'il était, mais bien parce que l'appartement était loué au nom de Léonide. C'était un loyer de 1948. Dans l'immeuble, pour des raisons jamais totalement élucidées, ils étaient les seuls à jouir d'un tel logement pour un tarif aussi bas, à savoir une poignée de queues de cerises. Théo, dès lors, n'avait plus posé la moindre question. La vieille était chez elle. Ils étaient les locataires de la locataire. La cause était entendue. Il n'y avait rien à redire à cela.

Sous l'œil réprobateur de Cécile, Théo avala une nouvelle gorgée d'un Domaine des Nymphes, un rasteau qui avait eu l'excellente idée de voir le jour en 2012. Ce fut alors qu'il l'avalait et que le plateau de fromages atterrissait sur la table sous le regard chafouin de Ginette, que la chose se passa. Au début, bien entendu, il n'y prêta pas la moindre attention. Ce fut à peine s'il sentit, sous la table, ses pieds se mettre en mouvement. Lentement, tout d'abord, puis de façon de plus en plus soutenue, ils commencèrent à battre de concert une mesure imaginaire et calme. Dans un bel ensemble, ces pieds hissés sur leurs vingt-huit phalanges d'orteils se mirent à monter, à descendre, à monter encore pour redescendre aussitôt. Absorbé par sa dégustation œnologique, Théo plissa les paupières et laissa échapper un soupir satisfait. Ce Domaine des Nymphes, situé non loin de Sablet, dans une terre où les galets se tordent sous le soleil, était un nectar. Il enveloppait la langue et l'intérieur de la bouche d'une couverture qui ravissait les sens du buveur. Lorsqu'il éclatait entre les joues, dès qu'il crépitait dans la gorge, le plaisir se démultipliait. Une chaleur intense envahissait alors la poitrine, l'estomac. Cédant à la perspective de l'ivresse, Théo en cueillit en voleur une nouvelle gorgée. Puis, ignorant de façon ostensible l'injonction muette mais furibarde de Cécile, il prit le temps de mâcher ce vin avant de reposer le verre en baccarat sur la nappe. Il ne buvait jamais, hormis pour ce jour du 25 décembre. C'était un cadeau qu'il se faisait à lui-même, une petite folie sans conséquence.

Sous la table, ses pieds, n'écoutant que leur volonté propre, accélérèrent la cadence de façon insensible. Sans vraiment y réfléchir, Théo posa ses mains sur ses cuisses. Peu à peu, les trépidations se calmèrent. Tout sembla rentrer dans l'ordre. Nullement inquiet, il se laissa assommer par les doctes divagations de Robert qui dissertait avec fougue sur un quelconque navet qui passerait le soir même sur la TNT. Pendant que son beau-frère étalait ses goûts cinématographiques avec la faconde d'un charcutier, Théo porta son choix sur un morceau de morbier et une pointe de brie qui accrochait sa crème au plat de service. Lorsqu'il parvint à le décoller, la voix sèche de son beau-frère fut illico remplacée par celle, agressive et acide, de Ginette, qui raconta par le menu la meilleure façon de passer un mont-d'or au four.

En fait, ce fut au moment où l'omelette norvégienne, épaisse et rutilante de sucre, fit son apparition, plantée de quarante et une bougies, que les battements pédestres prirent réellement leur pleine mesure. Sous les *Oh!* et les *Ah!* des enfants revenus à table, Théo se rendit compte que ses pieds imitaient à la perfection le mouvement de pistons sans qu'il l'eût décidé. La chose ne lui parut pas grave. Elle se déroulait sous la table, après tout. Cela ne gênait personne. À part lui. Tiré de ses lénifiantes gorgées de vin rouge qui faisaient ressortir les parfums des fromages, il fit de son mieux pour réprimer les battements. Il concentra tous ses efforts sur ses cuisses, ses mollets, ses chevilles. Le mouvement s'estompa. Il se crut sauvé. Hélas, lorsque d'autorité Robert craqua une allumette pour flamber l'omelette, quand des flammes paresseuses et douceâtres se mirent à lécher le rondin de glace, de génoise et de meringue, à l'instant où il allait joindre ses applaudissements à ceux des convives, ses pieds se rebellèrent soudain. Échappant à la volonté de leur propriétaire, ils recommencèrent à gigoter sur place, n'obéissant qu'à leur seul désir, comme trop heureux de pouvoir vivre enfin de leur vie propre. Ce faisant, emportés par la fougue de cette liberté toute neuve, ils firent cogner les genoux de Théo contre le plateau de la table. Une rafale courte, sèche. Tout le monde s'immobilisa, les oreilles aux aguets. Même la vieille Léonide haussa de quelques millimètres son menton barbu. Cécile, une part d'omelette encore grésillante figée sur la spatule qu'elle tenait à la main, sermonna sur-le-champ son époux: « Théophraste, qu'est-ce qu'il te prend? Cesse de faire l'imbécile, je te prie.

– Mais je n'y suis pour rien!

– Arrête de jouer avec tes pieds. »

Alors qu'il allait à nouveau protester de sa bonne foi, Ginette réajusta une mèche indisciplinée sur son front bombé et crut nécessaire d'intervenir : « Vous avez raison, Cécile. On ne joue pas avec ses pieds. Les pieds ne doivent servir qu'à marcher, voilà tout. »

La moustache frémissante, son chef de service de mari renchérit, d'un air mesquin : « À marcher et à porter des chaussures. Mais leur rôle s'arrête là, je vous le confirme ! Sinon, où irions-nous ?

– Ça sert aussi à mettre des coups de pied au cul », s'esclaffa le petit Joël.

Aussitôt, Cécile enfourcha ses grands chevaux :

« On ne dit pas de gros mots à table, jeune homme. Et Tonton Robert et Tatie Ginette ont raison : on ne joue pas avec ses pieds ! »

Pendant que le petit, vexé, plongeait le nez dans son assiette, Théo voulut répliquer, mais son épouse lui coupa la parole sur un ton qui ne souffrait pas le moindre commentaire : « Jouer avec ses pieds, comme les enfants ? Et un jour comme aujourd'hui, en plus ? Mon pauvre ! Il faut toujours que tu essaies de faire ton intéressant ! »

Était-ce le timbre glacial de son épouse ? Étaient-ce les regards méprisants et sarcastiques de son beau-frère et de sa belle-sœur ? L'injonction matrimoniale avait-elle effrayé ces pieds ou étaient-ils tout bonnement fatigués de jouer aux pistons ? Quoi qu'il en soit, ceux-ci se reposèrent sur le parquet de manière instantanée. L'on n'entendit plus, à partir de cet instant, que le bruit de la spatule d'acier déposant dans les assiettes à dessert les portions d'omelette – musique brève vite remplacée par celle, plus méthodique et obstinée, des mandibules des mangeurs.

Quelques nouvelles gorgées de vin, sifflées dès que sa femme tournait le dos, permirent bientôt à Théo de ranger cet incident au rayon des anecdotes insignifiantes. Le repas s'acheva donc ainsi, semblable à tous ceux qui avaient précédé et, certainement, à tous ceux qui suivraient. L'on avait enterré Noël et une année de plus dans la vie de Théophraste Sentiero. Demain serait un autre jour.

## ✹ DEUX

Noël avait tiré sa révérence avec le départ de Robert et Ginette Wendling. Dès qu'ils avaient franchi le pas de la porte, les joues humides des baisers échangés et les oreilles encore bourdonnantes des traditionnels « À l'année prochaine ! », Cécile était redevenue ce qu'elle était durant tous les autres jours de l'année. Après avoir ôté ses habits de fête et s'être entortillée dans son éternelle robe de laine usée jusqu'à la corde, elle s'était plantée au beau milieu du salon. Les mains sur les hanches, le front plissé, elle avait observé chaque détail de la salle à manger. Le repas gras de Noël avait vécu. L'heure du rangement avait sonné. Mus par un instinct animal, Bénédicte et Joël avaient fui dans leurs chambres bien plus qu'ils ne les avaient regagnées. Léonide, elle, semblait s'être tassée sur son fauteuil et dormait maintenant, à moins qu'elle ne fît semblant. Théo, lui, avait dû se plier aux ordres de la Générale. Oublieux de son début d'ivresse, appuyé au chambranle de la porte de la cuisine, il attendait son affectation. Noël crèverait ce soir, tout comme avaient rendu l'âme la dinde, le foie du canard et l'omelette norvégienne. Rien ne devrait rester. Le sapin se verrait dépouillé de ses boules multicolores et de ses guirlandes. Les papiers cadeaux étoufferaient la poubelle écologique pour les plus abîmés d'entre eux. Les autres seraient soigneusement pliés, repassés au besoin et remisés dans l'attente des étrennes de l'année suivante. Les gants de caoutchouc et les éponges abrasives arracheraient à la porcelaine jusqu'à la plus infime trace de sauce. Le rideau, alors, serait tiré de manière définitive.

Quelques secondes avant que Cécile ne se lançât dans son grand ménage, Théo huma une dernière fois l'odeur verte et épicée du sapin. Celle, doucereuse et lourde, du rhum brûlé mêlé au sucre de la glace à la vanille. Les accents ronds abandonnés par le vin rouge de Rasteau et les notes, exotiques et déjà mourantes, de l'anis du pastis servi au début de ces agapes. Il apprécia aussi à sa juste mesure le silence, cet instant si particulier qui précède de façon immuable les plus grandes tempêtes. Son regard accrocha un dernier éclat désespéré lancé par l'étoile du berger qu'il avait eu tant de mal à accrocher à la plus haute branche de l'arbre. Et ce fut tout. Bientôt, au numéro 12 de la rue de l'Estrapade, ne régnèrent plus qu'une débauche de hurlements d'aspirateur, un maelström d'eau répandu sur les parquets, une gerbe de crachotements émis par des aérosols vengeurs et entêtés. Après quatre heures d'efforts ininterrompus, la messe était dite. Cécile Wendling, épouse Sentiero, avait tiré sa révérence aux festivités chrétiennes de la naissance de Jésus.

Le lendemain, Théo se leva avant même la pointe du jour. Pas par goût, non. Le 26 décembre tombant, cette année-là, un vendredi, le maire de l'arrondissement avait, dans sa grande magnanimité, accordé le pont qui permettrait aux salariés de son administration de reprendre le travail en douceur, le lundi suivant. Si cela n'avait tenu qu'à lui, Théo serait resté au lit, les doigts de pieds en éventail et les paupières closes de façon hermétique. Son épouse aurait fait semblant de le croire endormi. Et elle aurait même, selon toute vraisemblance, béni le Seigneur de lui laisser la pleine jouissance de la cuisine et de la salle à manger afin que ses talents ancillaires pussent s'exercer à nouveau.

Hélas, si Théo se leva aux aurores, ce fut pour une toute autre raison. En effet, au cours de la nuit, son tic survenu durant le repas n'avait pas mis longtemps à se rappeler au bon souvenir des deux époux. Sous la couette molletonnée, dans les draps de flanelle, les deux pieds de Théo avaient, sur le coup de trois heures du matin, repris leurs convulsions. Comme la veille, il ne s'était pas agi de ruades ni de brusques emballements, non. Ces mouvements métronomiques tenaient plus de la crampe, d'une succession de battements certes réguliers, mais qui ne répondaient à aucune nécessité. Couché sur le dos, les talons plantés dans le matelas, le corps de Théo était pourtant resté d'une fixité de marbre. Il était irréprochable. Ses pieds, en revanche, s'étaient mis à s'agiter d'avant en arrière, mimant l'action de la marche. Leur propriétaire lui-même, tout engourdi par un sommeil réparateur, n'en aurait rien su si Cécile, soudain, n'avait pas mis le holà. Dans leurs déplacements, les orteils arrachaient à la flanelle des murmures de tissu froissé. Et la maîtresse de maison avait l'ouïe fine. Elle avait grogné. Puis, grondé. D'une voix encore barbouillée de sommeil, elle avait balbutié quelques imprécations valant menace. Théo, enseveli dans son repos de juste, n'avait rien entendu. Un coup de hanches excédé l'avait enfin forcé à se repositionner, cette fois sur le ventre. Le silence était revenu. Mais, bientôt, les battements avaient repris. Les pieds avaient entamé une nouvelle marche immobile, les frissons de la flanelle avaient agacé derechef les oreilles de Cécile. Moins amène, elle avait marmonné des injures inaudibles, joué du bassin, de droite et de gauche. Comme cela n'avait pas suffi, elle avait ouvert un œil. Lorsque la façade noire du radioréveil lui avait appris, de tous ses cristaux liquides bleutés, l'heure exacte, elle avait soufflé d'abondance, au bord de l'exaspération. Puis, d'un mouvement sec, elle s'était retournée sur le côté gauche, tout en veillant à emporter avec elle, dans cette gymnastique subite, la plus grande partie de la couette. Une stratégie bien étudiée. Sous couvert d'économies, il faisait en effet toujours un froid de gueux dans la chambre des époux. Elle savait que son mari, frileux comme une chatte, ne supporterait pas longtemps d'être ainsi découvert. De fait, saisi par ce changement de température, Théo s'était tout à fait réveillé. Dans l'atmosphère glaciale, il n'avait eu d'autre choix que celui d'abdiquer. Récupérer son content de couette, même en prenant mille précautions ? Inenvisageable. Cécile se serait alors réveillée et, avant même que la lumière du jour ne baignât Paris, il se serait retrouvé sous le feu de mille reproches. Demeurer stoïque et oublier le froid ? Impossible. D'abord, il faisait moins de quinze degrés. Puis, Théo ne se connaissait pas ce genre de courage. S'il lui arrivait comme tout un chacun de mentir à ses proches et d'arranger la vérité afin d'embellir son personnage, il demeurait d'une honnêteté absolue vis-à-vis de lui-même. Il était lâche, c'était un fait. Pas d'une lâcheté grossière. Juste un lâche du quotidien. Mais il ne se mortifiait pas de cet état pour si peu. Il s'y était habitué. Il faisait avec sa lâcheté comme d'autres avec un strabisme, une claudication, une sale manie. Cette nuit-là, il ne lui resta donc qu'une solution. Abandonner la couche.

Alors qu'il se résolvait à se lever, Cécile grinça dans les ténèbres : « Arrête de faire ton intéressant. Si tes pieds veulent bouger, qu'ils bougent. Mais pas dans mon lit… »

Après une douche brûlante, Théo s'était habillé d'un pantalon cargo beige – qui faisait en réalité songer à une multitude de poches à soufflets cousues ensemble – et d'un vieux chandail pelucheux. Pendant que, dans la cuisine, la cafetière crachotait un jus tiédasse – que tous, dans l'appartement, s'étaient entendus pour baptiser du nom de café –, il était allé se planter devant la fenêtre donnant sur la rue de l'Estrapade. À cette heure indue, la nuit régnait encore sans partage. Au loin, les camions-poubelles et les services de nettoiement de la voirie faisaient vrombir leurs moteurs et leurs lances à eau. Tout au fond, la place Emmanuel Levinas n'offrait encore que ses deux bancs déserts et sa fontaine Wallace. Il était trop tôt pour les baigneurs de la piscine Jean-Taris, et le froid demeurait trop vif pour les cloches, les mendiants, les migrants, les SDF de la République. Quant aux vieux, ils ne montreraient leurs truffes humides et leurs yeux luisants de larmes immobiles que lorsque les magasins ouvriraient leurs rideaux avec des grondements métalliques.

Dans son dos, la cafetière émit une rafale caractéristique, suivie par toute une série d'éternuements poudrés. Le café, bon ou mauvais, était prêt. Sans bruit, Théo se saisit d'un quignon de pain et entrouvrit la fenêtre qui donnait sur la petite rue. Après avoir vérifié d'un bref coup d'œil que la concierge, madame Chevillard – qu'il avait rebaptisée, en son for intérieur, la Mère Tapedur –, ne rôdait pas encore dans les parages, il émietta le quignon et referma aussitôt le ventail. Par expérience, il savait que ses protégés ne tarderaient pas. Pas les pigeons, non. Il abandonnait cette engeance à la Mère Tapedur. Ceux qu'il choyait, lui, c'étaient les boules de plumes, les passereaux oubliés, les délaissés des grands nuages de murmuration, tous ces piafs dont il ignorait les noms latins et qui, à cette heure, devaient se faire rôtir le croupion sous des cieux plus cléments, loin, de l'autre côté de la Méditerranée. Hirondelles ou moineaux, étourneaux sansonnets ou mésanges bleues, ces orphelins des grandes tribus migratoires avaient conquis son amour. Il leur vouait une affection sans tache. À l'inverse, il ne ressentait qu'un profond mépris pour les pigeons, ces sacs de mauvaise graisse à pattes rouges et à l'œil vide. Ces volatiles semblaient ne réellement jouir de la vie qu'en conchiant Paris. Tout gonflés d'importance, le jabot en avant, roucoulant une musique sans âme et se dandinant au mépris de toute grâce, ils révulsaient Théo jusqu'à la nausée – a fortiori lorsqu'il avait compris l'étrange relation qu'ils avaient nouée avec la Mère Tapedur.

Assis maintenant à la table de la cuisine, son bol d'eau calaminée fumant sous ses narines, Théophraste Sentiero laissa sa poitrine expulser un profond soupir de fatigue et d'ennui. Dans le couvercle ouvert de la boîte à sucre, il venait de deviner son reflet. Ça n'était pas brillant. Il avait une sale gueule, une gueule d'homme des villes, une gueule d'homme seul. Pourtant, il se plaisait bien ainsi puisque cette face émaciée, pâlotte, fatiguée par une nuit trop courte, cette binette grisâtre était la seule dont il disposait. En un mot, elle lui allait, tout comme elle pouvait aller à des millions d'autres hommes, tout juste quadragénaires. L'univers regorgeait de Théophraste Sentiero. Il n'était que l'un de ces anonymes dont fourmillait la multitude, un soldat sans étendard à brandir, sans idéal à défendre. La vie l'avait choisi pour venir sur terre et il ne s'expliquait pas pourquoi. Mis à part, peut-être, une collection de timbres qu'il avait débutée étant enfant et qui devait dormir, à cette heure, dans l'un des cartons serrés à la cave, il ne s'était jamais passionné pour quoi que ce fût. Aucun hobby ni feu sacré, pas la moindre révolte, pas la plus petite indignation n'étaient à porter à son compte de pékin moyen. Petit garçon, il s'était rêvé une vie bien différente de la tannée quotidienne qu'il subissait aujourd'hui. Il s'était imaginé astronaute. Et pâtissier, aussi. Spécialité chocolat.

Si aucune de ces deux formidables carrières ne lui souriait, il se rabattrait sur celles d'explorateur ou de marin au long cours, bien qu'il ne sût pas précisément, aujourd'hui encore, à quoi correspondait cette dénomination de *long cours*. Du temps avait passé. La réalité s'était révélée tout autre. Il avait été un fils moyen, un élève moyen, un amant moyen. À ce jour, il n'était qu'un père moyen. Sans doute plus que moyen puisque ses enfants, à bien y réfléchir, lui adressaient la parole comme à un étranger, voire à une vague connaissance dans les meilleurs jours et selon leurs besoins. Employé depuis quelques mois au repêchage des vélos et des trottinettes électriques dans les méandres de la Seine ou de l'Yonne, il avait pourtant tâté de mille métiers, mais sans jamais éprouver à cela ni plaisir, ni peine. Durant ses quatre décennies d'existence, au gré des offres, il avait ainsi été assistant pour pianiste sans réellement connaître la musique, sexeur de poussins, castreur de maïs durant les étés de plomb, vérificateur de préservatifs, trieur de chips en usine, claqueur dans les théâtres, caissier de péages ou monsieur pipi, à la gare Montparnasse. Il avait tâté de l'apiculture sur les toits de Paris, avait dépoussiéré les dinosaures au Muséum national d'histoire naturelle. Puis, il avait été vendeur de téléphones portables, de pierres tombales, préparateur de colis, client mystère pour les cinémas, livreur, chauffeur, distributeur *a pedibus* de prospectus. Théophraste Sentiero avait sans doute des défauts, mais personne n'aurait pu le qualifier de fainéant puisqu'il avait toujours trouvé l'énergie pour se lever chaque matin et gagner sa croûte.

Alors qu'il allait se résoudre à porter à ses lèvres son bol d'eau sombre, l'expression employée la veille et le matin même par Cécile lui revint subitement en tête. Cela n'avait été que trois mots prononcés sans réelle méchanceté, de ces piques que l'on lâchait parfois sans même y penser. *Faire son intéressant.* C'était très exactement ce qu'elle avait dit, provoquant ainsi des rictus sur les faces de carême de Robert et Ginette. *Faire son intéressant.* Lui, Théophraste Sentiero, ferait donc son intéressant ? Mais il n'aurait pas demandé mieux ! *Faire son intéressant.* Mais comment et pour qui ? Pour quoi ? Pour aller où ? Durant toute son existence, il n'avait jamais fait que là où la nécessité lui avait commandé de faire. Sans jamais créer d'histoire. Il était la bonne pomme, celui dont on ne se plaignait jamais, dont on ne parlait jamais. Il n'avait ainsi intéressé personne, ou presque. Pas même lui, à bien y réfléchir.

Sous la table, le tic revint. Cette fois, plus impérieux. À la façon de chevaux dans leur stalle, ses pieds reprirent leurs battements, comme piaffant d'impatience. Ils étaient prêts, avides de se dégourdir, de marcher droit devant eux. Avec plus d'énergie que la veille, Théo essaya de les immobiliser. Obéissant à leur propriétaire, ces deux pieds, de taille bien évidemment tout à fait moyenne, cessèrent alors peu à peu leur manège. Bientôt, ils retrouvèrent leur fixité, ne se contractant plus que lors de spasmes subits. *Faire son intéressant ?* Avec lassitude, il haussa les épaules. Après avoir avalé la dernière gorgée de café, il frissonna. Puis, lorsqu'il entendit la porte de la chambre grincer, il se leva. Cécile ne tarderait pas à rejoindre la cuisine. Selon toute vraisemblance, elle serait d'une humeur massacrante. Elle passerait même, peut-être, l'essentiel de cette journée gagnée sur le travail à lui reprocher de vouloir *faire son intéressant.* Alors, sans bruit, il saisit sa parka et son cache-col. Puis, dans la pénombre que s'empressèrent aussitôt de trahir les ampoules de la minuterie, il descendit les escaliers de la cage commune.

*

« Eh bien, monsieur Sentiero ? La fête est finie ? Toute la petite famille est bien repartie, à cette heure ? »

Jaillie de l'encoignure de la porte d'entrée de l'immeuble, la Mère Tapedur s'était plantée devant Théo, dans une odeur de javel à vous arracher des larmes. Profitant de l'heure matinale qui lui garantissait un pas de porte débarrassé des gêneurs éventuels, madame Chevillard achevait de brosser le trottoir. Aggripant son balai comme un garde moyenâgeux sa hallebarde, elle s'exclama encore : « La famille, c'est bien quand elle arrive. Mais on porte pas plainte quand elle s'en va, pas vrai ? »

Tête baissée afin de ne pas avoir à croiser le regard de cette harpie emmitouflée dans une robe de chambre d'un blanc passé, Théo grommela un oui agacé et fit de son mieux pour la contourner. Les poings bien collés au fond de ses poches, il tenta de se faufiler par la droite, mais l'arrière-train imposant de la pipelette suivit le même mouvement. Plus haut, sous un nez en forme d'aubergine que le froid avait rendu plus violacé encore que de coutume, deux lèvres dessinant un fil de couteau crachotèrent avec une fausse bienveillance : « Vous allez travailler ? À cette heure ? Vous avez donc pas le pont, monsieur Sentiero ? C'est pas Dieu possible, tout de même… »

Comme Théo s'entêtait à ne pas répondre, guettant déjà l'instant exact où il pourrait se glisser cette fois sur la gauche du cerbère, celui-ci enchaîna, de la même voix râpeuse et désagréable à l'oreille : « Alors, ce repas de Noël ? Notez bien que ça me regarde pas. Mais quand même. Tous ces frais, ces cadeaux, ces chichis et ces tralalas, ça a ni rime ni raison, pas vrai ? Ça coûte un argent fou et on est jamais vraiment payé en retour, vous êtes pas d'accord avec moi ? »

Face au mutisme de son locataire, qu'elle continua à prendre pour un acquiescement, madame Chevillard marmonna : « De mon temps, une belle orange et le tour était joué. Mais que voulez-vous ?

Aujourd'hui, tout le monde veut se prendre pour ce qu'il est pas. Si je vous disais ce que je trouve dans les poubelles, pour les fêtes de fin d'année, vous me croiriez pas. C'est pas pour dire du mal, bien sûr. Mais si vous saviez – et c'est qu'un exemple, attention ! – ce que la famille Lévy s'est envoyée derrière la cravate, hier, vous en croiriez pas vos oreilles... »

La feinte par la gauche, cette fois, faillit être couronnée de succès. Mais la pipelette était rompue à parer aux évasions. Elle tenait sa proie. Elle ne la lâcherait pas aussi facilement. D'un nouveau coup de l'arrière-train, anticipant la contorsion dans laquelle Théo venait de se lancer, elle éteignit toute velléité de fuite. Et, son balai toujours bien en main, elle marmotta, cette fois à voix plus basse : « J'ai pas fouillé dans leur poubelle, attention. Pas le genre de la maison. Le sac est arrivé ouvert, devant ma porte. Moi, j'ai fait que regarder. Et ça débordait, vous pouvez me croire. De partout que ça débordait, même... »

Se rapprochant de Théo, elle s'enquit, sur le ton de la confidence : « Mais les juifs, monsieur Sentiero ? Ça fête la Noël ? C'est pas pour dire du mal, mais la Noël ? C'est une fête catholique, non ? Alors, pourquoi les Lévy, ils se sont mis en frais ? Vous le savez, vous ?

– Non, madame Chevillard. Je ne sais pas, mais je suis un peu en...

– En plus, ça a dû coûter un argent fou. Et dépenser tout cet argent pour des personnes comme ça... »

Théo haïssait la Mère Tapedur. Lui qui n'était jamais saisi par la moindre colère ni le plus petit ressentiment, il sentait bouillir et monter en lui des désirs de crime dès qu'il voyait la gorgone promener son écoupe urbaine et ses cent trente kilos dans la minuscule cour intérieure. C'était plus fort que lui. Avec son regard toujours suspicieux, son allure invariablement négligée, sa démarche traînante de basset obèse et ses cheveux huileux, il nourrissait à son égard des envies de meurtre irrépressibles. Si la peur du gendarme ne l'avait pas retenu, il l'aurait volontiers trucidée. Et il aurait pris son temps. Avec un couteau à beurre ou une petite cuillère. Une pince à sucre, peut-être. Surtout, ne rien hâter. Jouir de chaque seconde de cette mise à mort dont la perspective, souvent, accompagnait ses premiers rêves et dessinait sur son visage un sourire ravi.

« Parce qu'on dit les juifs, grognassa encore l'acariâtre… Mais c'est pas tout, les juifs ! Et les Arabes, alors ? Y en a aussi qui fêtent la Noël, faut pas croire ! Grâce à Dieu, nous en avons pas chez nous. Notez bien que je suis pas raciste, attention. Mais les Arabes ? On dira tout ce qu'on voudra, n'empêche qu'ils sont pas comme nous. Et j'en démordrai pas, vous m'entendez, monsieur Sentiero ? J'en démordrai pas ! »

La découper en fines lamelles, la donner à manger à une colonie de fourmis rouges, la faire frire dans un bain d'huile, l'étouffer peu à peu avec un sac plastique, la lapider avec de toutes petites pierres, l'épingler à la façon d'un gros cafard sur sa porte vitrée. À chacune de ces éventualités, l'irréprochable Théophraste Sentiero sentait son corps se couvrir de frissons de délice qui, s'il poursuivait ces rêveries, ne tardaient jamais à le porter aux confins de l'extase. Mais il était un homme sans histoire. S'il endossait le costume de meurtrier dans ses fantasmes, il n'en demeurait pas moins conscient que ses épaules étaient, au propre comme au figuré, trop étroites pour celui-ci. Jamais il ne passerait à l'acte. Ce courage, ou cette folie, lui étaient étrangers.

La tête toujours baissée, il risqua : « Excusez-moi, madame Chevillard. Mais j'ai à faire et…

– Vous êtes pas d'accord avec moi, monsieur Sentiero? Dites-moi la vérité. Ça reste entre nous. Pour les Arabes, vous êtes d'accord avec moi ou pas?

– Sans doute, madame Chevillard. Je ne sais pas, mais…

– Vous aimeriez, vous, avoir des voisins qui égorgent des moutons dans leurs baignoires et qui prient à genoux sur des tapis?

– Je ne crois pas que…

– Ça vous ferait plaisir, à vous, que votre petite Bénédicte puisse sortir qu'avec le voile? Ça lui ferait tout drôle, non? Déjà qu'elle s'habille pas toujours avec grand-chose… Sauf votre respect, monsieur Sentiero, bien entendu! Votre fille est une honnête fille, c'est pas le problème. Mais quand même! On s'habillait pas comme ça, de notre temps. Moi, je me souviens que, quand on était jeunes, il nous serait jamais venu à l'idée de… »

*De notre temps…* Cette vieille rombière de basse-cour avait au moins quinze ans de plus que lui, si ce n'étaient pas vingt! À nouveau, le désir de meurtre s'empara du doux Théophraste qui, pour le conjurer, serra un peu plus fort encore ses poings dans ses poches. Un jour. Un jour, oui… Il aurait le courage. Non pas de l'assassiner, car la seule vue d'une goutte de sang suffisait à le faire tourner de l'œil. Mais il trouverait au moins le courage de lui survivre. Ne serait-ce que pour voir, enfin, à quoi ressemblerait un monde débarrassé de madame Chevillard. Et, pourquoi pas, de toutes les madame Chevillard de l'univers? La belle fête que ce serait, ce jour-là! On tirerait suffisamment de feux d'artifice et de chandelles romaines pour faire sauter tout Paris!

La Mère Tapedur, qui n'en avait pas fini avec son locataire, l'écrasa d'un regard où sourdaient la méchanceté et l'aigreur. Après avoir reniflé à plusieurs reprises, elle tordit son cou pour coller sa face amarante à celle de Théo. Puis, elle finit par lâcher: « Pour les étrennes, on fait comme chaque année, monsieur Sentiero ? Je veux dire… Enfin, c'est à madame qu'il faut que je m'adresse ?

– Je ne sais pas. Je crois que…

– Allez, entre vous et moi, c'est madame qui tient les cordons de la bourse. Sauf votre respect, bien sûr ! Comme on dit : à chacun son métier et les vaches et les moutons seront bien gardés… »

Fière de son trait tout poisseux de mépris, elle grimaça un sourire satisfait. À cet instant, les lances à eau – jusqu'alors cantonnées à la rue Blainville – vinrent frapper le bas de la porte de l'immeuble. Aussitôt, la bignole s'empourpra d'un ton supplémentaire. Entre les cantonniers et elle, la guerre était déclarée depuis des décennies. Son devant de porte lui appartenait. Il était à elle, et à personne d'autre. Elle seule possédait le droit de le briquer. Chaque matin, elle se plantait donc sur le trottoir, bras croisés, et fustigeait de ses œillades assassines les gilets fluorescents qui, flegmatiques, la contournaient en prenant bien soin de ne pas éclabousser ses pantoufles aux fleurs fanées.

Profitant de son inattention, Théo trouva enfin l'espace nécessaire pour se glisser entre le cerbère et la paroi du porche. Avant qu'elle ne pût réagir, il fut dans la rue, libéré. Déjà, dans son dos, la Mère Tapedur tentait de le retenir mais lui, Théophraste, avait pris le large. Il marchait sur le trottoir luisant de l'humidité de la nuit. Le soleil se levait. Encore aucun pigeon à l'horizon. Là-bas, la petite descente de la rue Royer-Collard l'attendait. Sifflotant un air de Nino Rota, brusquement ragaillardi par sa solitude retrouvée, Théo se laissa dériver dans la rue de l'Estrapade, sourire aux lèvres.

# TROIS ✷

« Moi, je dis que ça se fait pas. Voilà c'que j'dis. Quand on est atteint par la limite d'âge, on a le droit de plier les gaules et de se ranger des voitures. Là-dessus, madame Jouve, vous avez ma compréhension et même ma bénédiction. Mais passer à l'ennemi ? Et nous l'apprendre comme ça, entre le p'tit crème, le croissant et la goutte ? Vous m'excuserez, mais ça m'troue l'cul. Venant de vous, ça m'troue l'cul. Et faites excuse, mais j'ai rien d'autre qui m'vient.

– Et avec un nouveau coup de calva ? Peut-être que la dragée passerait mieux, non ?

– Sincèrement, j'sais pas. Cette nouvelle, elle m'a éteint la soif.

– Alors, ce sera peut-être un double calva ? Histoire de refaire les niveaux ? Ça se boit sans soif et ça vous sèchera le chagrin, faites-moi confiance. Surtout que, celui-là, il est payé par la maison, je précise !

– Un double ? Vous savez parler aux hommes, madame Jouve. Je le boirai, c'est entendu. Pour pas vous faire offense et pour noyer ma surprise. Mais si on m'avait dit… »

Accoudé au comptoir depuis l'ouverture du Gay-Lu, Félix Passetemps – plus connu dans le quartier sous le surnom de La

Guigne – observa en connaisseur gourmand la première rasade de liquide ambré qui tapissa le fond de son verre. Le second flot lui arracha un semblant de sourire. Mais ce fut malgré lui. Dans le bistro qui se faisait pompeusement appeler « Brasserie Gay-Lussac » – établissement qui ouvrait sa gueule lumineuse à l'angle de la rue éponyme et de celle de Royer-Collard –, la rincelette matutinale était à la grimace. Madame Jouve, la matrone et reine du lieu, venait de donner corps à la rumeur qui flottait déjà depuis plusieurs semaines entre les guéridons de faux marbre et de fonte véritable. Elle débrayait. Elle enterrait un demi-siècle de bons et loyaux services. Elle tirait le rideau et, elle l'avait juré et craché à profusion, elle ne le rouvrirait pas. Les papiers avaient été signés en début de semaine. Le notaire avait tamponné les formulaires. La vente était actée. Dans quelques jours ou quelques mois, les nouveaux propriétaires pourraient entamer les travaux qui effaceraient de la carte le Gay-Lu – l'un des derniers radeaux branlants de Paris, un rade, un troquet, un estaminet comme l'on n'en ferait jamais plus et qui avait accueilli à son bord non pas Les Enfants du capitaine Grant, mais ceux de Blondin, Audiard, Prévert et autres Jeanson.

La Guigne, que personne dans le quartier n'avait vu autrement que fin saoul, huma avec suspicion le calva. Puis, composant un air faussement complice sur son visage de rongeur à la moustache maigre, brûlée de nicotine, il reprit son antienne : « Passer à l'ennemi ? Pas vous, tout de même… Allez ! Vous me faites marcher, madame Jouve ! C'est ça, non ? »

Les deux mains solidement appuyées sur son comptoir, protégée du monde extérieur par six robinets à bière aux becs de cuivre étincelants, le torchon passé à l'épaule, la bistrotière se fendit d'un regard peiné. Puis, elle répondit, avec un grommellement qui fit trembler ses lèvres luisantes de rouge : « Quand c'est l'heure, c'est l'heure, comme disait l'adjudant de Titin, mon feu mari. Et on peut pas être et avoir été. C'est bien triste, je vous comprends. Mais c'est quand même pas la mort du petit cheval, quoi… »

Pendant que La Guigne se signait d'une main hésitante et pourtant pétrie de componction, elle soliloqua de sa voix rauque, résultat implacable de quarante-huit années passées à fumer de la brune sans filtre : « Il avait bien raison, l'adjudant de mon Titin. Puis, vous savez… je suis pas éternelle, monsieur La Guigne. J'ai atteint la date de péremption, c'est tout. Il y a un temps pour tout et le mien, dans ce troquet où j'ai fait mes premiers pas, est fini. Terminé. Je suis trop vieille pour continuer.

– Mais vous êtes fraîche comme une fleur !

– Alors, il y a longtemps que vous avez pas vu de fleur. »

Pour toute réponse, l'ivrogne avala coup sur coup deux belles gorgées d'alcool. Puis, les yeux comme réchauffés par une poignée d'escarbilles, il considéra l'inox mille fois rayé du comptoir, avant de chevroter : « Tout de même… Que vous vendiez, ça peut bien se comprendre. Y a des chèques et des séries de zéros contre quoi on peut rien, n'est-ce pas ? Puis, faut bien passer la main un jour. Mais franchement ? Donner les clés de notre Gay-Lu à des Américains. Quelle misère… »

Près de lui, épaule contre épaule, le masque tout aussi contrit et les cheveux impeccables plaqués par de la gomina sur son crâne oblong, Petit Pois soupira. Connu par les registres de l'état civil sous le patronyme respectable de Jean-Baptiste Dutreuil, Petit Pois, donc, secoua la tête en signe de désespoir et d'accablement. Soucieux d'élever le niveau du débat, ou du moins d'y apporter sa pierre, il toussota avant de commenter avec philosophie : « Que ce soit de l'argent français, américain ou même de l'Arabie saoudite, ça change pas les rayures du zèbre. Le Gay-Lu va fermer. Et, avec lui, tous nos souvenirs. Les tristes comme les gais, peu importe. Mais que voulez-vous ? C'est la vie. Et la vie, c'est plus fort que vous et moi réunis. »

Dans le silence recueilli qui suivit ses propos, il ajouta, la lippe molle : « On va perdre tout ça. Le petit noir du matin, le blanc du midi, le rouge taquin d'après la sieste et le jaune du soir. Quelle misère… »

Madame Jouve, parigote pur jus née en Alsace mais accueillie par la capitale dès le lendemain de sa naissance, promena un regard désolé sur sa maigre clientèle du matin, celle des fidèles, des amis, des piliers. Outre La Guigne et Petit Pois, Cothurne et Gégène étaient là, eux aussi. Installés sous la verrière, les yeux collés aux colonnes de chiffres de *Paris Turf*, le cœur déjà sautillant à l'idée de toucher le quinté dans l'ordre, au moins une fois dans leur vie, ils avaient la tristesse pudique. L'inéluctable était aux portes. Le billet vert serait le fossoyeur de leurs années de jeunesse. Ils le savaient. Le jour fatidique de la fermeture du rideau n'avait pas encore été arrêté. Mais il viendrait. En attendant, ils ruminaient leur malheur en solitaire. Ils préféraient désapprouver en silence plutôt que de rajouter du mal au mal.

La matrone, elle, aimait bien ses poivrots, ses ivrognes, ses bâtisseurs de merveilleux châteaux qui naissaient et demeuraient ad vitam aeternam au fond de leurs verres. Entre tous, La Guigne, peut-être, possédait ses faveurs. Pas l'homme, non. Le personnage. Son surnom ne devait rien au hasard. Il était de l'Assistance. Toute sa vie, il avait accumulé les désillusions et les mauvais choix. Peu porté sur l'école, encore moins sur le travail, il s'était fait voleur. Il avait opté pour cette voie poussé par la nécessité. Par dépit aussi, avaient persiflé les mauvaises langues. Quoi qu'il en soit, son premier casse avait été un modèle du genre. Sa pince monseigneur et ses rossignols avaient accompli des merveilles. Tout s'était passé sans heurt. Hélas, le pavillon qu'il avait choisi de visiter, sans grand discernement d'ailleurs, était en réalité une maison témoin, parfaitement surveillée par un réseau d'alarmes. À part un séjour au ballon, le jeune homme qu'il était alors n'avait rien gagné dans cette aventure. Cette thurne de faussaire n'était emplie que de leurres. Fausses télévisions, faux électroménager, faux livres, mais policiers véritables. À peine sorti de Fresnes, il s'était décidé à braquer une pizzeria. Comment aurait-il pu deviner que les quatre seuls dîneurs de cette soirée de malchance étaient des gâchettes, des tireurs d'élite en goguette ? Cette fois, il avait d'abord été passé à tabac puis, une fois laminé, il avait à nouveau été jeté en prison. Après ? L'alcool s'en était mêlé. Il avait tenté le vol à l'arraché. De femmes obèses en personnes âgées, il avait écumé sans mal toutes les ruelles du quartier. Il avait même commencé à se prendre pour un caïd du ruisseau. Sa carrière aurait pu continuer longtemps s'il ne s'en était pas pris, un autre jour de déveine, à ce jeune homme longiligne et maigrichon, a priori inoffensif. Mais qui, par malheur, s'entraînait avenue du Tremblay au Pôle Espoir de taekwondo, et était considéré comme l'une des pépites en devenir du sport français. La Guigne n'avait pas fait plus de vingt mètres. Bastonnade. Arrestation. Le trou pour récidive. Des histoires comme celles-ci, il en avait collectionné quelques dizaines. Et il y avait gagné ce sobriquet peu glorieux. Aujourd'hui, il ne survivait plus que grâce aux minima sociaux, ce qui ne l'empêchait pas de cracher avec une saine furie sur les gouvernements successifs, la république, la démocratie et les politiciens de tous bords.

Petit Pois, lui non plus, n'était pas passé entre les gouttes. Ce grutier en retraite, qui portait son foie en sautoir comme d'autres la Légion d'honneur à la boutonnière, était le cocu, le cornard magnifique. Cocu par sa femme dont il avait fini par divorcer, cocu par ses chefs de chantiers, cocu par la vie. Mais, surtout, cocu par son meilleur ami. Il s'agissait d'un perroquet qui, un matin d'infortune, s'était fait la belle par la fenêtre. Durant deux ans, Petit Pois l'avait cherché dans tout Paris, les yeux au ciel, les larmes aux paupières. Puis, il s'était résolu. Ce perroquet – un superbe psittaciforme d'Amazonie à nuque jaune –, à qui il racontait tous ses grands malheurs et ses petits bonheurs, ne reviendrait pas. Petit Pois s'était donc mis à parler tout seul, pour tuer l'ennui et le silence. Jusqu'au jour où le volatile, par un miracle qu'il ne s'expliquait toujours pas, avait réintégré ses pénates. Hélas, la vie pouvait parfois être taquine. Après deux ans d'absence, l'oiseau ne parlait plus un seul mot de français. Recueilli sans doute par une famille charitable, mais qui vivait sur l'autre versant des Pyrénées, le perroquet ne s'exprimait plus désormais que dans la langue de Cervantès. Que sa femme ait éprouvé l'envie de le tromper, Petit Pois avait pu le concevoir. Mais que son volatile ait osé oublier jusqu'au b.a-ba de l'idiome français qu'il lui avait enseigné avec un amour et une patience infinis, le coup avait failli lui être fatal. Depuis lors, dans leur studio étroit de célibataires, l'homme et l'animal ne s'adressaient plus la parole, chacun épiant l'autre avec un mélange de haine et de tristesse.

Quant à Cothurne et Gégène, les histoires qui couraient sur leurs comptes ne manquaient pas, elles non plus, de pittoresque. Du premier, l'on disait volontiers qu'il avait été bouquiniste sur les bords de Seine et qu'il s'était usé les yeux en lisant, ce qui lui avait valu une mise en retraite anticipée assortie d'une pension famélique qui lui permettait tout juste de ne pas mourir de faim et, encore plus grave, de soif. D'autres rétorquaient qu'il était riche comme Crésus, qu'il ne savait pas lire mais qu'il savait compter, puisqu'il était toujours le dernier à régler sa tournée. Pour ce petit homme falot, taiseux, voire mutique, son monde – celui des livres – se séparait en deux parties. Il y avait ceux qui apportaient des réponses et ceux qui posaient des questions. Tous, sans exception, entraient dans ce schéma simpliste et le monde pouvait tourner rond. Tous, sauf la Bible. Pour Cothurne, ce livre saint ne faisait ni l'un ni l'autre, ou bien les deux à la fois. Il en avait conclu que la Bible était mal écrite et il avait fait le serment que ce serait lui qui, lorsque le temps serait venu, réécrirait les Évangiles. À ce jour, personne ne savait s'il avait commencé sa vaste entreprise et chacun, d'ailleurs, s'en foutait royalement, du tiers comme du quart.

Gégène, lui, incarnait à la perfection le joueur de rugby qui avait déchaussé les crampons depuis des lustres. Bon camarade, plus large que haut, grand animateur des troisièmes voire des quatrièmes mi-temps, il avait été longtemps le bout-en-train de service, celui qui faisait tourner les serviettes et ne lâchait jamais les bouteilles avant d'en avoir vu le cul. Rondouillard, jovial, cet avant de métier reconverti dans la représentation de commerce aurait dû mener une existence rythmée par les rires tonitruants et les fêtes endiablées. Hélas, la fortune, malicieuse et cruelle, avait glissé des bâtons dans les roues de Gégène qui, du jour au lendemain, s'était étalé de tout son long. Père de huit enfants, mari aimé, il s'était laissé tenter par un collègue de travail qui lui avait proposé, sous la forme d'un défi imbécile, d'effectuer des recherches sur ses aïeux, le tout à l'aide de quelques gouttes de salive. Trois semaines plus tard, les résultats étaient tombés. En une seule lettre, il avait tout appris de ses ancêtres. Certes. Comme il avait profité de cette occasion pour soumettre sa femme et ses enfants au test ADN, il avait aussi été informé du fait que, sur ses huit rejetons, aucun n'était de lui. Son monde s'était écroulé dans la seconde. Gavé de neuroleptiques, il avait été interné à Sainte-Anne quelques mois. Puis, lassé de tous ces cachets qui l'avaient transformé, affirmait-il encore aujourd'hui avec force et indignation, en mou de veau, il avait claqué les portes de l'institution. Vivant désormais seul dans un petit studio de la rue Lhomond, il avait remplacé toute cette médication par l'absorption quotidienne et assidue d'alcools forts. Il en mourrait. C'était écrit. Il le savait. Mais, quitte à mourir, autant qu'il le fît avec plaisir, légèreté et la délectation de savoir qu'il était son propre bourreau.

*

« Et pour vous, monsieur Théo ? Qu'est-ce que ce sera ? Un petit crème, comme d'habitude ? »

Sans même attendre de réponse, madame Jouve avait déjà tourné le dos au nouveau venu. Dans l'atmosphère surchauffée du Gay-Lu, ses bras de matrone s'activaient avec des gestes précis à la gueule du percolateur, faisant naître autour d'elle des nuages de vapeur bleue et des feulements de bête fauve. Dans un instant, l'infâme jus avalé à contrecœur dans la rue de l'Estrapade ne serait plus qu'un souvenir. Théo, assis en solitaire à l'une des trois tables hautes installées dans le fond, les pieds ballants et le nez glacé, en souriait déjà d'aise. Dire qu'il aimait ce troquet, cette ultime poche de résistance qui survivait malgré la rapacité des franchises ayant colonisé Saint-Michel et le quartier latin, cela aurait été en-dessous de la vérité. Il s'y sentait chez lui. Entre les banquettes de moleskine, l'ardoise sur laquelle madame Jouve étalait quotidiennement ses talents de calligraphe et ses hésitations orthographiques, ses nuages d'alcool changeant selon les heures, ses habitués aux trognes couperosées et ses touristes égarés, il était enfin quelqu'un.

Pas de quoi décrocher la lune ni faire le fier-à-bras, non. Mais il était dans son jus. Il faisait partie d'une tribu, même s'il avait fallu un long temps à toute la faune du cru pour accepter que Théo ne boive pas.

Avec une élégance précautionneuse qui n'appartenait qu'à certaines femmes de plus de deux cents livres, madame Jouve se retourna, un sourire plein sur sa face de lune. Après s'être extraite de son fortin, elle navigua dans la salle, évitant avec grâce les chaises en bois et les tables aux angles aigus. Puis, elle déposa la tasse de café fumant sous le nez de son client perché sur son tabouret.

Alors qu'elle allait retrouver sa tranchée, où une armée de bouteilles versicolores montaient un garde-à-vous impeccable dans des tenues maculées de sucre séché, Théo ne put s'empêcher de lui demander : « C'est définitif, madame Jouve ? Pour le Gay-Lu, je veux dire. Je vous ai entendue en toucher un mot à La Guigne. Alors ? La messe est dite ? »

Le regard dans le vague, la bistrotière s'arrima à la table et finit par souffler : « La messe est dite, oui. Avec le baptême, la confirmation et même l'absolution. Après le réveillon du jour de l'an, les nouveaux propriétaires vont venir avec un architecte. Puis, ce sera le début des travaux. C'était écrit, comme je dis toujours. Et ce qui est écrit est écrit. Y a rien à ajouter à ça.

– Et vous ?

– Comment ça, moi ?

– Qu'est-ce que vous allez faire ? »

Après avoir gratté du bout de l'ongle une imperfection du vernis qui griffait la table, madame Jouve bougonna dans son double menton où brillaient quelques gouttes de sueur : « Ma foi, je suis pas encore bien sûre. Je sais pas. Pour vous dire toute la vérité, j'ai pas encore pris ma décision.

– Vraiment ?

– Des idées, j'en ai tout un stock, bien sûr. Mais que voulez-vous ? Je suis plus un perdreau de l'année et… »

Avant d'être interrompue par des dénégations flatteuses qui, déjà, s'apprêtaient à fleurir sur les lèvres de Théo, elle poursuivit : « … et j'ai mon avenir derrière moi. Alors, pour le temps qu'il me reste, je crois bien que je vais quitter Paris.

– Quoi ?

– Parfaitement.

– Vous, madame Jouve, vous allez quitter le quartier ?

– Pas le quartier : Paris. Et bien contente, encore. »

Subitement intéressés par la conversation, Petit Pois et La Guigne mirent en suspens leur discussion plaintive. Entre les mains de Cothurne et celles de Gégène, *Paris-Turf* n'émit plus le moindre froissement. Avec respect et la plus grande discrétion dont ils étaient capables, tous dressèrent l'oreille. Madame Jouve, autant dire leur mère ou leur frangine à tous, leur maîtresse impassible, la gardienne de leur raison lorsque celle-ci se mettait à battre la campagne, madame Jouve, donc, allait mettre les voiles. Dans le fond de la salle, la voix âpre et rêche de la tenancière expliqua : « Ça doit être l'appel des racines, monsieur Théo. La Lorraine me manque. Et encore, j'y suis allée que deux fois dans toute ma vie. J'y ai même plus de famille, mais je sens que c'est chez moi. Ou plutôt, je sens bien que Paris, c'est plus chez moi. Alors, je préfère m'en aller. Paris m'a bien gâtée, allez. Mais elle veut plus de moi. Alors, je largue les amarres, et au petit bonheur la chance…

– Mais Paris ! C'est… Paris ! Ce n'est pas rien, quand même !

– *C'était* pas rien, nuance. Mais comptez pas sur moi pour vous jouer le crincrin de la mélancolie. Avant, c'était avant. Et ça me convenait. Aujourd'hui, c'est aujourd'hui. Et ça me convient pas.

Je m'y reconnais plus. À chaque jour qui passe, j'ai l'impression que ma ville part en biberine. C'est comme si elle perdait de son charme. Je sais pas si c'est à cause de l'époque, du temps qui file plus vite, de ces saletés de travaux de voirie qu'en finissent plus de nous pourrir la vie ou de moi, tout simplement, mais Paris me flanque dehors. Je préfère m'en aller de moi-même. On a sa fierté.

– Mais vous allez vous y faire, à la Lorraine ?

– On se fait à tout, monsieur Théo. Même quand on s'en croit pas capable. Je vous l'ai dit, c'est le retour aux racines.

– Et vos clients ? »

Après un haussement d'épaules désabusé, madame Jouve murmura, l'œil rond, humide de mélancolie : « Ils trouveront un autre endroit, allez... Moins dans le centre, bien sûr, rapport aux loyers qui tuent le petit commerce. Mais les bistros comme le Gay-Lu, y en a encore quelques-uns. Et mes clients, ce sont de bons clients. Jamais une histoire et aucune ardoise. Vous les verrez jamais au Flore ni à la Closerie, c'est sûr. Mais qu'est-ce qu'ils iraient y faire ? C'est deux mondes qui se savent, mais qui se fréquentent jamais. Ils sont pas compatibles.

– Mais vous ne les verrez plus, si vous partez dans l'Est. On est un peu vos amis, que je sache. »

L'espace de quelques instants, la maîtresse des lieux demeura songeuse, le regard dans le vide. Puis, après un long et douloureux soupir qui marqua la fin de sa réflexion, elle déclara, d'une voix à peine audible : « M'en veuillez pas, mais j'en ai trop vu pour marcher dans ce genre de boniments. Dans un bar, l'amitié existe pas. Et je parle d'expérience, vous pouvez me croire. On y trouve des copains à la pelle, c'est vrai. Vous aurez toujours l'embarras du choix pour des compagnons de cuite, des frères de la cirrhose, des complices de l'apéro, des frangins de la bouteille, et plus que nécessaire. Mais, s'ils se donnent rendez-vous tous les jours ici, c'est pas plus pour venir me voir que pour prendre des nouvelles des uns et des autres. S'ils poussent ma porte, c'est juste pour plus être seuls. On dit qu'ils refont le monde à chaque verre, mais vous y trompez pas. Ils se foutent du monde tout comme ils se foutent du sens dans lequel celui-ci peut bien tourner. Tenez-le-vous pour dit : y a rien de plus égoïste et de plus seul qu'un pilier de bar… »

Un peu décontenancé par la gravité de la tenancière, d'ordinaire toujours prompte à lâcher quelques gauloiseries à la volée, Théo osa encore : « Mais là-haut, en Lorraine ? Qu'est-ce que vous allez faire ?

– Rien.

– Comment ça, rien ?

– Rien, je vous dis. Ou le moins possible, en tout cas. Ça me changera. Et, pour commencer, je vais oublier Paris.

– C'est impossible, voyons !

– Je vais oublier que Paris n'est plus une ville à ma main, que c'est devenu un promenoir à touristes, un ghetto pour bobos qui croient toujours tout savoir sur tout. Je vais oublier que Paris s'appartient plus, qu'elle vit sur les vapeurs d'essence, sur ce qu'elle a été et qu'elle sera jamais plus. Rien que pour oublier tout ça, ça va me prendre du temps, vous pouvez me croire. Et à vous je peux bien le dire, je me suis découvert, comme qui dirait, une passion. »

Alors que Théo, piqué dans sa curiosité, l'encourageait du regard, elle hésita un instant avant de se lancer : « Il s'agit pas d'un homme, rassurez-vous. Avant de mourir, mon grand voyou de mari m'a pris tout ce qu'il y avait à prendre. La devanture peut encore plaire, si on est pas trop regardant et qu'on a bon appétit. Mais la cave est vide. Enfin, vous voyez ce que je veux dire…

– J'imagine, en tout cas.

– Alors voilà : ma passion à moi, c'est les puzzles.

– Pardon ?

– Les puzzles. Je sais que ça a rien d'exceptionnel, mais ça me plaît. Reconstituer des paysages, des animaux, des gens célèbres. Il faut avoir l'œil, la patience. Et il y a toujours une pièce qui manque, ce qui fait qu'on est jamais parfaitement content. Comme dans la vie, quoi… »

À cet instant, madame Jouve remarqua les battements de pieds de Théo qui, sous la table, avaient repris. Avec un sourire qui signifiait que l'heure des épanchements et des confidences était terminée, elle tenta de plaisanter : « Vous avez attrapé la danse de Saint-Guy ? Si c'est pour les toilettes, elles ont pas encore changé de place. Faut pas vous gêner pour moi ! »

Pris sur le fait, Théophraste Sentiero plaqua aussitôt ses mains sur ses cuisses et figea son tic en plein mouvement. En guise d'excuse, il bredouilla : « Vous avez remarqué, vous aussi ?

– Dame ! On dirait que vos pieds s'échauffent pour piquer un cent mètres ! Qu'est-ce qu'il vous arrive ? »

Après avoir vérifié que les indécrottables du Gay-Lu ne les écoutaient plus, repartis pour les uns dans des rêves de Grand Prix de l'Arc de Triomphe et, pour les autres, dans des jérémiades dont ils étaient les seuls à connaître les tenants et les aboutissants, il avança une explication maladroite : « Je ne sais pas vraiment. Ça m'a pris hier, en plein repas. Puis cette nuit, aussi. Et encore ce matin, au réveil. Mais ce n'est pas grave. Ça doit être nerveux. Vous savez ce que c'est. Quand on s'écoute, on s'écoute toujours trop.

– Sur ce point, nous sommes bien d'accord. »

Après avoir collé ses seins sur la table et avoir approché son visage de celui de Théo, à le frôler, elle lui glissa avec des airs de conspiration : « Mais, dites-moi… Vous rentreriez pas de l'Afrique subsaharienne, par hasard ?

– Pas que je sache, non.

– Vous y étiez y a quelque temps, alors ?

– Vous faites fausse route. Je n'y ai même jamais mis les pieds.

– Ça, c'est embêtant.

– Pourquoi ?

– Parce que ça met en l'air toute ma théorie. Si vous aviez été là-bas, vous auriez pu attraper le palu.

– Et le paludisme fait bouger les pieds ? »

Demeurée un instant silencieuse, madame Jouve finit par soulever ses seins du plateau verni. Après avoir froncé les sourcils, visiblement dépassée par la question, elle répliqua : « C'est un client de passage, un ancien de la Légion, qui m'a dit ça. Le palu, ça rend fou. Voilà ce qu'il m'a dit. Alors, si ça peut rendre fou, ça doit bien pouvoir faire battre des pieds, non ? »

Avant de repartir vers son comptoir où l'attendaient des affaires qu'elle jugeait autrement plus urgentes, elle conclut, péremptoire : « Je serais vous, monsieur Théo, je surveillerais ça. Notez bien que c'est peut-être rien du tout, un manque de magnésium ou Dieu sait quoi. Il paraît qu'on en manque tous, de magnésium. Mais, si c'est pas ça, c'est que c'est autre chose. Et autre chose, quand on sait pas ce que c'est, ça peut être grave… »

# QUATRE ✷

Dans le froid piquant de ce petit matin du 26 décembre, Théophraste Sentiero descendit sans hâte le boulevard Saint-Michel, en direction de la Seine. Jusqu'alors, il n'avait pas voulu prendre au sérieux la fermeture du Gay-Lu. À chaque fois que l'un des fidèles du lieu avait abordé la question, il avait fait la sourde oreille ou avait rangé avec soin cette éventualité dans la case de ces événements dont on parle, mais qui ne se produisent jamais. Le Gay-Lu fermé et madame Jouve en Alsace, toute cernée de cigognes, de choucroute et de chalets de Noël ? L'affaire ne pouvait pas être sérieuse. Ce n'était qu'une divagation. Jamais elle ne passerait à l'acte. Elle était Paris, tout comme Paris était le résultat de l'agglomération de madame Jouve, de La Guigne et de Petit Pois, de Gégène et de Cothurne. Lui-même, Théophraste Sentiero, était l'un de ces points minuscules qui, posé à côté des autres, participait de ce portrait impressionniste. Demain, la semaine prochaine, le mois suivant et pour nombre d'années à venir, le Gay-Lu demeurerait là, fidèle au poste, indéboulonnable. Il ne pouvait pas en être autrement. Certes, la bistrotière n'avait pas eu l'air de plaisanter. En vérité, l'affaire semblait sérieuse. Mais quoi ? Tout cela n'avait guère de sens. Il y avait fort à parier que, dans la cascade des milliers de jours à naître, lorsqu'il pousserait la porte vitrée du Gay-Lu pour s'adonner à sa partie hebdomadaire de belote, il retrouverait à chaque fois tout son monde. Peut-être que cette histoire n'était qu'une plaisanterie ? Hilares, les manieurs de cartons lui avoueraient sans doute – ce soir ou dans trois jours, cela importait peu – que cette rumeur n'était qu'une farce. Madame Jouve, pour le prouver, sortirait les oursins de ses poches et paierait sa tournée. Selon toute vraisemblance, ce serait donc cela. C'était, en tout cas, le seul scénario auquel il s'autorisait à croire.

Soudain ragaillardi, la jambe souple et le pied léger, Théophraste Sentiero se surprit à sourire. C'était dit. Le Gay-Lu ne fermerait pas. Au-dessus des nuages qui s'amoncelaient dans le ciel, le soleil devait briller. Paris serait toujours Paris. Quant à Dieu, s'il existait, il avait rudement bien fait de prévoir que le 26 décembre, cette année-là, tomberait un vendredi. Les vélos et les trottinettes n'auraient qu'à se repêcher tout seuls, s'ils le désiraient. Lui, il faisait le pont.

À l'angle du Boul' Mich' et de la rue Soufflot, Théo croisa un groupe de touristes emmenés au pas de course par un guide qui passait en revue, dans un micro-cravate, toutes les merveilles de la Ville Lumière. Bibliothèque Sainte-Geneviève, université Paris-Sorbonne, musée de Cluny. À coup sûr, ces missionnaires d'un nouveau genre, bardés de bananes antivol, de casques audio et de portables, finiraient leur course sur le parvis de Notre-Dame, dont la pâle nef moyenâgeuse se parait désormais de cicatrices noires abandonnées par les flammes. Ils prendraient des *selfies*, achèteraient à prix d'or des babioles fabriquées à des milliers de kilomètres de là par des esclaves chinois ou taïwanais. Ils s'enverraient de mauvais sandwiches en étant persuadés qu'ils goûtaient au fleuron de la gastronomie française. À leur retour, ils plastronneraient, preuves photographiques à l'appui. Ils auraient fait Paris en deux jours et seraient alors, pour quelques mois au moins, le temps que des voisins s'envolassent vers d'autres bouts du monde, auréolés de leur gloire d'être partis ailleurs. D'avoir osé.

Théo les croisa sans leur accorder l'aumône d'un sourire. Ce fut à peine s'il ressentit une pointe de pitié pour les plus vieux qui se traînaient à l'arrière de ce troupeau marqué, non pas au fer, mais avec des autocollants aux couleurs du voyagiste. Lui, Théophraste Sentiero, il ne faisait pas et ne ferait jamais partie de ce fretin. Il était gaulois, français et parisien. Et jamais, sans doute, ne lui viendrait l'idée saugrenue de partir avec Cécile et les enfants à la pointe de la Terre de Feu pour aller tirer les fanons des baleines – ou même dans les quartiers interdits de Nankin, juste pour voir si les vieux Chinois aux peaux ivoirines fumaient encore d'interminables pipes toutes grésillantes d'opium. Il vivait à Paris et Paris, c'était connu, était la plus belle ville du monde. Alors, oui. Pour se désennuyer un peu, il rêvassait devant les vitrines des librairies Delamain ou Chandeigne. Il faisait ses voyages en douce, par petits bouts, sans avoir l'air d'y toucher. Mais partir ? Certainement pas. Sa vie était ici, même s'il avait l'âme vagabonde.

Rasséréné par cette ultime pensée, le promeneur s'arrêta un instant. Avec une délectation non feinte, il alluma une cigarette. À la maison, Cécile l'avait astreint à la cigarette électronique – et encore, il n'avait obtenu cette concession qu'après de longues heures de palabres et de hauts cris. Afin d'avoir la paix, il avait promis de renoncer au plaisir du tabac que la vox populi rendait chaque jour plus coupable. Finies les cigarettes. Dans l'appartement comme ailleurs, il l'avait juré. Mais là, dans le silence relatif d'une ville débarrassée pour ce long week-end des embouteillages et des tempêtes de klaxons ulcérés, il eut envie d'une vraie clope, une tige, une cibiche. Une sucette à cancer, comme les appelait avec des grimaces horrifiques sa fille, Bénédicte. Ce à quoi le petit Joël, du haut de ses douze ans, ajoutait que l'on pouvait aussi les nommer des Nuit-Grave. Bref. Joignant le geste à la parole, et après avoir tout de même vérifié d'un coup d'œil circulaire que personne ne pourrait le voir, Théo tira de l'une des multiples poches de son pantalon cargo un paquet de cigarettes tout juste entamé. Le crépitement du briquet, la texture souple du filtre entre ses lèvres, l'odeur inimitable de la combustion, la première goulée. Tout cela le fit ronronner de plaisir et il n'accorda aucune importance à l'air réprobateur d'une jeune passante, outrée de constater que des gens pouvaient continuer à se suicider ainsi, en pleine rue. Théophraste Sentiero se fichait éperdument de cette pisse-froid pétrie de bonne conscience. Sa clope était bonne, bonne à damner un saint. Pour rien au monde, il ne l'aurait écrasée. Et ce fut donc la cigarette au bec qu'il poursuivit sa route. Décidément, non. Madame Jouve ne partirait pas au paradis des baeckeoffe et des flammekueche. Le Gay-Lu ne fermerait pas ses portes. Dieu était l'ami des travailleurs et des classes populaires, l'empereur des ponts et le roi tout-puissant des aqueducs. Les touristes ne comprendraient jamais rien à leurs propres voyages. Et le picotement de la fumée dans sa gorge le prit par la main pour l'emmener dans l'antichambre du nirvana ou du Valhalla.

« Pourquoi fais-tu cette tête ?

– Quelle tête ?

– Ta tête à toi, pardi !

– Qu'est-ce que tu lui reproches ?

– C'est une tête de dégoûté, voilà ce que je lui reproche. Mais on verra bien celle que tu feras, tout à l'heure.

– On verra quoi ?

– Quand ce sera sur la table, je suis sûre que tu feras une tête bien différente… »

La veille, le promeneur avait vu juste. La dinde n'avait pas dit son dernier mot. Durant l'heure et demie qu'avait duré l'absence de Théo, Cécile et le volatile avaient eu le temps d'en découdre. Dès son petit-déjeuner expédié, la maîtresse de maison avait pris les choses très au sérieux. Planche à découper, hachoir, couteau d'office pour le tout-venant, couteau à trancher, à désosser ou à effiler : la lutte avait bien eu lieu. Lorsque, à son retour, Théo avait poussé la porte de la cuisine, il n'avait pu que constater le résultat. Sur la table, dans des éclaboussures de graisse marron et figée, Cécile avait trié les restes en trois tas distincts. À gauche, les os. Au milieu, tous les morceaux et jusqu'aux filaments de la viande qu'elle avait réussi à prélever sur la carcasse. À droite, un tas de restes informes où la peau, les tendons, le gras et d'autres parties maintenant non indentifiables de la volaille se réunissaient. Têtue, obstinée, sûre de son fait, la cuisinière avait vaincu. Et elle savait déjà ce qu'il adviendrait de ces monticules.

Le front humide de sueur, les cheveux en bataille et la fourchette à deux dents encore à la main, Cécile confirma aussitôt les craintes de son mari : « Je ne sais pas ce que tu as fait ce matin, mais moi, je n'ai pas chômé. Ce midi, je vais vous préparer un petit plat dont tu me diras des nouvelles : un suprême de volaille dans son envolée de cheveux d'ange.

– Tu ne peux pas dire une soupe de pâtes avec des os pour donner du goût ? »

Ignorant la remarque avec un mépris superbe, elle pointa alors son arme sur les tas de viande et poursuivit : « Ce soir, ce sera sauté de la ferme avec son écrasé façon grand-mère…

– ... des restes de dinde à la purée.

– Demain midi, une fricassée chaud-froid, corail et cumin…

– ... une salade de dinde aux lentilles.

– Et, demain soir, une tourte d'hiver façon Noël…

– ... une quiche à la dinde. »

À ces derniers mots, Cécile se crispa. Le front plissé, elle darda sur son mari des yeux roulants. D'instinct, Théo baissa la tête. Il savait qu'il n'aurait pas dû jouer à ce jeu-là avec sa femme. Mais cela avait été plus fort que lui. Il ne comprenait pas le plaisir que Cécile pouvait éprouver à enjoliver les choses ainsi. Pendant qu'elle entamait une litanie qu'il ne connaissait que trop bien sur la nécessité de savoir tenir les cordons de la bourse dans un ménage, il parvint à dénicher, dans un coin de son esprit, une poche de silence. Quelques notes de Nino Rota rythmant son échappée, il se vit rejoindre la rue de l'Estrapade en empruntant le chemin des écoliers. Devant la vitrine de la librairie Chandeigne, rue des Fossés-Saint-Jacques, il s'était arrêté un instant. Gégène et Cothurne rêvaient de bourrins, de canassons et de quintés flamboyants qu'ils ne toucheraient jamais. Lui, c'étaient les voyages et les horizons lusophones. Portugal ou Brésil, îles du Cap-Vert ou de São Tomé-et-Principe. Toutes ces belles gravures qui s'étalaient en couvertures de livres qu'il ne lirait jamais, elles avaient été volées dans des pays vers lesquels il ne voguerait sans doute pas. Mais cela n'empêchait pas le rêve. Et leur simple vue, même sous un ciel de plomb et au travers d'une vitre, suffisait à éteindre ses petites contrariétés.

« Je te signale que j'ai mis un terme à ma carrière pour élever nos enfants, poursuivit dans le lointain la voix de Cécile. Mais ça, bien sûr, ça ne compte pas. Pas plus pour toi que pour le calcul de ma retraite, soit dit en passant. Mais je te… »

De temps en temps, des reproches parvenaient à s'infiltrer dans le for intérieur de Théo. Ces pointes, le plus souvent fielleuses, ne lui arrivaient que de façon émoussée et ne représentaient aucune menace réelle. En revanche, la perspective de la fermeture du Gay-Lu vint se rappeler à lui. Cette fois, il se risqua à envisager cette éventualité. Le bistro, son bistro, appartiendrait bientôt à une grande chaîne hôtelière... Mais non. C'était impossible. Si, d'aventure, cela devait se produire, il était hors de question pour Théophraste Sentiero, comme pour les autres habitués, qu'ils continuassent à fréquenter un lieu qui, selon toute probabilité, tirerait bientôt plus de l'abreuvoir à gogos que du troquet parigot. Il n'avait rien contre cette population qui, de façon insidieuse tout d'abord, puis toute honte bue, avait poussé les habitants historiques loin de leur quartier. Les affaires, c'étaient les affaires. Par endroits, les loyers avaient doublé, triplé, voire quadruplé. Les anciens finissaient toujours par plier armes et bagages. Un matin, ils se retrouvaient dans des clapiers, des barres d'immeubles de la grande couronne. Très vite, ils abandonnaient l'idée de faire fortune aux jeux de hasard et de revenir un jour, plus tard, en vainqueurs. Ils avaient quitté le Boul' Mich'. Ils avaient quitté leur passé. La plupart ne remettraient jamais les pieds, même le temps d'une visite, sur les lieux de leurs beaux jours. Cela aurait été trop douloureux. Et qu'y auraient-ils fait ? Rien. Sinon, peut-être, pleurer.

« Mais si toi, au moins, tu avais un travail stable, un travail digne de ce nom ! C'est à croire que tu ne te sens bien que dans les petits boulots dont personne ne veut. Repêcher les vélos et les trottinettes ? Mais je... »

Quant à madame Jouve, Théo n'avait, à cette heure, pas encore tranché. Depuis qu'il était en âge de marcher, il ne l'avait jamais vue que derrière son comptoir. Frêle jeune fille, tout d'abord. Puis opulente épouse de son grand voyou de mari, Titin, qu'un accident de voiture avait enlevé à l'affection de tous. Épaisse bistrotière enfin, maîtresse femme ou pétulante dondon, selon les avis. La croupe anesthésiée et figée dans le deuil, mais le coude leste, le verbe haut, le pistolet d'ordonnance chargé dans la caisse enregistreuse, madame Jouve ne pouvait pas partir. Cela aurait été de la désertion, une trahison caractérisée doublée d'une lâcheté sans borne, et…

« Et arrête, avec tes pieds ! Je ne sais pas si ça t'amuse de battre la mesure comme ça mais, moi, je n'en peux plus. Tu m'entends ? Je n'en peux plus ! Déjà, cette nuit, tu m'as fait passer le calvaire. Alors, arrête immédiatement ! »

La dernière phrase venait de faire voler en éclats les considérations silencieuses sur la patronne du Gay-Lu qui flottaient dans l'esprit de Théo. Comme au sortir d'un rêve, il écarquilla les yeux. Regarda de droite et de gauche, se sentant soudain égaré dans cet univers qui lui était pourtant familier. Aussitôt, il reçut en pleine face la suite des reproches égrenés par son épouse :

« Si c'est pour me mettre les nerfs en pelote, c'est réussi ! Et, si c'est nerveux, ça se soigne. Tu m'entends ? J'ai vu une émission, à la télé. Ils n'appellent plus ça des tics ni même des tocs. Il y a un autre mot, un mot plus moderne. Mais ça se soigne. Alors, soit tu arrêtes tout de suite, soit tu files chez le docteur Kiefer ! »

D'une petite voix, Théo tenta de protester : « Mais c'est un généraliste et il…

– Les généralistes savent toutes les maladies, en général. Et c'est quand ils ne savent pas qu'ils t'envoient chez les spécialistes.

– Et qu'est-ce qu'il y fera, le docteur Kiefer ?

– Il fera ce qu'il y a à faire. D'ailleurs, je te rappelle que tu dois aller le voir depuis au moins trois mois. La Sécurité sociale t'a déjà envoyé deux rappels pour ta prostate.

– Elle va bien, ma prostate.

– Ça, tu n'en sais rien. Puis, je te rappelle que c'est gratuit.

– Et alors ?

– T'y as droit, t'y as droit. Et d'ailleurs, puisque tu ne travailles pas cet après-midi, tu vas me faire le plaisir d'aller consulter ! »

La fourchette à deux dents brandie par la main droite de Cécile ne fut pour rien dans l'abattement subit de Théo. Sa femme était soupe au lait, vindicative, de mauvaise foi, toujours la première à tempêter, toujours à aller au bout de ses idées, quitte à menacer. En revanche, elle n'aurait jamais fait de mal à une mouche. Même avec une fourchette à deux dents. Cela, Théo en était sûr. Elle ignorait sans doute ce qu'était une prostate – et encore plus dans quel endroit précis du corps celle-ci pouvait bien se loger –, mais elle venait de décider que Théophraste Sentiero ne ferait pas l'économie, ce jour-là, d'une visite chez le docteur Kiefer, a fortiori d'une visite gratuite.

Sans grand espoir, Théo tenta tout de même : « Ton docteur ne pourra pas me faire l'examen de la prostate. Ce n'est pas à lui de faire ça.

– Il fera ce que nous a écrit la Sécurité sociale. Il t'auscultera et il te fera une ordonnance pour un spécialiste. Et il s'occupera aussi de tes pieds.

– Mais je…

– Ce qui est dit est dit.

– Cécile, je…

– Nous sommes d'accord ?

– Je t'assure que…

– Tu ne voudrais pas qu'on se dispute, tout de même ? »

Comme elle avait reposé la fourchette sur le plateau de la table et troqué sa mauvaise humeur contre une amorce de sourire, Théo s'entendit acquiescer : « Très bien. J'irai chez ton docteur Kiefer. Mais je te rappelle que c'est le pont. Et je ne suis pas sûr qu'il soit ouvert.

– Il est toujours ouvert, tu le sais aussi bien que moi. Même le dimanche et les jours fériés. Celui-là, il ne vit que pour son travail. Puis, un jour comme aujourd'hui, tu n'auras pas beaucoup à attendre et il sera ravi de ta visite. En y allant, tu lui rends donc un peu service, tu vois ? »

✷

Ainsi fut dit, ainsi fut fait. À quatorze heures tapantes, Théophraste Sentiero quitta l'appartement, l'estomac lesté d'un bol de suprême de volaille dans son envolée de cheveux d'ange. À tout bien considérer, il pouvait s'estimer heureux de cette visite au docteur Kiefer. La table à peine débarrassée, Cécile s'était installée en reine de Saba sur le canapé pour visionner son programme, son *soap opera*, disait-elle avec un sérieux imperturbable – comme si ce seul vocable d'*opera* suffisait à rehausser le niveau consternant de la bouillie qui giclait par flashes de l'écran du téléviseur. Durant trois fois vingt-quatre minutes, le silence devenait la loi. Le moindre contrevenant encourait des foudres homériques. Mieux valait s'y soumettre. Et, en vérité, le docteur Kiefer n'était pas un méchant homme. C'était même le bon papa, à l'ancienne. Pas du genre à inquiéter son patient, pour peu que celui-ci acceptât de l'écouter discourir sans fin sur sa passion, sa marotte, son péché mignon : les lettres autographes. Il en possédait des centaines. Toutes rédigées par des mains de célébrités issues de tous les milieux et de tous les arts. Adam Kiefer n'était pas bégueule. Il prenait tout, classait chaque feuillet avec un soin méticuleux et pouvait broder sur ceux-ci durant des heures, intarissable et admiratif, la larme perlant parfois à la paupière et les mains moites, rendues fébriles par l'émotion et le plaisir sans mélange de partager ces éclats du passé.

Au numéro 4 de la rue Laromiguière, Théophraste Sentiero appuya sur le bouton de la sonnette. Comme aucune réponse ne se fit entendre, il renouvela l'opération une vingtaine de secondes plus tard. Là encore, seul le silence lui répondit. Ne voulant pas tenter le diable avec une troisième tentative, il décida d'abandonner. Si le docteur Kiefer était en congé, il n'y était pour rien. Cécile ne pourrait que s'incliner et il gagnerait ainsi, au bas mot, trois semaines de répit.

Au moment où il opérait une volte-face, le timbre métallique de l'ouvre-porte finit par bourdonner sous le ciel épais. Résigné, Théo poussa le lourd ventail. Dans sa poche, sa main se referma sur l'enveloppe de la Sécurité sociale que Cécile avait pris soin de glisser. Les jambes molles, les fesses plus serrées que de coutume à la seule idée de devoir subir quelque jour une coloscopie, il s'engagea alors dans un vaste escalier sentant fort l'encaustique, la javel et les vapeurs d'alcool à désinfecter.

Ridicule. Ridicule et humilié. Après quinze minutes d'attente dans la salle prévue à cet effet, après s'être usé les yeux sur des magazines féminins dont il ne soupçonnait pas même l'existence, après avoir répondu à un questionnaire de santé qui tenait plus de l'interrogatoire que de la visite médicale, après s'être soumis, à demi nu, à toute une batterie d'examens, Théophraste Sentiero ne voyait plus le moment où il quitterait enfin ce cabinet où l'opiniâtreté maritale de Cécile l'avait précipité. Car voilà, ça n'était pas le bon papa Kiefer qui l'avait reçu. Cette vieille lune, au triste instar de madame Jouve, avait posé sa retraite. À l'accueil, la secrétaire l'avait informé de cet état de fait sur un ton laconique. Le docteur n'avait plus de goût pour soigner, avait-elle affirmé. Il avait donc tiré sa révérence, sans tambour ni trompette – mais sans doute avec une profonde lassitude et un tout aussi profond soulagement. À la place de ce médecin de famille capable de se pâmer sans fin sur des pleins et des déliés, illisibles pour tous sauf pour lui, Théo avait eu affaire à un jeune praticien, un de ces juvéniles coqs blafards, sans doute encore carabin, un je-sais-tout squelettique, osseux, à la peau blême et aux manières de directeur d'école. À l'instant où il était entré dans la salle d'examen, il avait compris que rien ne se passerait comme prévu. Il avait bien songé à faire demi-tour, mais l'animal, trop heureux d'avoir pris une potentielle proie dans ses filets, avait été plus prompt que lui, refermant, d'autorité, la porte dans son dos. Alors, le supplice avait pu débuter.

Derrière ses minuscules lunettes de myope sur un nez proéminent, bien trop fort pour un visage concave, le nommé Jonathan Cadirac s'était tout d'abord plongé dans la lecture du courrier que la main fébrile de Théo lui avait tendu. Le front plissé, deux rides d'amertume inquiète posées aux coins des lèvres, il avait parcouru la missive administrative avec de petits grognements qui avaient alarmé son visiteur. Coupant court à toute question d'un mouvement agacé de la main gauche, il avait longuement soupiré. Puis, d'une voix d'outre-tombe, il avait fini par lâcher : « Nous verrons bien… » Interdisant, cette fois du regard, toute velléité d'interrogation, il s'était ensuite levé. Avec des gestes lents, il avait accroché son stéthoscope autour de son cou de poulet. Poursuivant sur le même ton lugubre, et pendant qu'il nettoyait avec ostentation ses mains à l'aide d'une solution hydroalcoolée, il avait ajouté : « Déshabillez-vous. Nous allons voir ça… »

Température, taille, poids, rythme cardiaque, pression sanguine, examen des conduits auditifs et de la langue, marteau de caoutchouc pour vérifier les réflexes des genoux, palpations diverses et variées, tapotements au niveau de la cage thoracique et du dos :

Jonathan Cadirac ne laissa rien au hasard. Sans jamais daigner croiser le regard de son patient, il écouta ou entendit les réponses que Théo lui adressa d'une voix mal assurée.

Quelques instants plus tard, face à son sujet qui se rembraillait de son mieux et se sentait dans la peau d'un conscrit ayant satisfait aux examens militaires d'incorporation, le généraliste retourna s'installer derrière son bureau, méticuleusement ordonné. Il saisit un Mont-Blanc flambant neuf entre ses doigts maigres et commença à griffonner, dans le plus parfait silence. Outre la feuille de soins qu'il prit la peine de remplir lui-même, il ajouta une ordonnance pour la coloscopie, toute une batterie d'analyses sanguines, ainsi qu'une liste infinie de médicaments.

Les yeux toujours baissés sur ses pattes de mouche, il consentit tout de même à expliquer : « Pour votre prostate, ce n'est pas de mon ressort.

– C'est ce que j'ai dit à ma…

– Pour cet examen, je vous fais une ordonnance en bonne et due forme. Et je vous demanderai de vous rendre au plus vite à l'adresse indiquée. Ne traînez pas, je compte sur vous.

– Pourquoi au plus vite ? »

Après un nouveau soupir, cette fois agacé et désagréable à entendre, il grommela : « Je vous ai dit au plus vite, rien de plus. Quant à vos pieds, je vous ai préparé une ordonnance à l'attention de mon confrère, le docteur Salvay. C'est un excellent neurologue. Et dans votre état…

– Comment ça, mon état ? C'est grave, docteur ?

– … je vous prescris aussi des anxiolytiques. Les symptômes persisteront, mais cela les atténuera. Respectez la posologie. Et revenez me voir, disons la semaine prochaine.

– Mais… Qu'est-ce que j'ai ? »

Cette simple question eut pour effet immédiat de figer la course de la plume sur l'ordonnancier. Après avoir pris le temps de la réflexion, le généraliste expira à nouveau de manière bruyante. Puis, comme s'il s'adressait à un demeuré, il énonça avec une morgue détestable : « Monsieur, si je vous envoie chez un neurologue, c'est parce que lui, précisément, pourra vous dire ce que vous avez. Moi, je ne peux que supposer.

– Et vous supposez quoi ?

– Vous voulez vraiment que je vous dise ce que je pense de vos battements de pieds ?

– Je suis là pour ça, non ?

– Non. Vous êtes là pour être examiné, pas pour être soigné. Si vous n'aviez qu'un rhume ou une brûlure superficielle, je ne dis pas. Une entorse bénigne, à la limite. Mais là… C'est neurologique.

– Et alors ?

– Mon confrère vous dira. J'ai constaté des symptômes, mais c'est à lui qu'il appartient de rendre un diagnostic. En ce qui me concerne… »

Alors que Théo commençait à ressentir, au niveau du ventre, de désagréables bouffées d'angoisse, Jonathan Cadirac reprit, les yeux plissés par un effort de concentration : « Pour ma part, donc, je ne prendrai aucun risque. Si les spécialistes existent, c'est qu'il y a une raison.

– Vous ouvrez le parachute, je veux bien. Mais quel est votre sentiment à vous ? »

Le regard lourd de mépris du docteur suffit à faire comprendre au visiteur qu'il ne goûtait pas cette image aéronautique. Tout en revissant le bouchon de son Meisterstück, il répondit tout de même : « Pour ma part, disais-je, je pencherais pour un cas somme toute très banal de…

– De quoi ?

– De Tremblement Essentiel.

– Pardon ? »

Pour la première fois depuis le début de l'entrevue, le docteur Cadirac se laissa aller en arrière dans son fauteuil de cuir noir. Un sourire de suffisance sur son visage diaphane, il expliqua en connaisseur : « C'est une affaire plutôt bénigne. Elle touche, de mémoire, une personne sur deux cents, en France. Soit, trois cent mille personnes.

– Et ?

– Et seul le néophyte peut se laisser abuser et prendre ce dysfonctionnement pour une maladie de Parkinson. La bonne nouvelle, en l'état, c'est que vous n'êtes pas parkinsonien. La mauvaise, c'est que vous êtes, selon toute vraisemblance, frappé par le Tremblement Essentiel. »

Dans le ventre de Théo, les mouvements de flux et de reflux de l'angoisse reprirent de la vigueur. Avant qu'il ne pût demander le moindre éclaircissement, le praticien enchaîna, avec une voix où, cette fois, une gourmandise malsaine semblait poindre et l'emporter :

« Le Tremblement Essentiel. Le T.E. Quel joli nom, n'est-ce pas ? C'est aussi une affection que l'on nomme le Tremblement Familial ou Tremblement Bénin, ou Tremblement Idiopathique. Pour éclairer votre lanterne, c'est un gène qui apparaît sur le chromosome 3. Il crée un récepteur membranaire hypersensible à la dopamine, ce qui fait passer celui-ci en récepteur D3. Je vous passe les détails. Retenez simplement que c'est cette action qui explique que vous ne contrôliez plus parfaitement les muscles de votre corps, en l'occurrence ceux de vos jambes. Mon confrère vous examinera, vous interrogera sur votre hérédité, sur votre thyroïde, votre consommation d'alcool, de café ou votre dépendance aux substances stupéfiantes. Il cherchera également du côté de Parkinson, bien entendu. On ne sait jamais. »

Profitant d'une pause dans ce monologue auquel il n'entendait à peu près rien, Théo osa : « Et ça se guérit ? Je veux dire : ça va partir ce T.E, comme vous l'appelez ? »

Vexé d'avoir été interrompu dans l'étalage de sa science fraîchement puisée aux sources de la faculté, Jonathan Cadirac rétracta son cou décharné entre ses épaules malingres. Puis, avec un dédain qu'il ne tenta pas même de dissimuler, il cingla : « Le T.E ne part pas, monsieur. Ou alors, au prix d'importants sacrifices. Je vous ai prescrit des anxiolytiques en attendant la consultation chez mon confrère qui, lui, vous donnera des bêtabloquants, des antiépileptiques ou des anticonvulsivants. Voire des injections de toxine botulinique. Si votre état venait à s'aggraver, vous devriez passer, j'en ai peur, à l'électrostimulation cérébrale profonde. Trois fois rien, en fait. Enfin, si l'on veut. On vous implantera deux électrodes, suite à une stéréotaxie*, dans les zones thalamiques. Il faut compter huit à dix heures de bloc, certes. Mais ces opérations se déroulent sans trop de déchets, aujourd'hui. Vous n'avez pas de tic intragénique. S'ils sont pathologiques – et donc, non intragéniques –, ces troubles peuvent être la manifestation d'une affection liée à l'hyperthyroïdie ou au pheochromocytome, voire à la chorée de Huntington ou à la maladie de Wilson. Mais rien qui soit mortel. C'est handicapant, soyons honnêtes. Mais ça n'est pas mortel… »

Avant que le généraliste ne repartît dans ces élucubrations dont la moindre syllabe arrachait désormais à la peau de Théo des frissons d'effroi, ce dernier se leva. Sans un mot, il ramassa la

* Repérage radiologique des structures du cerveau.

pile d'ordonnances et, après un grognement signifiant au revoir, il quitta la pièce, le cœur battant la chamade.

Mains dans les poches, tête baissée, Théophraste Sentiero remonta la rue Laromiguière et obliqua sur sa gauche pour récupérer celle de l'Estrapade. Dans son esprit, les termes techniques employés par le successeur du bon papa Kiefer se télescopaient, tous plus terrifiants les uns que les autres. Mais quoi ? À bien y regarder, son état n'avait rien de si terrible. Il avait les pieds qui bougeaient tout seuls. Et alors ? Les pieds étaient faits pour cela, non ? Pas à table ni dans le lit, certes. Mais pas de là à se faire charcuter dix heures sur un billard ! Tremblement Essentiel ou Tremblement Familial ? Si ses pieds voulaient bouger, qu'ils bougent ! Aucune loi ne l'interdisait, du moins à sa connaissance.

Sans y prendre garde, il parvint à l'embouchure de la rue Férou par les rues de Médicis et de Vaugirard. Plus loin, l'église Saint-Sulpice dressait dans le ciel bas sa masse de roches grises. Encore cent cinquante mètres et il serait sur le parvis. Théophraste Sentiero avait la foi. Mais il ne croyait pas plus en un Dieu blond et blanc qu'en l'humanité. Le premier était toujours absent. La seconde le désespérait chaque jour un peu plus. En revanche, il appréciait parfois, dans les moments graves comme celui qu'il était en train de traverser, de se retrouver au creux des églises, dans leur ventre froid qui embaumait l'encens. Aussi, il pressa le pas, animé par la seule envie de s'asseoir en pleine solitude sur un banc de prière pour ramener un semblant de calme dans son esprit troublé.

# ✷ CINQ

Ce ne fut que lorsqu'il se posa dans un coin retiré de la nef de l'église Saint-Sulpice que Théophraste Sentiero put à nouveau souffler. Depuis qu'il avait quitté le cabinet du docteur Cadirac, ses pieds semblaient se tenir tranquilles, se contentant de marcher. En revanche, son esprit battait la campagne. Même là, sous l'œil bienveillant de la Vierge à l'enfant dans sa chapelle, entouré par les peintures de Delacroix, protégé par la chaire dorée à l'or fin et le buffet d'orgue – un mur de tuyaux de couleur gris perle qui s'envolait sous les arches –, il se sentit vulnérable. Cependant, il n'était pas à plaindre, c'était entendu. Dans la rue Férou, il avait croisé un homme qui avait à peu près le même âge que lui et qui se déplaçait en s'appuyant sur un déambulateur à trois roues. Lorsque les deux marcheurs étaient parvenus à hauteur, leurs regards avaient tenté de s'éviter mais, dans la venelle déserte, ils avaient fini par s'accrocher un instant l'un à l'autre. L'individu, les deux mains arrimées aux poignées de plastique de son engin, progressait à petits pas. Sur ses épaules voûtées, il semblait supporter toute la misère du monde, et cela n'avait été qu'au prix d'efforts douloureux qu'il était parvenu à dessiner sur son visage fermé à double tour une grimace de politesse. En réponse,

Théo l'avait gratifié d'un sourire dont il avait aussitôt senti qu'il sonnait faux. Un mélange indigeste de pitié, d'empathie, de bienveillance, voire l'amorce d'une solidarité muette. L'un n'avançait qu'avec peine. L'autre, par intermittences, ne tenait plus ses pieds. Ce monde était décidément bien injuste. Le quidam au déambulateur ne s'en était pas offusqué, sûrement rompu depuis longtemps à ces simagrées. Il portait sa croix. Tous les sourires du monde n'y changeraient rien. Clopin-clopant, il avait poursuivi son chemin, abandonnant dans son sillage toutes les promesses de paradis artificiels qui fleurissaient aux colonnes d'inspiration grecque de la façade de Saint-Sulpice.

Les mains toujours dans les poches, et le nez transi par un vent coulis qui soufflait des quatre coins de l'horizon à la fois, Théophraste Sentiero était parvenu devant le bâtiment. Sur les marches, il avait avisé un cul-de-jatte qui, sébile en main, faisait de la retape avec une voix à fendre les pierres. C'était un métis amputé des deux jambes, posé comme un paquet sur les escaliers. Émergeant d'un improbable empilement de pulls et de cache-cols, son visage apparaissait avec peine dans la lumière laiteuse. Sa peau, tatouée de grandes plaques blanches sans doute abandonnées par des brûlures, lui donnait un air effrayant. Lorsqu'il était passé près de lui, Théo n'avait pu s'empêcher de l'observer à la dérobée. Le mendiant n'était que cela : un tas de vêtements gémissant, une main suppliant la charité, deux yeux affolés d'un poisson jeté sur la berge. Et ces taches, d'un blanc livide, dans la houille d'un visage que l'on eût dit rongé par des angoisses intérieures irrépressibles. Avec un sentiment de honte qu'il n'était pas parvenu à réprimer, Théo s'était félicité en silence. Il possédait encore ses deux jambes et avait un toit au-dessus de la tête. Il avait aussi une famille et un travail. Des copains de bistro. En cherchant bien, il devait pouvoir nommer quelques cousines et cousins éloignés. De la parentèle de pacotille, certes, mais elle existait. Tout le monde ne pouvait pas en dire autant. Tout en bénissant sa chance d'être vivant et debout, et se félicitant d'avoir eu au déjeuner de la dinde de la veille transformée en suprême de volaille dans son envolée de cheveux d'ange, il avait laissé derrière lui la misère de cette moitié d'homme brûlé.

« Bonjour, mon fils. Y a-t-il quelque chose que je puisse faire pour vous ? »

Malgré le murmure très doux de la voix qui venait de le tirer de sa torpeur, il sembla soudain à Théophraste Sentiero que l'on venait de hurler à ses oreilles. Il sursauta, comme pris sur le fait d'une mauvaise action. Debout devant lui, le dominant dans sa soutane d'un noir profond, un homme de Dieu – un curé ou un prêtre, il n'avait jamais bien su faire la différence – le considérait avec bonhomie. Théo le connaissait pour l'avoir aperçu à quelques reprises, entre les flancs de l'église ou dans les rues du quartier. C'était un catholique rondouillard, la cinquantaine passée, râblé, ventru comme une barrique de bordeaux, la peau luisante, l'œil vif. Les mains jointes, ou dessinant parfois dans les airs des signes de croix, il officiait à Saint-Sulpice, toujours d'humeur égale.

La voix engageante du prélat, mâtinée d'une pointe de soleil venu du Sud-Ouest, reprit, avec la même gentillesse : « Peut-être que vous êtes venu prier ou méditer ? Auquel cas, je ne vous dérange pas plus. »

Aussitôt, Théo se récria : « Non, monsieur. Enfin, mon père. Vous ne me dérangez pas. »

Jugeant que cette réponse pouvait aussi faire office d'invitation, l'ecclésiastique s'installa alors à la place voisine. Puis il murmura, peut-être pour lui-même : « Ces festivités de Noël m'ont épuisé.

Tant de fidèles à la messe du 25. Et le désert revient dès le 26. Ce phénomène se vérifie chaque année. Seuls les vrais paroissiens savent que c'est le lendemain de la naissance de notre Seigneur Jésus-Christ, quand l'église sonne creux, que l'on peut en toute quiétude sentir la présence du divin… »

S'apercevant qu'il avait exprimé le fond de sa pensée à mi-voix, il esquissa une moue de repentir et, se tournant vers son voisin, il demanda : « Qu'en pensez-vous, mon fils ? »

Théo faillit répliquer que, pour l'heure, il ne sentait que le froid humide qui courait entre les bancs mais, rattrapé par sa politesse coutumière, il se fendit d'un simple : « C'est sans doute vrai. »

Durant quelques instants, les deux hommes ne s'adressèrent plus la parole. Dans le lointain montaient parfois les supplications du mendiant cul-de-jatte au visage mangé par le feu. Avec des plaintes à fendre l'âme, il tentait de harponner les rares passants qui croisaient à proximité puis, aussitôt, il s'abîmait à nouveau dans le mutisme, laissant le vent siffler sa mélodie mélancolique. Le silence revenait se poser, par plaques cotonneuses, jusqu'à ce que de nouveaux gémissements le remplacent.

Les bras courts croisés sur sa bedaine, le prélat se sentit en veine de discussion et finit par s'enquérir : « Si je ne suis pas trop indiscret, est-ce que je peux savoir ce que vous êtes venu chercher ici, en ce lendemain de fête ? »

Alors que Théo allait bredouiller une réponse quelconque, le curé le devança : « C'est frappant, vous ne trouvez pas ? Pour Pâques, les Rameaux et la Noël, les gens se pressent en masse à l'église. Pour la Toussaint et les grands enterrements aussi, il faut bien l'avouer. Pour les mariages, c'est selon. Le reste du temps, j'ai l'impression désagréable d'administrer une coquille vide. D'ailleurs, comme vous pouvez le constater, nous sommes seuls. »

Approchant un peu plus sa face bonhomme de celle de Théo, il afficha un nouveau sourire et insista : « Alors ? Que faites-vous dans la maison de Dieu à l'heure où chacun ne pense qu'à digérer les agapes ?

– Pour vous dire la vérité, je ne sais pas très bien pourquoi je suis là. Il faut croire que ce sont mes pieds qui m'ont conduit chez vous.

– Vos pieds ? Voilà une idée qui est amusante !

– Vous trouvez ?

– Disons que… Dame ! Ce sont vos pieds qui ont décidé pour vous de l'endroit où vous vouliez aller. Eux, et non votre cerveau. Ce n'est pas commun. »

Avec un sourire de connivence, Théo acquiesça : « On peut voir les choses comme ça, c'est vrai. »

Emporté par son idée, le père débonnaire enchaîna : « Imaginez-vous seulement cela, mon fils. Si c'étaient nos pieds qui décidaient de tout, nous n'aurions plus à réfléchir. Finis les doutes, les questions de choix et les atermoiements. Nous nous contenterions de vivre, sans jamais nous interroger sur notre destinée. »

Malgré lui, surmontant sa timidité, une question s'invita sur les lèvres de Théo : « C'est vraiment des choses auxquelles vous pensez, vous ?

– Et pourquoi pas ?

– Je ne sais pas. Je croyais que les curés étaient sûrs de tout.

– Les plus jeunes, ceux qui viennent de prononcer leurs vœux, certainement. Mais je suis déjà un vétéran, un grognard. Aussi, j'ai appris à me méfier tout autant des certitudes que des gens qui en sont pétris. »

Enhardi par la gentillesse du ratichon, Théo se risqua : « Mais vous, vous avez une idée de l'endroit où vous emmèneraient vos pieds ? »

Dans la pénombre, les yeux du curé – fixés sur la statue de la Vierge Marie – luisirent de malice. Du tac au tac, il répliqua : « Si j'étais Savinien de Cyrano – ou Cyrano de Bergerac, si vous préférez –, je vous répondrais sans l'ombre d'une hésitation : sur la Lune*. Mais, comme je ne suis qu'un homme d'Église, je crois qu'ils iraient plutôt se promener du côté du paradis.

– Et si vous ne le trouviez pas ? »

Après s'être donné le temps de la réflexion, et sans se départir de son sourire, le curé caressa sa joue glabre d'un lent revers de main. Puis, il murmura : « Si mes pieds ne le trouvaient pas, j'espère que ma foi, au moins, saurait m'y conduire. Et, si ma foi n'y parvenait pas non plus, je crois que je reviendrais ici, à mon point de départ. Mais peut-être que je certifierais tout de même à mes ouailles avoir trouvé le paradis et m'être entretenu avec le grand saint Pierre. Ce serait un péché de vantardise, et peut-être un mensonge, c'est vrai. Ou une bonne action. Je laisse cela à votre jugement.

– Et si vos ouailles vous demandaient des preuves ? »

L'homme de Dieu étouffa un petit rire et s'exclama : « Des preuves ?

– Oui. Si vous me disiez, comme ça, que vous êtes allé au paradis, j'aurais besoin de preuves pour vous croire.

– Il est vrai que le scepticisme et l'incrédulité sont souvent invoqués de nos jours. Disons alors que, à défaut de preuves, je vous raconterais mon voyage en vous donnant le plus de précisions et de détails possible – détails dûment tirés de la Bible, cela va de soi.

– Là, ce serait un mensonge…

– Oui. Et non. Pour que ce soit un mensonge, il faudrait pouvoir apporter la preuve que j'ai menti. Donc, il faudrait m'opposer

* *Histoire comique des États et empires de la Lune*, nouvelle écrite par Cyrano de Bergerac, 1657.

quelqu'un qui soit lui-même allé au paradis, ou prétende y être allé, et qui en ait eu une vision différente. Si vous connaissez cette personne qui a suivi ses pieds jusqu'à rencontrer le Prince des apôtres, amenez-la moi le plus vite possible. C'est vrai qu'à Saint-Pierre de Rome, les miracles ne manquent pas. Mais ici, nous sommes un peu chiches en la matière. »

Après s'être relevé et incliné devant Théo, il conclut alors, de manière toujours aussi amicale : « Quoi qu'il en soit, nous avons tous notre route à suivre. Qu'elle mène au paradis ou pas est une autre question. Chaque route est personnelle.

– Vous voulez dire que tout est déjà écrit ?

– Pas exactement, mon fils. La destination du voyage de chacun est inscrite dans le grand livre, c'est pour moi une certitude. En revanche, nous avons tous le choix de la façon dont nous voulons l'accomplir. Pour aller de Paris à Marseille, la plupart des gens passent par Lyon. D'autres, infiniment plus rares, choisissent de flâner, de faire des détours, de rallier auparavant Brasilia, Sydney ou New York avant de toucher à Marseille. Certains font même escale par la pointe extrême de la Terre de Feu. Ou par Nankin, pour visiter les fumeries d'opium, qui sait ? »

Tout en s'éloignant dans la travée sous le regard à la fois ébahi et effrayé de Théo, il ajouta : « Suivre sa propre route. C'est certainement ce qu'il y a de plus difficile à faire en ce bas monde. Mais ça en vaut la peine, croyez-moi. Ça en vaut vraiment la peine… »

*

Pourquoi Théophraste Sentiero se rendit-il, par cette fin d'après-midi maussade, sur le pont Neuf ? Nul ne le sut vraiment – et certainement pas l'intéressé lui-même. En quittant Saint-Sulpice, au lieu de reprendre la rue Férou et de rentrer docilement chez lui, il obliqua sur la droite. Dans un crachin que l'on ressentait à peine, il emprunta la rue Mazarine et poursuivit en badaudant par celle de Dauphine. Lorsqu'il s'aperçut qu'il avait atteint la première pile du monument qui enjambait la Seine, il s'immobilisa. Derrière lui, près du Champ de Mars, la tour Eiffel ne tarderait pas à scintiller. Aussitôt, les téléphones portables des touristes crépiteraient afin de saisir l'instant exact où le phallus de Paris illuminerait la capitale des Droits de l'Homme. Dans un bel ensemble, ils voleraient ces éclats de lumière et les emporteraient avec eux, de par le vaste monde.

Accoudé à la rambarde du pont Neuf, Théo s'autorisa le luxe d'une nouvelle cigarette. Cette fois, il ne se trouverait personne pour l'en blâmer, pas même du regard. Du moins, il n'en saurait rien puisque, penché sur la Seine, il éprouvait la sensation enivrante de tourner le dos à l'humanité. En expirant la première goulée, que le vent se chargea de disperser, il se mit à penser à son travail. Cécile n'avait pas tort. Repêcher des trottinettes et des vélos, même électriques, cela n'offrait rien de bien glorieux. D'ailleurs, à chaque rencontre, Robert et Ginette ne manquaient jamais de remettre le sujet sur la table. C'était un boulot sans lustre, sans avenir. Pas de quoi bomber le torse ni faire le matamore. Dès lundi, pourtant, il devrait reprendre son poste. Il jetterait son grappin dans les flots boueux du fleuve. Neuf fois sur dix, au moins, il ne remontait rien. Rien, sinon des gerbes d'eau, des bouquets de plantes aquatiques filiformes dont il ignorait les noms, des branchages, des sacs de plastique. Parfois aussi, des pneus ou des pièces d'électroménager allant de la simple cafetière au réfrigérateur américain. Les gens étaient des porcs. C'était à croire qu'ils n'avaient pas évolué depuis le Moyen Âge. Pour cette engeance immonde, le cours d'eau tenait toujours lieu de poubelle à ciel ouvert. Ils s'y défaisaient de l'inutile, du cassé, du gênant. L'esprit en paix, ils s'étaient convaincus une bonne fois pour toutes que la Seine pouvait tout digérer. Pourquoi se seraient-ils gênés ? Des pourceaux. Il le savait, il était payé pour le savoir. Son travail était donc celui d'un tâcheron au service d'une communauté ordurière. Il ne nécessitait aucune compétence particulière. Il faisait passer le temps, remplissait la marmite et pouvait même s'apparenter à une espèce de planque qui aurait dû ne laisser aucun espace aux doutes, pas plus qu'aux angoisses.

Pourtant, à chaque fois qu'il balançait son filin dans la Seine, Théo ne pouvait s'empêcher de frémir. Et si, au bout du trident d'acier, il ramenait un cadavre ? Un vrai. Un macchabée, une charogne, les restes d'un défunt ? Cela ne lui était jamais arrivé et ne se produirait sans doute jamais. Cependant, depuis quelques mois, il en rêvait la nuit. Au matin, il se réveillait en sueur et devait passer de longues minutes à effacer de son esprit ces images macabres, celles de corps verdâtres, enflés d'eau et de limon à éclater. Un matin, l'un des collègues avait repêché un chien. Son état de putréfaction était déjà bien avancé. Les globes oculaires étaient sortis de leurs orbites et tous les gars de l'équipe, probablement pour conjurer leur effroi, avaient ri à gorges déployées. Tous, sauf lui. Il s'était penché sur le petit corps inerte. Il avait surmonté son dégoût et passé le bout de ses doigts gantés sur l'échine du chien. Les copains lui avaient demandé s'il comptait l'adopter, s'esclaffant à nouveau. Théophraste Sentiero, lui, n'avait pas prononcé un seul mot. Il était retourné à son travail. À dater de ce jour, il n'avait plus jamais envoyé son grappin dans la Seine sans prier, à chaque lancer, pour ne pas avoir à tirer hors de l'eau un suicidé, une cloche trop saoule pour marcher droit, ou la victime d'un règlement de comptes.

Après avoir fait tomber dans le fleuve la braise rougeoyante de son mégot, et remisé celui-ci dans sa poche afin de le jeter dans la première poubelle qu'il croiserait, il remonta le col de sa parka. À l'instant de se remettre en route, il se fit une promesse, l'une de ces résolutions dont on ignore si l'on sera capable de les tenir mais que l'on fait tout de même, avec l'espoir que les forces ne nous manqueront pas au moment de passer à l'acte. Il en avait assez. Il ne retournerait plus draguer la Seine. Il était arrivé à saturation. Ce n'était pas le travail en lui-même qui était déplaisant, non. Les jours de soleil, c'était même agréable de parcourir les berges piquetées de Parisiennes. Entre deux rendez-vous, elles venaient s'installer sur les rives, lascives, les bras nus et les yeux fermés par le plaisir. Au-delà de ce spectacle innocent dont il ne perdait pas une miette, il pouvait aussi s'enorgueillir de faire œuvre utile. L'équipe dont il faisait partie n'était pas composée de mauvais bougres, quoiqu'ils ne fussent pas très futés – c'était un doux euphémisme. Pour eux, les taquineries et les mots graveleux faisaient office de bonjour et d'au revoir. Mais c'étaient de bons gars et il n'avait pas à se plaindre. En revanche, il en avait plus qu'assez de ramener certaines nuits, dans son lit, des cadavres à moitié dévorés par des poissons. Ce n'était pas une vie, tout de même ! Dès lundi, il flanquerait sa démission à Vermillon, le chef du service. Il ne mettrait plus ses chaussures de sécurité, n'endosserait plus sa chasuble jaune fluorescente, n'aurait plus à supporter les regards emplis de mépris des riverains ou des touristes qui ne voyaient en lui qu'un collecteur de déchets, une broque. C'était décidé. Théophraste Sentiero ne serait plus un charognard, un fossoyeur des fonds fluviaux, un croque-mort des eaux douces, un alpagueur des suicidés, un dragueur de dépouilles abandonnées. Il faudrait annoncer cela à Cécile, bien entendu. Mais quoi ? Il avait encore bien le temps. Tout un week-end. D'ici lundi matin, il possédait l'éternité devant lui.

Ragaillardi par cette résolution qui, à cet instant précis, lui semblait indiscutable, il fourra les mains dans ses poches et se décida à repartir. À l'attention de ses pieds, il lâcha seulement : « Cette fois, pas de blague. Direction la maison... »

Obéissant à l'injonction, les deux pieds se mirent en mouvement, dociles, rassurants.

Ce fut alors qu'il la vit. Elle. Peut-être y avait-il d'autres personnes avec elle, peut-être qu'elle était seule. Il n'en sut jamais rien car il ne vit qu'elle. Plutôt petite, chaussée de tennis blanches, vêtue d'un jeans délavé et d'une épaisse doudoune, elle avait peut-être la trentaine. Peut-être dix ans de moins. Ou de plus. Il n'en savait rien. Il s'en foutait éperdument. Sur le trottoir opposé du pont Neuf, protégée du froid par une large écharpe de laine écrue, elle marchait droit devant elle, en direction de la rue de Rivoli. D'ailleurs – et Théo se reprit immédiatement –, elle ne marchait pas, non. Elle flottait. Elle volait sur l'asphalte mouillante de pluie. Il n'aurait su dire si elle était maigre ou bien en chair, belle ou quelconque. Elle était, et c'était déjà beaucoup. Dans le vacarme du trafic qui avait grossi, elle passa sans distinguer dans la nuit qui s'assoupissait sur Paris Théophraste Sentiero, repêcheur de trottinettes, de vélos et, accessoirement, de cadavres. L'air parfaitement idiot, la bouche entrouverte, il la suivit du regard. À chacun des pas de la jeune femme, il eut alors la sensation très nette que l'on marchait sur son cœur. Que la vie, cette chienne de vie, lui offrait un cadeau, mais qu'elle allait le lui reprendre aussitôt. L'espace d'une fraction de seconde, il se dit même qu'il devait suivre cette ombre fluide. Que ce serait un gâchis infini que de laisser s'évanouir cette apparition. Sur le sol trempé, d'ailleurs, ses pieds étaient prêts. Ils piaffaient d'impatience. Cette fille ne pouvait pas être en train de passer là, par hasard. Et lui-même ? Que foutait-il ici alors qu'il aurait dû être chez lui, bien au chaud, entouré par sa femme et ses enfants ? Oui. Il devait la suivre. C'était écrit.

Il la suivit. Mais du regard. Du regard, seulement.

Voyons ! Mais pour qui se prenait-il ? Il n'était que Théophraste Sentiero, après tout. Et Théophraste Sentiero ne suivait pas, n'avait jamais suivi et ne suivrait jamais une inconnue dans la rue. Cela ne se faisait pas. Ça n'était pas convenable. Puis, avec sa gueule usée, sa parka de pauvre et sa timidité maladive, il n'aurait eu aucune chance. Un gabarit comme ça, ça n'était pas pour lui. Ils ne fréquentaient pas les mêmes cours d'écoles. Ces rencontres dignes d'un film, c'était pour les hommes beaux, sûrs d'eux, célibataires. Et riches. Comme un autobus s'immobilisait dans le flux des voitures, masquant la jeune femme, il grommela : « Connard… Embraye. Embraye et dégage ! »

Alors que la silhouette réapparaissait enfin mais s'éloignait toujours un peu plus de lui, il ne la lâcha plus des yeux. Il ne voulut rien en manquer. Il désirait plus que tout se gaver de l'image de cette inconnue qui passait, si proche de lui et pourtant inaccessible. Un mot, soudain, lui revint en tête. Sylphide. C'était un mot que lui avait appris sa professeure de français, madame Alainmat, du temps où il traînait ses fonds de culotte en classe de quatrième. Ses copains d'école, eux, n'avaient pas voulu retenir ce petit vocable. Ils l'avaient trouvé trop compliqué et avaient préféré celui de fantasme, confondant les Vénus callipyges des magazines qui ne se lisaient que d'une main avec la part de rêve qu'offre le désir amoureux. Mais lui, il avait adoré ces trois syllabes qui scandaient ce terme de sylphide. Avant d'être cueilli par Cécile et de passer devant monsieur le maire, Théo avait eu la chance d'approcher quelques-unes de ces beautés. Avec sa gueule ravagée par l'acné et ses manières gauches, il s'en était même fait une spécialité. C'était de l'amour muet et en douce, en contrebande, des sentiments qu'il ne partageait avec personne sinon avec lui-même. À tort ou à raison, il jugeait ces filles trop belles pour lui. Dans la cour de récréation, de très loin, il ne les quittait pas du regard, observant chacun de leurs gestes dans la plus grande discrétion. Sans rien savoir d'elles – sinon la forme de leurs yeux, une pause, un rire, une mèche de cheveux décoiffée par le vent –, il les parait de toutes les qualités. Des adolescentes aussi émouvantes ne pouvaient qu'être exceptionnelles, ce qui le condamnait donc, lui, à se morfondre dans un coin.

Voilà, très exactement, qui était cette inconnue du pont Neuf. Une sylphide. Un gravier dans sa chaussure. Un miracle fait femme. Un accident de parcours qui, il le sentait déjà, allait secouer le cocotier sur lequel il s'était installé et d'où il observait le monde sans enthousiasme, en simple curieux. En amateur.

À pas lents, indifférent à la foule qui, maintenant, se pressait afin de fêter l'arrivée du week-end comme il se devait, Théophraste Sentiero remonta le boulevard Saint-Michel. Malgré la débauche de lumières crues, les rires des touristes surexcités ou les pétarades des scooters, il se sentait pétri de solitude, engoncé dans une mélancolie qu'il n'avait plus ressentie depuis son adolescence. Cette inconnue ressemblait à la *Suzanne* de Leonard Cohen, à la *Lady d'Arbanville* de Cat Stevens. À la *Môme* de Jean Ferrat, aussi. Durant la trop courte minute où ses yeux l'avaient suivie, il avait senti du feu bouillonner dans ses veines. Avant qu'elle ne s'évanouît, il était redevenu un homme capable d'aimer. Des bouffées de sa jeunesse avaient manqué de l'étouffer. Maintenant, alors qu'il longeait la devanture d'un vendeur de bordilles chinoises ou la vitrine d'un chausseur chic où il ne mettrait jamais les pieds, il n'avait plus de goût à rien sinon à graver de toutes ses forces la silhouette de cette femme dans sa mémoire. Pour après. Pour tout à l'heure. Pour quand viendrait le moment d'avaler sa portion de restes de dinde à la purée, sous l'œil sévère de Léonide. Pour le dîner, pour tous les fichus dîners durant lesquels Cécile régentait son monde, la pupille maternelle et militaire toujours aux aguets. Au fil des années, ces repas étaient devenus une corvée, un pensum et, si les enfants s'y soumettaient dans le plus grand silence, cela n'était dû qu'à leurs portables dont ils ne lâchaient jamais l'écran des yeux, quoi qu'il se passât.

« Alors, m'sieur Théo ? Tu promènes tes jambes ? »

À cent mètres du Gay-Lu, la grande Gisèle venait de lui barrer la route, un sourire toujours las sur ses deux lèvres repeintes d'un rouge criard. Avec sa gouaille coutumière, que rien ne semblait jamais pouvoir mettre sous l'éteignoir, elle reprit : « Tu rentres à la casbah ? Y a ta mousmée qui t'attend ? »

Après ce trait à consonance orientale, elle prit le temps de dévisager Théo, sous le halo d'un lampadaire. Alors, son sourire disparut aussitôt, remplacé par une moue dubitative. Dans un nuage de parfum bon marché, dont elle s'aspergeait copieusement et avec la régularité d'un métronome, elle s'approcha un peu plus et demanda : « Ça a pas l'air d'aller bien fort, toi. T'as des soucis ? Je peux t'aider ? »

Gisèle était la bonne fille par excellence. Âgée de plus de quatre-vingts ans, elle trimballait sa carcasse de grande bringue à la maigreur maladive sans jamais se départir de sa bonne humeur. Admise depuis toujours dans le cercle pourtant très macho des becs en cuivre du Gay-Lu, l'on disait d'elle qu'elle avait beaucoup voyagé. Non seulement en France, mais aussi en Afrique et en Amérique du Sud. Lorsque les affreux du comptoir abordaient le sujet hors sa présence – et selon le taux d'alcool qui coulait dans leurs veines –, Gisèle avait été une artiste de cabaret de deuxième, voire de troisième zone. Ou une pute. Une radasse. Une gagneuse victime pêle-mêle de l'amour, de la traite des blanches et de la fermeture des bordels jusqu'alors institutionnalisés. Parvenue à l'âge de raccrocher, elle aurait pu sombrer dans l'alcool et se finir comme pierreuse. Mais elle avait su rebondir. N'était-ce que pour cela, elle imposait le respect à tous.

Avec un sourire forcé, Théo répondit : « Vous êtes gentille, madame Gisèle. Mais tout va bien.

– T'en es sûr ?

– Si je vous le dis, c'est bien que ça doit être vrai, non ? »

Sous leurs paupières gonflées et plâtrées de fard indigo, les yeux de la vieille prostituée se rembrunirent soudain. Théo n'était pas au mieux, c'était une évidence. Pourtant, elle n'insista pas et mit un mouchoir sur sa curiosité, au nom de l'amitié. Et d'un soupçon d'instinct maternel, aussi. Elle se comporta comme elle l'avait déjà fait des milliers de fois, du temps de la retape, lorsqu'elle attirait entre ses bras autrement plus charnus et lisses qu'aujourd'hui des gamins, des hésitants, des pudiques, des honteux de tout poil. Côte à côte, ils accomplirent ensemble ce qu'il leur restait de chemin pour atteindre le Gay-Lu. Tout en marchant, elle alluma une blonde qu'elle tendit à Théo. Puis, après avoir expiré sa bouffée, elle lança sur un ton faussement bourru : « Fume, allez. Je sais pas ce que t'as, mais c'est sûrement bon pour ça. La clope, c'est bon pour tout, tu remarqueras bien. Sauf pour la santé, paraît. C'est en tout cas ce que disent les toubibs. S'ils ont raison, c'est dommage. »

Plutôt que de se récrier qu'il avait arrêté la cigarette, il la prit entre ses doigts engourdis de froid. Le filtre de teinte amadou avait gardé sur sa rotondité ouatée quelques traces de la pâte grasse et luisante du rouge à lèvres de l'ancienne gagneuse. Sans y croire vraiment lui-même, il répliqua, tout en haussant les épaules dans la nuit : « Mais je n'ai rien, je vous assure.

– Tiens donc ?

– C'est juste... C'est juste qu'il caille, rien de plus.

– Et moi, je suis danseuse étoile. Et à l'opéra Garnier... »

Théo éprouvait de l'affection pour la grande Gisèle, qu'elle fût tapin dans des temps lointains ou actrice de music-hall. Toujours de bonne composition, elle faisait régulièrement les frais des plaisanteries sous cape que s'échangeaient les galapiats du troquet. Elle disait qu'elle n'avait jamais eu de parents, qu'elle venait de l'Assistance. Mais tous lui prêtaient des géniteurs indignes, sans parler des marmots qu'elle aurait semés, çà et là, au gré de ses amours bancales. Comme les prostituées accueillaient le monde entier entre leurs cuisses, mais n'étaient en dehors de cela reconnues par personne et surtout pas par les organismes sociaux, elle ne jouissait d'aucune retraite, se contentant d'un minimum aussi squelettique que sa carcasse. Mais cela lui suffisait à assurer la location d'une chambre de bonne, un cagibi plus humide qu'un bocal pour poissons qu'elle payait les yeux de la tête. Parfois, cette vieille décrépite améliorait l'ordinaire en replongeant avec un nostalgique. Les coups de reins ne possédaient plus l'allant des jeunes années, c'était vrai. Mais ils lui offraient au moins un viatique pour les temps sépia, ceux où elle était jolie, où les clients se disputaient ses charmes, de Pigalle à Dakar, de Tanger à Buenos Aires.

Près de la vitrine en biais éclairée a giorno du Gay-Lu, le couple improbable interrompit sa marche. À l'intérieur, La Guigne et Cothurne défiaient à la contrée Petit Pois et Gégène avec des rires mauvais et des exclamations inopinées de triomphe ou de désespoir.

Le temps de finir leurs cigarettes, Théo demanda : « Où allez-vous manger ce soir, madame Gisèle ?

– Pourquoi ? Tu veux m'inviter à la Tour d'Argent ?

– Si ce n'était que de moi…

– T'es gentil. T'es même sans doute le plus gentil de tous ces grands sauvages qui se prennent pour ce qu'ils seront jamais. Les tournées d'apéritifs, ça donne de l'ambition, mais ça reste que des paroles en l'air. Quant à mon frichti, t'inquiète pas pour moi. Ça ira. Et, si ça va pas, on fera quand même aller. »

Après avoir pris le temps de repositionner avec précaution la grosse croix dorée qu'elle portait en sautoir sur sa poitrine absente, elle tira de son sac râpé par l'usure une page de journal. D'un air très sérieux, avec la moue de celle qui, le soir même, n'aura que l'embarras du choix pour retendre la peau de son estomac, elle chaussa ses lunettes. Une fois la feuille dépliée avec soin, elle parcourut en affranchie les petites annonces. Puis, elle énuméra : « Place Larue… À l'Arbalète, aussi. Et même rue de l'Épée-de-bois. Tu vois ? C'est pas les endroits qui manquent. Mais c'est normal. Les fêtes de fin d'année, c'est comme les pleines lunes : c'est toujours une bonne période pour moi. »

Afin de résoudre de manière définitive la délicate question des repas, Gisèle avait mis au point un truc, une combine formidable de culot et de simplicité qui fonctionnait à peu près à chaque fois. Vêtue de noir de la tête aux pieds, l'air digne, son crucifix autour du cou, elle choisissait avec soin les enterrements auxquels elle ne se rendait pas – mais elle honorait en revanche de sa présence les collations qui suivaient ces funèbres cérémonies. Selon son inspiration, le nom du mort ou le quartier, elle pouvait deviner à coup sûr la meilleure adresse où elle pourrait se goberger. Arborant la mine imperturbable d'une institutrice du début du siècle dernier, l'œil toujours vif derrière ses lunettes, elle souffla : « C'est à la qualité du buffet qu'on connaît l'amour porté au mort par ceux qui restent. C'est infaillible. C'est comme la loi de la gravité ou l'œuf de Christophe Colomb. »

Soucieuse de ne taper que dans le portefeuille des gens aisés, elle ne se rendait jamais, même quand son ventre grinçait de faim, dans les quartiers populaires. Elle ne profitait que des morts embourgeoisés, là où les visiteurs ne se déplaçaient souvent que pour se faire voir, pour pouvoir dire qu'ils y étaient. Dès l'entrée, elle affichait son visage de composition, une belle gueule de vieille éplorée, mais digne. Si l'on venait lui poser des questions, elle foudroyait l'imprudent d'un seul regard et, de toutes ses rides, rappelait sans prononcer le moindre mot qu'on devait le respect. Au macchabée, comme à la douleur de tous ceux qui le pleuraient. Sans oublier celui dû à son grand âge, cela allait de soi.

« Lui, il m'a l'air bien, chipota la vieille. C'est rue Scipion. Je peux même y aller à pied... »

Gisèle ne s'attardait jamais dans ce type de réunion. Elle y entrait à pas lents, feignait parfois un début de malaise si la menace d'un flot de questions se présentait soudain. L'air chaviré, mais toujours solennel, elle posait sur chacun et sur chaque chose des regards alourdis par l'affliction. Lorsque le buffet était ouvert, elle était parmi les derniers à s'y rendre. La guêpe n'était pas folle. Par expérience, elle savait que le mieux était d'attendre que la maîtresse des lieux la conviât à se sustenter. Alors, en rechignant pour la forme, elle se résignait et rejoignait la table dressée par le traiteur. Aux yeux de tous, elle picorait de la main gauche et cela semblait lui coûter des efforts surhumains. De la droite, en revanche, elle fourrait dans son sac des tranches de saumon fumé, des mignardises, des petits fours, de la charcuterie, parfois une bouteille de vin. Les bons jours, elle pouvait ramener dans sa tanière de quoi manger trois ou quatre jours. Puis, elle se remettait en chasse.

Tout en repliant sa feuille de journal, elle annonça sa décision : « Finalement, non. Tant pis pour la rue Scipion. Si ça se représente, aux beaux jours, je dis pas. Mais, pour ce soir, ce sera rue Clotaire.

– Pourquoi la rue Clotaire ?

– À cause de la distance. Mais pas que. Je connais bien le quartier et je vois où est l'immeuble. À deux pas ou presque, y a la jolie pâtisserie Dégardin. Avec un peu de chance, c'est lui qui aura été choisi pour faire le traiteur. Il a une cave à défroquer un régiment de saints et il fait les meilleurs *maronis** de tout Paris.

– C'est une raison qui en vaut une autre. Mais dites-moi, vous n'avez jamais peur de vous faire attraper ?

– Pourquoi j'aurais peur ?

– Je ne sais pas. Mais, si ça arrivait, vous seriez dans de beaux draps, non ?

– Absolument pas. Crois-en ma vieille expérience : les héritiers sont toujours ravis. D'abord, parce qu'ils vont hériter. Puis, parce que plus il y a du monde, mieux ils se portent. Ça flatte leur orgueil, ils se sentent importants. En plus, on commande toujours trop à manger, dans ce genre de pince-fesses. Je vole donc rien à personne. Et je risque pas d'être dans de beaux draps, puisque je donne dans le linceul. Les draps, c'était bon pour mon travail d'avant. Aujourd'hui, c'est le linceul. C'est plus propre. »

Après avoir consulté son bracelet-montre, Gisèle soupira : « C'est pas tout ça, mais il faut que j'y aille. Ce serait pas très correct de faire attendre le macchabée. Il risque pas de s'enfuir, nous sommes bien d'accord sur ce point. Mais je peux pas arriver après le buffet. Ce serait pas chrétien. »

* Petits biscuits moelleux et croquants, à base d'amandes et garnis de crème.

Deux baisers claquèrent sur les joues de Théo. Puis, alors qu'elle balançait déjà son pétard sec en direction de la rue Clotaire, la grande Gisèle se retourna et lança : « Fais attention à toi. Et oublie pas que la chance frappe pas au hasard. Si tu la vois passer devant toi, attrape-la. T'y as droit. Et n'hésite pas. Elle est comme la foudre. Elle tombe jamais deux fois au même endroit.

– Attraper qui ? Et pourquoi vous me dites ça ? »

L'artiste de la rapine nécrologique ne jugea pas bon de répondre à ces ultimes questions. Maintenant lancée dans sa marche, elle se contenta de gestes vagues dont Théo ne saisit pas la signification. Puis, elle disparut dans le petit raidillon de la rue Gay-Lussac.

## ✵ SIX

Pour Théophraste Sentiero, la nuit qui suivit s'avéra plus délicate encore que la précédente. Durant tout le dîner, il fut pourtant irréprochable. Avec sa docilité coutumière, il mastiqua sa part de sauté de la ferme, accompagné de son écrasé façon grand-mère, et se fendit même d'un mot gentil. Puis, il lâcha quelques informations sur sa visite rue Laromiguière. Pour ce qui était du bon docteur Kiefer et de son départ en retraite, Cécile se contenta de hausser les épaules avec fatalisme lorsqu'elle apprit la nouvelle. C'était dommage, mais que voulez-vous ? Il avait fait son temps. Et, elle vivante, cette désertion n'empêcherait pas son mari de se conformer aux exigences épistolaires de la Sécurité sociale. Il y avait droit, il y avait droit. Et s'ils n'étaient pas pauvres, ils n'étaient pas riches au point de laisser filer sous leur nez pareille aubaine. Une coloscopie gratuite, tout de même, cela ne se refusait pas.

Quant aux pieds indisciplinés de Théo, celui-ci était parvenu à les garder sous contrôle. Dès qu'ils avaient tenté de se mettre en branle, il les avait calés l'un sur l'autre et maintenu la prise grâce à son avant-bras gauche plaqué sur ses genoux. Ils avaient bien continué à bouger un peu, mais la scène se déroulant sous la table,

Cécile n'y avait vu que du feu, trop occupée à donner la becquée à sa mère. Toutefois, lorsque les époux s'étaient retrouvés au lit, la musique avait été bien différente. Afin d'avoir la maîtrise de ses arpions, Théo avait eu l'idée de les lier l'un à l'autre au niveau des chevilles. Le résultat, satisfaisant car le poids de l'un interdisait à l'autre de bouger, l'avait autorisé à pousser la porte du sommeil sans la moindre difficulté. Pendant que Cécile se plongeait dans la lecture de l'un de ses magazines féminins qui s'empilaient sur sa table de nuit, il avait nagé avec un délicieux sentiment de culpabilité vers le souvenir de l'inconnue. Près de sa femme légitime, séparé par deux minces cloisons de sa progéniture légitime et de sa belle-mère tout aussi légitime qu'il était possible de l'être, il s'était retrouvé en moins de deux sur le pont Neuf. Dans les premiers limbes des rêves en chemin, le pont ne fut bientôt plus un pont, mais une succession d'arches majestueuse qui reliait Paris au reste du monde. Les touristes avaient disparu. Plus une voiture ne circulait et il n'y trouva aucune trace de l'autobus importun. Sous les arches, les flots limoneux ne charriaient pas le moindre vélo, pas la plus petite trottinette mais, à bien observer le fleuve, il vit une, deux et bientôt trois Mères Tapedur. Théo ne jeta pas plus d'un regard à ces rombières qui se débattaient, électrisées par la terreur, avant de couler comme des plombs. Cela ne l'intéressa même pas. Il n'avait d'yeux, à cet instant, que pour une silhouette, une apparition, un miracle – on pouvait appeler cela comme on le voulait.

Sur le trottoir opposé, elle était là. Jeans délavé, baskets blanches, doudoune, écharpe de laine. Rien ne manquait. L'inconnue passait, étrangère à tout et, même s'il ne parvenait pas à voir son visage, il la savait qui lui souriait. Aussitôt, dans le crâne de Théo, ce fut toute la ville qui s'illumina. Une fanfare aux mille cuivres se mit à retentir. La crasse, la pollution, le vacarme et jusqu'à la connerie humaine qui cimentait ce tableau, tout cela s'évanouit dans l'instant. Il n'y avait plus de place pour le médiocre, pour les cloportes, pas plus que pour les bouffeurs de rêves. Elle était là, halo de lumière indicible dans l'obscurité mesquine du quotidien. La capitale prit alors, en un tournemain, des airs de bourg de province, de ces cités où l'on sait encore ralentir sa marche lorsque rien ne presse, où l'on n'a pas peur de saluer ses amis, ses voisins et même les inconnus. Une fois, cent fois, mille fois, Théo s'efforça de percer le mystère du visage de l'apparition qui s'était maintenant arrêtée et le regardait. Hélas, rien n'y fit. Il eut beau plisser les paupières, tenter de resituer par la force du raisonnement les morceaux du visage qui manquaient, il n'obtint aucun résultat. L'inconnue était bien là, pourtant. Mais ses traits refusaient de s'offrir à lui.

Alors, entre les draps de flanelle, Théo fut soudain assailli par l'angoisse. Et si elle n'existait pas, cette mystérieuse jeune femme ? Si elle n'avait été que le fruit de son imagination ? Si c'était seulement l'idée de son existence qui l'avait séduit ?

Mais non, voyons. Elle était bien réelle puisqu'il l'avait vue ! Il en doutait encore ? Il en voulait une preuve indiscutable ? Rien n'était plus simple. Il lui suffisait de traverser la rue. Voilà. C'était ce qu'il devait faire. Partir à sa rencontre. Et pas plus tard que tout de suite. Obéissant à cette décision, Théo descendit du trottoir. Une cigarette aux lèvres, subitement aussi beau et désinvolte que Brad Pitt s'apprêtant à séduire Cate Blanchett dans *L'Étrange Histoire de Benjamin Button*, les mains dans les poches d'un costume sobre et élégant, sûr de son fait, il avança. Il avança encore. Plus il avançait, plus son cœur battait à tout rompre. Quelques mètres à peine. Ce ne serait plus long. La distance devenait ridicule. Il pressa le pas. Sous ses pieds, l'asphalte rendait bien, comme disaient les commentateurs du Tour de France. L'instant où il découvrirait le visage de l'inconnue ne tarderait pas.

Hélas, soudain, tout s'embrouilla. Dans le lointain, la tour Eiffel s'éteignit sans prévenir. Puis, ce fut au tour des lampadaires de souffler leurs lumières. Des voitures vrombissantes, de plusieurs mètres de hauteur, s'embouteillèrent sur la chaussée, menaçant de le renverser et masquant sa vision. Les klaxons se mirent à hurler de colère – bientôt rejoints par des mugissements de vaches blessées. Les Mères Tapedur, jusque-là inertes dans la Seine, le ventre en l'air, semblaient s'être multipliées et tentaient de se rebeller. Elles ne voulaient pas crever, ces vieilles toupies. Elles battaient des bras et des jambes, lançaient des imprécations crasseuses. Certaines, déjà, commençaient à grimper aux piles du pont, arapèdes dégoulinants de laideur, de méchanceté et de bêtise accumulées.

En une fraction de seconde, Théo n'eut d'autre choix que de hâter les choses. Il voulut se mettre à courir pour rejoindre enfin celle qui lui était promise. Dès ses premiers pas, il sentit que cela serait impossible. Il baissa les yeux. À ses pieds, des chaussures de sécurité avaient poussé. Chacune pesait au moins dix tonnes. Pire encore, en lieu et place du costume raffiné, une vieille chasuble au jaune fluorescent taché de boue s'était imposée. Et, comme si cela ne suffisait pas, la jeune femme s'était remise à marcher en direction de la rue de Rivoli. Théo voulut l'appeler, l'implorer de l'attendre. Comme il ignorait jusqu'à son prénom, ce cri qu'il espérait de délivrance demeura coincé dans sa gorge, à l'étouffer. Mais Théophraste Sentiero n'était pas homme à se laisser abattre ainsi. Pas dans ses rêves, en tout cas. Avec une vigueur qu'il ne se connaissait pas, il lança sa jambe droite sur la chaussée. Puis, la gauche. Il recommença. Une jambe après l'autre, il avançait enfin. Bientôt, il serait…

« Tu ne pourras pas dire que je ne t'avais pas prévenu. »

De loin en loin, il lui sembla entendre le timbre, toujours autoritaire et acide, de Cécile. Sans y prêter attention, il se concentra sur ce qu'il avait à faire. C'était, à ce moment-là, la chose la plus importante du monde. Il devait marcher, absolument, pour ne pas laisser s'enfuir cette…

« Théo… Arrête de remuer les pieds. Je t'aurai averti. »

Dans la nuit, et malgré le crachin qui avait repris, le trempant jusqu'aux os, il tenta à nouveau d'appeler l'inconnue. Hélas, là encore, rien ne franchit ses lèvres. Les mots s'entortillèrent et se coincèrent au fond de sa…

« Ça suffit ! »

Trois minutes plus tard, montre en main, Théophraste Sentiero se dit avec fatalisme qu'il n'était après tout qu'un rapatrié ou un migrant du front matrimonial – statut dépendant du côté de la frontière où l'on se situait. Chaque nuit, la France devait en compter des milliers comme lui. Rien de dramatique. Voilà ce qu'il était. Un réfugié, un exilé au sein de sa propre maison. Volontiers soupe au lait durant la journée, Cécile devenait une véritable harpie si on la tirait de son sommeil. Afin de négocier un armistice, Théo s'était donc tout d'abord excusé. Attitude qui n'avait fait qu'enflammer un peu plus la colère de son épouse. Pour ne pas entendre les récriminations qui allaient s'ensuivre, il n'avait eu d'autre choix que de battre en retraite. En caleçon et en tee-shirt, il avait quitté la chambre, abandonnant son coussin dans cette fuite peu glorieuse.

Maintenant, il gisait sur l'un des deux canapés d'angle, recouvert par un simple plaid de l'épaisseur d'une feuille morte. À cette heure de la nuit, tout le quartier dormait et ignorait que, au numéro 12 de la rue de l'Estrapade, un pêcheur de bicyclettes, de trottinettes et de cadavres souriait aux étoiles. Il avait croisé la silhouette d'une inconnue qui avait mis le feu à son âme, à sa petite vie étriquée. Et elle existait, cette femme. Elle existait pour de vrai, comme disaient les enfants, puisqu'il l'avait vue! C'était sur le pont Neuf, un pont qui, pour une fois, avait servi à autre chose qu'à relier la ville de Paris à l'Île de la Cité. L'espace d'une minute, Théo avait marché au-dessus de l'eau. Il savait, bien entendu, que cette histoire qui n'en était pas une finirait dans les égouts de ses souvenirs, empoussiérée par le temps qui passe. Mais il s'en moquait. À cet instant, s'il n'avait pas craint de raviver les foudres de Cécile, il en aurait même ri. Ri, oui. Et à gorge déployée, encore! À coup sûr, sa femme en serait devenue hystérique. Elle en aurait même déclenché une jaunisse. Mais il s'en fichait bien. Pour les prochaines heures à venir, bras croisés derrière la tête et doigts de pieds en éventail sur les accoudoirs du canapé, il pouvait librement penser à son inconnue.

Cela, personne ne pourrait le lui enlever. Jamais.

✷

Comme Dieu devait être de belle humeur, il fit rayonner sur Paris, en ce samedi 27 décembre, un soleil de printemps. De nouveau, Théophraste Sentiero ne s'éternisa pas dans son appartement. Toutefois, les raisons de sa fuite n'eurent rien à voir avec les beuglements de l'aspirateur, pas plus qu'avec l'énumération interminable que Cécile aurait pu dérouler quant aux mille et une façons d'accommoder les restes de dinde. Si Théo prit la poudre d'escampette dès les premières lueurs de l'aube, ce ne fut que pour échapper à la discussion qui, immanquablement, atterrirait sur la table de la cuisine, entre le beurre trop dur, le café trop clair, les miettes de biscottes trop nombreuses. Son épouse ne laisserait pas filer cette occasion de débarquer à la façon d'un destroyer, chargée jusqu'à la gueule de reproches, de critiques acerbes, de récriminations – bref, d'engueulades bien senties. Elle ne le ferait pas par méchanceté, c'était entendu. Mais elle le ferait tout de même, pour la seule raison qu'elle était incapable de résister à cette tentation. Toutes ces jérémiades ne serviraient à rien. Cependant, ils en auraient conscience, avant même le premier mot échangé. Théo savait que ce serait le prix à payer. Les pensées encore toutes parfumées par l'apparition de la veille, il avait donc préféré la fuite. Il n'en était pas fier. C'était reculer pour mieux sauter. À son retour, Cécile serait là, les poings sur les hanches, remontée à la façon d'une petite voiture mécanique. Il en prendrait pour son grade. Mais cela n'avait pas d'importance. Pour l'instant, il était libre. Libre et heureux. Ravi, même, de savoir qu'il possédait devant lui trois bonnes heures durant lesquelles il n'aurait aucun compte à rendre à qui que ce fût.

Place Edmond-Rostand, il se surprit à sourire. Cette fois, il était passé entre les mailles du filet de la Mère Tapedur. Ce tas de saindoux fait femme ne s'était pas même montré. L'espace d'un instant, il avait caressé l'espoir fou que la pipelette était crevée dans la nuit. Mais attention, pas une mort de curé ni de notaire. Pas une mort où l'on s'en va en un clin d'œil, à la façon d'une ampoule qui claque. Sa souffrance aurait été infinie, emplie d'angoisses et de désespoir. On l'aurait retrouvée, sur le coup de midi, allongée dans une mare d'excréments, les yeux révulsés, de la bave verte coulant dans les replis de ses multiples mentons. Il n'aurait pas versé une larme. Tout comme la geôlière n'en avait lâché aucune lorsque, sur les pavés disjoints de la cour intérieure, elle avait trouvé un matin l'un des protégés de Théo raide mort, pattes en l'air, le plumage éteint. Elle l'avait balayé comme elle aurait pu le faire d'une simple ordure, cette sorcière. Oui, si la Mère Tapedur avait avalé dans la nuit son extrait de naissance, l'univers entier ne s'en serait que mieux porté. Hélas, à l'instant où la porte de l'immeuble s'était ouverte, il l'avait entendue gratter dans son terrier, cette bignole de tous les malheurs. Il avait déguerpi sur-le-champ. La mégère était encore de ce monde. Mais elle y passerait. Tôt ou tard. Pour l'heure, il marchait d'un pas alerte. Au comptoir du Gay-Lu, madame Jouve lui servirait un double crème et il s'accorderait même le luxe d'un croissant. Ou deux.

La matinée pouvait débuter.

Comme très souvent, à chaque fois qu'il parvenait à grappiller une parenthèse de solitude dans le train-train de son existence qui ne connaissait ni côte, ni descente, Théophraste Sentiero pénétra dans le jardin du Luxembourg. Sans hésiter, il se laissa emporter, dès les grilles de la porte Saint-Michel franchies, par une allée d'arbres rectiligne. Lorsqu'il se retrouva face au bassin principal, ses pieds le conduisirent d'eux-mêmes sur sa droite, en direction de la fontaine Médicis. À cette heure-ci, alors que le soleil ne teintait encore les plans d'eau que d'une goutte de grenadine, il était seul. Bien entendu, il ne put s'empêcher de remarquer que quelques sportifs suaient déjà sang et eau dans les promenades, les yeux rendus extatiques par l'effort, le bracelet électronique bien accroché au poignet. Ils couraient droit devant eux, comme s'ils étaient poursuivis par des bataillons de mille diables, et Théo, avec un nouveau sourire, se dit que toute cette affaire n'avait aucun sens. De façon invariable, ces sportifs revenaient toujours à leur point de départ. De fait, la question se posait. À quoi bon courir si ce n'était pour se rendre quelque part ?

Ombreuse et amicale, la fontaine Médicis se dressa enfin devant lui. Fidèle à son habitude, Théo alla s'asseoir sur l'une de ces chaises inconfortables qui portaient sur l'arrière de leur dossier les couleurs du Sénat. Après avoir croisé ses jambes l'une sur l'autre, il se laissa alors aller à la contemplation de ce monument. Pourquoi Théo aimait-il à s'installer là, sur ces assises de fer à la teinte peu ragoûtante de vert tirant sur le gris ? Pourquoi y demeurait-il jusqu'à ce que sonnât l'heure désolante du retour à la maison ? Pourquoi y supportait-il les hurlements des gamins mal éduqués, ces enfants-rois devant lesquels les parents, toujours, se mettaient à quatre pattes ? Il l'ignorait. La fontaine Médicis, c'était sa fontaine. Et c'était tout. Qu'on le voulût ou non, il s'y sentait en territoire ami. Sous les feuilles des platanes centenaires, il ne se lassait jamais d'observer ce bassin que l'architecte avait conçu afin qu'il donnât la sensation, non d'être plan et horizontal, mais bien penché vers l'ouest. Il en aimait les vasques regorgeant de verdure qui, sur leurs poteaux, semblaient monter la garde. Quant à l'édifice dix-neuvième, cet ancien portique italianisant qui ornait l'extrémité de la pièce, il l'aimait aussi, certes, mais d'un sentiment moins marqué. La symétrie du jardin à la française, l'ombre bleutée des platanes, le silence relatif du lieu, tout cela le ravissait et le consolait un peu de la bêtise du monde qui, à tombeau ouvert de l'autre côté de l'enceinte, dévalait les voies du Boul' Mich' pour courir à sa perte. Seule l'allégorie d'Auguste Ottin le laissait perplexe. N'ayant aucune connaissance solide en matière de sculpture, il n'y voyait qu'un couple de jeunes gens, à demi nus, emmêlés l'un à l'autre sur un tapis d'herbe dans la plus parfaite langueur. Tout aurait été pour le mieux si, au-dessus d'eux, un genou posé sur une pointe de roche, un géant admirablement conchié par les collabos de la Mère Tapedur ne les menaçait par sa seule présence. En parcourant un prospectus, il avait un jour appris que ces deux tourtereaux se nommaient Acis et Galatée. Quant au titan, il portait le nom d'un médicament ou d'une maladie, c'était égal : Polyphème. Polyphème surprenait Acis et Galatée au moment du baiser. Voilà tout ce que Théo aurait pu en dire si quelqu'un, d'aventure, lui avait posé une question. Cela, mais aussi que les pigeons, contrairement aux perruches à collier qui s'ébattaient en toute discrétion dans les arbres, étaient de sacrés petits voyeurs. En bande roucoulante, ils se tenaient sur le bord de la margelle et ne quittaient jamais des yeux le trio, semblant éprouver à leur contemplation le plaisir le plus vif.

Alors qu'il s'apprêtait à replonger dans le souvenir de son inconnue, dépiautant en pensée chacun des détails entrevus lors des quelques secondes de la veille, image par image, un homme s'approcha de Théo. Pour être exact, l'individu, précédé d'une canne blanche d'aveugle, marchait droit devant lui et, sur son passage, il finirait fatalement par rencontrer Théophraste Sentiero. Au premier coup d'œil, celui-ci se dit que ce drôle de pèlerin avait tout de la marmotte. Petit, voûté, les hanches plus basses qu'il n'était permis de les porter, il arborait un couvre-chef peu commun, une calotte en imitation d'astrakan qui le faisait ressembler à Voltaire dans son lit d'agonie. Sa chevelure blanche et immaculée dépassait par toupets de sa toque anthracite, frisottée comme au fer. Tout en marmonnant dans sa vieille face parcheminée des grognements incompréhensibles, il avançait ainsi, balayant le sol de sa badine.

Lorsqu'il ne fut plus qu'à quelques mètres de lui, Théo se leva et demanda : « Bonjour, monsieur. Voulez-vous que je vous aide ? »

À ces mots, l'ancêtre se figea. La canne frémissante au bout de sa main qui dépassait tout juste de la manche d'un paletot aux couleurs incertaines, il hésita. Puis, il finit par répondre : « Pourquoi pas, après tout ?

– Vous êtes perdu, peut-être ?

– Qui ne l'est pas ? Si vous voyez une chaise qui traîne, je suis preneur. Normalement, c'est là que les employés les mettent. Juste là. En rang d'oignons. Et elles n'y sont pas. Ou bien je ne peux pas les voir, c'est tout comme. Tout part à vau-l'eau dans ce pays, je vous le dis. Tout ! »

Pendant que Théo lui prenait le poignet et le guidait jusqu'au siège voisin du sien, le vieil homme rabougri maugréa : « Des foutriquets… Des foutriquets et des jean-foutres. Incapables de mettre les chaises à leur place. Pauvres de nous… »

Durant l'heure qui s'écoula, les deux hommes demeurèrent silencieux. Chacun se rencogna dans son carcan de fer, l'un à marmotter avec une voix inintelligible des imprécations contre l'incurie des employés du jardin du Luxembourg, l'autre à rêver de son apparition. Hormis un gamin qui s'amusa à jeter des graviers dans l'eau, puis à viser les pigeons indiscrets, ils ne virent personne. Sauf, bien entendu, l'Anglaise. Théo ne la connaissait pas. Pas personnellement, du moins. Au fil des années, ils s'étaient croisés plusieurs fois et avaient pris l'habitude de se saluer d'un sourire ou d'un hochement de tête. Mais c'était tout. S'il l'avait baptisée ainsi, c'était parce que cette habituée de la fontaine Médicis, toujours vêtue de tenues aux teintes les plus criardes qui soient, avait une peau d'une blancheur proche du diaphane, et des cheveux ivoirins, ni blancs ni blonds, qui ne tenaient jamais en place sur une tête en forme de point d'interrogation. Elle se piquait de peinture. À chaque fois qu'il venait se retirer dans cette poche d'ombre et de paix aux reflets céruléens, elle débarquait à dix heures du matin précises, repartait à midi pour revenir à seize heures, sans jamais une minute d'avance ni de retard, tirant toujours derrière elle un cabas à roulettes aux motifs écossais. Avec des gestes précautionneux, elle extrayait de celui-ci son chevalet, dont elle dépliait les trois pieds, puis une mallette de bois fauve contenant les couleurs et les pinceaux. Les sourcils froncés et le front plissé par la concentration, elle se mettait alors à barbouiller. Quoi ? Il l'ignorait. Comme elle s'installait toujours dans le même renfoncement formé par deux vasques et un bouquet d'arbres, dos à la palissade, personne d'autre qu'elle ne pouvait savoir ce qu'elle s'acharnait à mettre en scène sur sa toile.

À un moment, le barbon aveugle fit mine de se lever pour repartir. Théo proposa, le plus poliment du monde : « Si je peux vous aider, n'hésitez pas. »

Interloqué, le géronte grimaça : « Si j'ai trouvé ma route pour venir jusqu'ici, je devrais pouvoir me débrouiller tout seul pour retourner chez moi.

– Comme vous voulez. Mais ça ne me dérange pas et je…

– Je n'ai pas besoin de votre pitié. Ma vie est assez compliquée telle qu'elle est.

– Excusez-moi. Je pensais que…

– Je la supporte, ma vie, voyez-vous ? Du moins, je fais de mon mieux. Mais je n'ai pas les épaules assez larges pour y trimballer en plus la pitié des autres. Ça fait trop. Trop pour un seul homme. Il y a surcharge, si vous préférez… »

Remis à sa place à la façon d'un simple morveux, Théo se tut. En quelques phrases, son voisin venait de lui gâcher tout son plaisir. Jusque-là, il s'était senti heureux, du pont Neuf plein la tête. Il était même sur le point d'allumer une sèche qui aurait marqué le firmament de sa béatitude. Mais il se ravisa. Le cylindre de tabac blond demeura au fond de l'une des poches de son pantalon cargo. Le cou rentré dans les épaules, les bras croisés sur la poitrine, il se mura alors dans le mutisme le plus absolu, se promettant en aparté de ne plus jouer au bon samaritain. Quand ce vieil emmerdeur foutrait son camp, alors oui. Il procéderait au cérémonial de la cigarette du matin. Mais là, maintenant ? Même la fumée aurait eu le goût du margouillis.

Feignant à nouveau de se lever, l'aveugle se rassit pourtant, juste au moment où une trentenaire, le portable collé à l'oreille, passait devant eux. En tailleur strict, une poitrine opulente retenue à grand-peine par un chemisier trop ajusté, juchée sur des escarpins de marque, une bouteille d'eau minérale dépassant du sac à main, elle fit cliqueter ses talons en rafale sur les graviers, puis elle disparut dans l'allée.

D'un ton où pointait une once de déception, le vieux maugréa : « Si ce n'est pas malheureux, tout de même…

– Pardon ? C'est à moi que vous parlez ? réagit Théo.

– Et à qui d'autre ? Cette femme qui vient de passer, c'est dommage, vous ne trouvez pas ?

– Je ne vois pas ce qui vous…

– C'est moi qui ne vois pas. Pas vous.

– Pardon. »

Alors que Théo recommençait à maudire en son for intérieur ce Voltaire mal embouché, celui-ci poursuivit : « Elle portait sa poitrine comme on porte une infirmité, avec l'air de ne pas avoir l'air. Elle avait honte, si vous préférez.

– Comment pouvez-vous savoir que…

– Encore une qui se trouve trop grosse. C'est la seule explication. Pour s'habiller tout en noir et se promener au parc, sans doute avec une bouteille d'eau minérale, c'est la seule explication. Elle se trouve grosse. C'est curieux, non ? Nous vivons dans un monde d'obèses qui ne rêvent que d'une chose : devenir anorexiques. Si nous étions maigres comme des limandes, nous nous promènerions avec des boîtes de cassoulet dans nos sacs à main. Pas de l'eau minérale. Jamais content. L'homme, je veux dire. Jamais content. Et quand je dis l'homme, je parle aussi de la femme. Parfois même, c'est pire… »

Depuis toujours, Paris regorgeait d'arnaqueurs à la petite semaine, d'escrocs de la mendicité, de Rembrandt de la retape. Le Gay-Lu lui-même en offrait une collection de choix qui aurait mérité d'être exposée au Bureau international des poids et mesures de Sèvres. Théo rangea donc son voisin de circonstance dans la catégorie des carotteurs de l'obole, des aigrefins de la canne blanche. Pourtant, lorsque la promeneuse était passée, il aurait juré que le vieux tenait sa tête baissée.

De nouveau, celui-ci reprit sa rengaine, teintée de mélancolie et de méchanceté : « Que voulez-vous ? Nous vivons dans un monde de phalènes. Des paumés, quoi. Jamais contents. C'est comme la gribouilleuse, là-bas, avec sa toile. C'est de la foutaise, et rien de plus. Je ne sais pas ce qu'elle peinturlure, mais ça ne vaut pas tripette. »

N'y tenant plus, Théo l'interrompit d'autorité : « Vous êtes aveugle ou pas, à la fin ? »

Pour la première fois, une amorce de sourire apparut sur le visage décrépit de l'ancêtre. Des dents d'une blancheur parfaite accrochèrent sur leur émail un bout de soleil qu'il avala aussitôt, sans masquer sa gourmandise. Puis, il répliqua : « Enfin quelqu'un qui appelle un chat un chat !

– Pardon ?

– Vous avez dit aveugle, et pas non-voyant. Vous avez dit ça comme vous auriez dit nain, et pas personne de petite taille. Femme de ménage, et pas technicienne de surface. Vieille bique, et pas personne âgée. La façon dont on désigne quelqu'un ne modifie pas la nature de celui-ci, n'est-ce pas ? Un nain ne prendra pas vingt centimètres d'un seul coup si on l'appelle personne de petite taille, voyez-vous ?

– Je vois parfaitement. Mais vous ? »

De moqueur, le sourire du barbon se fit plus bienveillant. Et la réponse ne tarda pas : « Moi ? Je ne vois rien, ou presque. Chaque jour un peu moins, si vous préférez. Et comme je comprends ce monde de moins en moins, j'en suis arrivé à la conclusion que la nature était plutôt bien faite.

– Alors ? Vous êtes aveugle ou pas ? »

Cette fois avec lassitude, l'ancêtre soupira : « Vous en êtes encore là ? Toujours à limiter votre connaissance des autres à leur seule écorce ? Quelle misère, tout de même. Je n'aurais pas cru. Pourtant, quand je me suis assis là, près de vous, je me suis dit que la pioche était bonne. Je me suis dit que vous étiez différent du *vulgus pecum**. Il faut croire que je me suis trompé. Si, pour vous, le monde se sépare entre ceux qui voient et ceux qui ne voient pas, vous êtes plus à plaindre que moi.

– Vous trouvez ?

– Mes yeux, ils font ce qu'ils peuvent. Mais ils ne sont pas les seuls à pouvoir saisir le monde, croyez-moi sur parole. Pour cette femme qui est passée tout à l'heure, je vous jure que je n'en ai vu qu'une ombre. C'est son parfum qui m'a dit qui elle était. Un parfum riche, musqué, avec des notes de vanille et de pain d'épices. Une pointe de bergamote. Et un soupçon de fruits rouges et de chocolat. Pour se tartiner avec tout ça, il faut avoir faim. Et, quand on a faim, on mange. Sauf si on se trouve gros. Auquel cas, on se parfume et on boit de l'eau. Le parfum vous apprend beaucoup d'un individu. Vous devriez essayer. »

* Foule servile.

Comme Théo ne répondait pas, se demandant si le vieux grigou se payait sa tête ou était tout simplement fêlé du bocal, celui-ci reprit : « Quant à la femme qui peint là-bas…

– C'est aussi le parfum ? Je veux dire : c'est son parfum et celui de sa peinture qui vous ont appris que c'était une femme et qu'elle peignait ?

– Ne soyez pas ridicule. C'est le bruit.

– Quel bruit ?

– Les bruits, si vous préférez. Les claquements de son trépied à l'ouverture. Celui du couvercle de son nécessaire à barbouiller. En tendant bien l'oreille, j'ai même pu entendre les poils du pinceau glisser sur la toile. C'était léger, aérien. C'était donc une femme. Hésitant, aussi. Donc, une femme d'un certain âge qui ne part pas bille en tête, mais qui pèse chaque touche. Tout cela n'est pas très compliqué à saisir. C'est un coup à prendre, si vous préférez. »

Après ce laïus, l'opinion de Théo était faite. Cette tête chenue et mal lunée le prenait pour un gogo, un innocent. Peut-être même l'imaginait-il touriste ? Soudain de fort mauvaise humeur, il enferma sa cigarette du matin dans le cagibi des occasions ratées et se leva. L'heure tournait. Cécile devait déjà s'impatienter dans sa cuisine, la bouche fleurie d'imprécations et de remontrances.

Sous la toque d'astrakan, la voix poursuivit : « Méfiez-vous des apparences, monsieur. Comme de la peste. Et dites-vous bien que ce que l'on voit n'est pas forcément ce qui est.

– C'est ça, oui…

– Oui. C'est très exactement cela. Tenez, c'est comme une femme que l'on croiserait dans la rue, disons un soir entre chien et loup, apparemment par le plus grand des hasards. On en croise des milliers chaque jour, me direz-vous. Mais, parce que vous l'avez regardée autrement, cette femme croisée ne sera plus jamais, pour vous, une simple passante. Elle sera devenue autre chose. Elle sera devenue importante, à vos yeux. »

La coïncidence de l'exemple interpella Théo, qui eut l'envie de questionner l'étrange bonhomme. Mais son opinion était faite et il n'allait pas revenir dessus. Ce type était un allumé, un siphonné, un maboul, un toqué. Un loqueteux du bulbe qui ne tarderait pas à lui demander l'aumône en pleurnichant.

D'un ton sec, il se borna donc à répondre : « C'est ça, monsieur. Bonjour. »

Pendant que les pieds de Théo l'emportaient vers la furie pétaradante du Boul' Mich', le Voltaire à toupets blancs murmura encore : « Mais nous nous reverrons. Je le sais. Je le sais, puisque c'est écrit… »

# SEPT ✷

Trois semaines s'étaient écoulées depuis la rencontre de Théophraste Sentiero avec l'aveugle. Vingt et une longues, interminables journées durant lesquelles la pluie et le froid n'avaient pas cessé. À chaque instant du jour et de la nuit, l'on n'entendait plus que cela, la litanie toujours recommencée des gouttes qui tombaient du ciel sur les toits, des toits dans les gouttières, des gouttières dans les caniveaux. Au hasard des rues, les gens étaient moroses. Frigorifiés, le front baissé afin d'éviter de patauger dans les flaques qui se formaient au bon vouloir des nids-de-poules, ils aboyaient des bonjours, crachotaient des mercis, maudissaient ce temps de suicidés qui ne vous laissait pas un seul poil de sec.

Même au Gay-Lu, l'ambiance avait changé. D'abord, parce que madame Jouve, en boutiquière avisée, avait résolu de vider son fonds de commerce avant de donner les clés aux nouveaux propriétaires. Il fallait épuiser les réserves, assécher les barriques. En fonction de ses allers et retours à la cave, les verres se remplissaient ainsi de bonnes surprises mais, le plus souvent, de liquides improbables parfumés de bouchon. Au fronton du comptoir, les litres ne montaient plus la garde en rangs serrés. Lorsqu'une bouteille rendait l'âme, elle n'était pas remplacée. Son absence, aussitôt, tatouait le bel ensemble à l'ordonnancement militaire d'un trou béant, semblable à celui qu'abandonne, derrière elle, une dent arrachée. Le pastis, la bière, le vin rouge et le whisky ne manqueraient pas. Madame Jouve en avait fait le serment, une main sur la poitrine, l'œil grave. En revanche, pour ce qui était du curaçao bleuté, du Picon d'antan, de l'anisette Cristal, du Cointreau et de la Marie-Brizard pour les gosiers délicats, elle demeurait plus évasive. La rupture de stock planait sous les plafonniers en tubes de néon. Les Cothurne, la Guigne, Petit Pois et autres Gégène s'étaient faits à cette fonte programmée de leur nid. Ils s'étaient découvert l'alcool sinon triste, du moins amputé de sa part de rêve. Ils buvaient toujours, bien entendu. Ils plaisantaient, même. Ils jouaient aussi aux cartes et s'engueulaient en faisant claquer les mots les uns contre les autres. Mais le cœur n'y était plus. Ils éclusaient, l'air de rien, tout en sachant pourtant que chacune de leurs gorgées les rapprochait du rideau qui se tirerait, d'un coup sec, à la façon d'une guillotine, sur leurs années de jeunesse.

Lorsque Théo était revenu du jardin du Luxembourg, l'esprit encore agacé par cet aveugle qui ne voyait que ce qu'il voulait bien voir, il avait été déçu par l'accueil que Cécile lui avait réservé. Il n'y avait eu aucun cri d'orfraie. Pas le moindre reproche. Nulle question insidieuse, de ces remarques longtemps ruminées et trempées dans le fiel. Elle lui avait seulement indiqué, d'une voix étale, que dormir sur le canapé était sans doute la meilleure solution. Du moins, tant qu'il ne serait pas allé à son rendez-vous chez le neurologue, le docteur Salvay. Puis, jugeant l'affaire classée, la maîtresse de maison avait servi à chacun sa ration de fricassée chaud-froid corail et cumin, aimable et pratique recette qui permettait de sonner enfin le glas de la dinde natale. Profitant de l'humeur a priori placide de son épouse, Théo avait avancé l'idée que, peut-être, s'il trouvait autre chose, il ne se gênerait pas pour changer d'emploi. Comme seul le silence lui répondait, il était monté sur ses grands chevaux. Repêcher des vélos et des bordilles, ça n'était pas un métier déshonorant, non. D'ailleurs, il n'y avait pas de sots métiers, mais que de sottes gens. Et puis quoi, tout de même ? Il était flexible, puisque ce mot était à la mode. Il avait changé de métier toute sa vie. Et il n'était pas bête. Il avait décroché le certificat d'études, lorsque celui-ci signifiait encore quelque chose ! Pour le baccalauréat, il l'avait raté, c'était exact. Mais de trois petits points seulement, au rattrapage. Il avait le niveau. En toute décence, il pouvait légitimement prétendre à un autre emploi. Dès qu'une offre passerait à sa portée, pour peu qu'elle fût correctement payée et qu'on ne l'obligeât pas à porter des chaussures de sécurité et une chasuble fluorescente, il sauterait dessus. Parfaitement ! Comme la vérole sur le bas clergé. Il ne laisserait pas sa part aux chiens, aucun risque ! Les enfants, toujours rivés à leurs écrans, n'avaient pas levé le nez. Cécile, elle, avait hoché la tête en signe d'acquiescement. Puis, elle était allée s'affaler sur le canapé du salon, l'esprit pas plus troublé que cela par la nouvelle. Sa série débutait. Le monde entier pouvait bien s'écrouler autour d'elle.

Le lundi 29 décembre, jour de reprise, Théo avait donc présenté sa démission à Vermillon. Celui-ci avait écarquillé des yeux comme des soucoupes. Alors que, chaque jour, il jetait au panier des dizaines de CV envoyés par des pauvres bougres désespérés ne rêvant que d'intégrer l'administration, quelle qu'elle fût, Théophraste Sentiero, lui, quittait le bateau. C'était pourtant un bon élément. Sérieux, jamais en retard, toujours d'humeur égale. Son supérieur avait bien tenté de le retenir, mais le séditieux n'avait rien voulu entendre, arguant, pour faire passer la pilule, que l'humidité avait déclenché chez lui des crises de rhumatisme aiguës. Vermillon avait fait semblant de le croire. Les deux hommes s'étaient entendus pour une séparation à l'amiable. Théo accomplirait seulement deux semaines de préavis. Il toucherait ses indemnités et, une fois le solde de tous comptes réglé, la page pourrait se tourner. Sans cri et sans heurt.

Chaque soir désormais, après le repas et le passage rituel devant la télévision, Cécile allait se coucher dans la chambre conjugale. Théo, lui, avait fini par s'accommoder du canapé. Il y trouvait même certains avantages, comme celui de grignoter du chocolat amer, vautré de tout son long, en regardant de vieux films en noir et blanc, les seuls à trouver grâce à ses yeux. De même, il pouvait tirer tout son saoul sur sa cigarette électronique et, la vapeur aidant, se croire alors dans les bas-fonds d'Alger avec Gabin dit Pépé le Moko, ou aux côtés de Raimu dans *L'Étrange Monsieur Victor*. Une fois la télévision éteinte, dans la solitude la plus parfaite, une autre existence pouvait alors débuter. Les yeux rivés au plafond, la bouche encore sucrée de chocolat, il revenait tout d'abord sur sa tristesse quotidienne. Trois semaines. Trois semaines, déjà, qu'il n'avait plus croisé l'inconnue. Et ça n'était pas faute d'avoir essayé. Chaque jour, et quel que fût le lieu où son travail de maraude l'envoyait, il se débrouillait toujours pour passer par le pont Neuf. À l'aller comme au retour. Au moment d'enjamber la Seine, il ralentissait le pas. Les mains dans les poches, l'air faussement décontracté de celui qui marche sous la pluie mais se soucie en fait comme d'une guigne des caprices de la météo, il avançait en dévisageant tout ce qui, de près ou de loin, pouvait lui rappeler l'apparition de ce début de soirée du 26 décembre.

Hélas, le miracle ne s'était pas reproduit. Il avait croisé des femmes de tous âges, de toutes tailles, aux origines les plus diverses, des Vénus grecques ou des maritornes sans la moindre grâce. Mais d'inconnue, point. Elle semblait s'être dissoute et, cela demeurait une possibilité, n'avoir jamais existé ailleurs que dans son esprit. Pourtant, Théo y pensait. Parallèlement à cette quête, l'état de ses pieds – et, maintenant, de la totalité de ses jambes – s'était aggravé. Désormais, le mouvement montait depuis la pointe des orteils jusqu'à l'aine. Ce phénomène ne le saisissait pas n'importe où, fort heureusement. Il ne comprenait pas le pourquoi de la chose mais, de manière confuse, il sentait que ces crises ne se déclenchaient pas au hasard. Cela le prenait après une station assise ou allongée. Il ressentait alors dans ses membres inférieurs une irrépressible envie de bouger, de s'agiter. Sa chair fourmillait, picotait, démangeait tout à la fois. Par moments, il ressentait de véritables décharges électriques qui, selon leur intensité et leur durée, pouvaient le faire sourire ou grimacer. En journée, il lui suffisait de marcher pour dompter ce trouble. Ces sensations malignes s'évanouissaient en quelques minutes. La nuit, en revanche, l'affaire se corsait. Dans le silence seulement troublé par le chant de la pluie, il entrait peu à peu en lutte avec son corps. En pensée, il lui parlait, tentait de négocier une trêve. Il s'était même surpris à l'implorer, mais ses jambes et ses pieds se moquaient de ses supplications. Lorsque les fourmillements atteignaient le seuil de la douleur, Théo ne pouvait alors faire autrement que de se lever. Il effectuait quelques flexions, les bras tendus devant lui. Puis, il entamait une marche lente autour de la table de la salle à manger. Il tournait en rond, certes. Mais cela suffisait à le soulager et à calmer ces picotements aux causes mystérieuses pour au moins deux pleines heures.

« Je tourne en rond…, maugréait-il avec rage pour lui-même. J'ai l'air fin. Si la Mère Tapedur me voyait, elle se foutrait sûrement de ma bobine, cette vieille truie… »

Mais la Mère Tapedur, sans le moindre doute, devait à cet instant précis ronfler de toutes ses bronches encrassées par la méchanceté. Elle comptait les moutons, pesait les figues, cassait le sommier, à mille lieues des angoisses de Théophraste Sentiero et de ses jambes qui ne lui répondaient que de plus en plus mal. Lorsque celui-ci se recouchait enfin, toujours attentif aux symptômes de ses membres inférieurs, il se répétait, comme en prière : « Tout ça, ce sera bientôt fini. Le rendez-vous avec le docteur approche. Il paraît que c'est une épée. Il va me débarrasser de ça comme qui rigole. Pas besoin d'avoir peur. Encore un peu de patience. Le rendez-vous approche… »

À force d'approcher – et parce que cet éminent neurologue avait fait ses études avec le docteur Cadirac, le délai d'attente pour le patient ne fut que de trois semaines –, le jour tant espéré finit par arriver. Ce serait le lendemain. Le docteur Salvay ne consultait pas dans le quartier. Cet oiseau-là nichait porte de Versailles. Si Théo poussait jusqu'à Solférino, il attraperait la ligne 12 du métro et l'affaire serait dans le sac. Se déplacer, même dans la ceinture ouest de Paris, ne l'effrayait pas. En revanche, il savait qu'il devrait à nouveau subir un interrogatoire serré, se prêter en simple caleçon à des palpations qu'il jugeait humiliantes. Qu'importe, il saurait à quoi s'en tenir.

Ce soir-là, il ferma donc les yeux, l'esprit apaisé, et tenta de trouver le sommeil. Ses dernières pensées allèrent à ses amis à plumes qui, depuis que le déluge avait commencé, ne se déplaçaient même plus pour picorer les croûtons de pain qui, de toute façon, se transformaient instantanément en une espèce de bouillie blanchâtre. Il songea aussi à ses collègues de travail. Sans oublier ses comparses de comptoir et sa partie de contrée, qu'il avait gagnée ou perdue, cela n'avait strictement aucune importance. Il assassina pour une énième fois la Mère Tapedur. Puis, sans qu'il le voulût vraiment, son esprit vagabonda vers le pont Neuf. Elle était là, son inconnue, qui l'attendait dans sa grande écharpe de laine écrue. Il s'approcha d'elle. Sans un mot, il la prit par la main. Comme c'était lui qui rêvait, elle ne lui dit pas non et lui emboîta le pas, éclat de bonheur dans la grisaille parisienne. Alors, Théo put s'endormir tout à fait. Il put rêver, du moins jusqu'à ce que les picotements revinssent le tirer à la surface et l'arrimassent à la dure réalité d'un canapé inconfortable. Lorsque ces démangeaisons furent trop insupportables, il se leva. Dans le parfum de l'inconnue – une fragrance qu'il ne faisait qu'imaginer –, les yeux mi-clos, il se mit à marcher autour de la table de la salle à manger. Chacun de ses pas possédait le goût délicieux de l'interdit, la joie du péché. Et il n'aurait échangé son errance contre aucun billet, fût-ce un billet pour la Lune ou l'étoile du Berger.

*

« Et tu sais ce qu'il m'a dit, cet imbécile ? Il a osé me dire que tous les juifs n'étaient pas riches. Oui, monsieur ! Il m'a balancé ça comme ça, sans blaguer. Tu te rends compte du culot de ce type ? Il y aurait comme qui dirait des juifs pauvres. Et puis quoi, encore ? »

Tout à sa fureur, Flingot – dit aussi le Prudent – étouffa entre ses lèvres fines une bordée d'injures qu'il brûlait pourtant de laisser jaillir dans l'habitacle de la voiture. Sur sa gauche, le conducteur d'une Smart lui grilla la politesse, mais fit comme si de rien n'était. C'en fut trop pour le conducteur. Cette fois, les insultes fusèrent, éclatantes, définitives. Malgré ce torrent d'invectives bien senties qui fit trembler jusqu'au rétroviseur intérieur du SUV flambant neuf, le véhicule indélicat continua à faufiler sa silhouette de pot de yaourt entre les voitures qui roulaient au pas.

À la place du mort, Théo osa, du bout des lèvres : « Mais toi ? Tu crois vraiment que tous les juifs sont riches ?

– Tous les juifs, j'en sais rien. Il y a aussi ceux qui font semblant d'être pauvres. Et démêler le tien du mien, chez ces gars-là, c'est pas possible. Mais lui, j'ai mon avis sur la question.

– J'ai bossé avec un juif, une fois. Et il n'était pas plus riche que moi. C'était le bon garçon, discret, jamais une embrouille.

– Ça, ça veut rien dire.

– En tout cas, il me semble qu'il doit y avoir autant de riches et de pauvres chez les juifs que chez les catholiques ou les musulmans. Mais il peut y avoir aussi des exceptions qui confirment la règle.

– Alors, lui, c'est l'exception qui confirme l'exception. En plus, c'est un juif honteux, du genre à se cacher, pas franc de la papillote.

– Qu'est-ce que t'en sais ?

– Il m'a dit qu'il les aimait pas. Et que les juifs étaient pas solidaires entre eux, qu'ils se tenaient pas les coudes.

– Et alors ? C'est peut-être vrai ? »

Avec un regard lourd de sens, sur l'air de celui qui en sait beaucoup sur la question mais qui, magnanime, préférera ne rien dire, Flingot répliqua : « Tu parles, Charles. Il a bien essayé de m'embrouiller, mais pas de ça avec moi. Il m'a dit que les juifs, c'était comme des spaghetti numéro cinq.

– Des quoi ?

– Des spaghetti de chez Barilla, les numéro cinq. C'est très exactement ce qu'il m'a dit. Avec sa tête de faux-cul professionnel, il m'a expliqué que, si tous les spaghetti se retrouvaient dans la même boîte, au supermarché, c'était pas parce qu'ils étaient solidaires. C'était parce que d'autres, ou la vie, les avaient regroupés entre eux. Ou une connerie de ce genre. Mais ça tient pas. J'y ai bien réfléchi : ça tient pas. Comme quoi, on peut être juif et con.

– Tu ne serais pas un peu antisémite, toi ? »

Après avoir pris le temps de la réflexion, le Prudent finit par répondre : « Moi ? Certainement pas. Les juifs, pour te dire toute la vérité, je m'en fous complètement. Mais lui, même si on boit des coups ensemble, je m'en méfie. Il est pas franc du collier. En plus, il fait toujours une tête de chien battu. Je suis sûr que, si tu lui donnes un doigt, il t'arrache le bras entier. »

Sachant depuis longtemps qu'il ne servait à rien de s'épuiser en joutes verbales avec des racistes et des antisémites – dont la majorité triomphante ignorait de surcroît qu'elle possédait un QI oscillant de façon dangereuse entre celui de la moule et celui de l'oursin –, Théo se rencogna dans son fauteuil de cuir. Flingot était un type bien. À sa façon. Et selon les circonstances. D'ordinaire posé et silencieux, il lui arrivait parfois de souffler sur les braises de sa propre colère jusqu'à les enflammer. Puis, comme si de rien n'était, il redevenait doux et tranquille, patelin pour tout dire.

Après avoir remâché un reste de haine entre ses dents courtes et carrées, le conducteur grommela encore : « De toute façon, c'est pas pour rien qu'il s'appelle Séfanaze.

– C'est au Gay-Lu qu'on lui donne ce nom, rectifia Théo dans un souci d'exactitude. En vrai, il s'appelle David Martin.

– Peut-être. Mais lui, il laisse faire. Qui ne dit mot consent. Séfanaze. Tu sais pourquoi on l'appelle comme ça, pas vrai ? Parce qu'il est moitié séfarade, moitié ashkénaze. Il sait même pas de quelle tribu il est, cet oiseau-là. En plus, c'est un juif qu'a honte d'être juif. Madame Jouve m'a dit qu'il faisait tout pour que personne le sache.

– Avec un surnom pareil pourtant... Et puis, il a peut-être ses raisons, non ? »

Ignorant la remarque, emporté par son mépris abyssal qui ne souffrait aucune contradiction, Flingot enfonça le clou : « C'est un trouillard. Peur de tout. Même de son ombre. C'est pour ça que le Séfanaze, il porte une kippa en cheveux.

– Quoi ?

– En cheveux, je te dis. Et je tiens ça en toute confidence de madame Jouve. Il se colle ça sur la citrouille et, ni vu ni connu, je t'embrouille. Comment tu veux qu'on les reconnaisse s'ils font tous ça ? »

Sur le boulevard des Maréchaux, direction rue de Vaugirard, les deux hommes demeurèrent silencieux durant de longues minutes. En cette fin de matinée, au niveau du parc des expositions, la porte de Versailles bouchonnait. Frappés d'inertie, esclaves des feux, les véhicules faisaient du sur place. Sous un soleil timide qui tentait de crever la voûte couleur mine de plomb, les conducteurs grimaçaient, désespérés de ne pas pouvoir écraser leur champignon. Théo, maintenant, se reprochait avec amertume d'avoir croisé la route de Flingot. Ce dernier, chauffeur Uber, l'avait ramassé à l'angle de la rue Léon-Delagrange et du boulevard Victor. Il l'avait fait par gentillesse. Ils savaient tous deux que cette course serait gratuite ou ne coûterait pas plus cher que le prix d'un Pernod. Théo avait accepté, ravi d'éviter un retour par la ligne 12. Pourtant, dès qu'il avait posé ses fesses dans le SUV, il avait compris que l'homme était, ce matin-là, mal embouché. Comme il lui était impossible de lui fausser compagnie sans le vexer, il avait résolu de se taire. D'abord, parce qu'il était bien élevé. Ensuite parce que, malgré tout, il aimait bien Flingot ou, du moins, il ne parvenait jamais à le détester totalement.

Il fallait dire que le conducteur avait traversé, au cours de son existence, des épreuves qui marquaient son homme. Sans qu'il ait jamais confirmé ni démenti la chose, l'on disait volontiers en son absence qu'il était originaire de Bourg-en-Bresse. Qu'il y était chasseur, dans ses jeunes années. Et qu'il avait passé le plus clair de son temps à traquer un oiseau dans la région de Villars-les-Dombes, une espèce rarissime nommée calao papou*. Pourquoi cette espèce introuvable et pas une autre ? Sur ce point, les avis restaient partagés. Toujours était-il que, dans cette poursuite, il avait laissé toute son énergie et n'avait pas non plus chipoté sur les moyens pour atteindre son but. Lorsqu'il avait enfin trouvé cette espèce de gros toucan, dont les vocalises faisaient plutôt penser à des rires vulgaires ou à des grognements criards, il l'avait abattu sur-le-champ. Sa quête était terminée. Comme pour *Le Vieil Homme et la mer*, ce Santiago cynégétique avait vendu son fusil, liquidé les affaires courantes et quitté son département de l'Ain pour venir se réduire en esclavage à Paris, suçant l'asphalte quatorze heures par jour.

Deux ans auparavant, Théo ne se souvenait plus pour quelle raison, Flingot était venu prendre l'apéritif à la maison. Cécile, pour une fois, avait rivalisé d'attentions et de gentillesses. Le chasseur, mis en confiance par la voix aimable de son hôtesse et les pastis qui se succédaient à une cadence régulière, avait soulevé un coin de la couverture sous laquelle il avait préféré enterrer son passé. Les yeux au sol, afin de ne croiser aucun regard, il avait évoqué son enfance dans les barres des quartiers ouvriers, sans grande joie. Son mariage avorté. Sa femme qui l'avait quitté, en emportant leur fille sous son bras. Vingt ans qu'il n'avait plus eu de nouvelles.

Comme souvent, avec ce genre de gaillards pouvant être forts en gueule, les bras cassés du Gay-Lu lui avaient prêté avec générosité mille passés, tous plus sulfureux les uns que les autres. Notamment le soir où ils avaient aperçu la crosse d'un pistolet dépasser de sa

* *Rhyticeros plicatus*, grand oiseau de la famille des Bucerotidae.

ceinture. Sur le coup, personne n'avait soufflé mot. Dès qu'il avait tourné le dos, les langues s'étaient déliées. Cothurne avait aussitôt juré mordicus que Flingot lui avait acheté, du temps où il tenait sa caisse à livres sur les bords de Seine, un précis de chimie permettant de fabriquer des bombes artisanales. Du pistolet à la bombe, et de la bombe au pistolet, il n'y avait qu'un pas. Comprendrait qui voudrait. Pour lui, le Patient travaillait donc dans l'ombre à des attentats ou à des braquages, mais pour des causes ou des idéologies qui restaient encore à déterminer. Petit Pois, pour sa part, avait parié sur l'existence de quelque mari jaloux. Flingot était plutôt bel homme, et le compagnon du perroquet fugueur devenu hispanique lui avait inventé dans la foulée une bonne demi-douzaine d'amantes énamourées. Avec les femmes, avait-il énoncé d'un air docte, tout était possible. Surtout si le bellâtre trimballait dans son sillage une odeur fleurant bon le soufre, façon Bonnie Parker et Clyde Barrow. La Guigne, lui, fort de multiples séjours en prison et d'encore plus de gardes à vue, possédait un point de vue différent. Il avait fréquenté dans sa jeunesse des dealers à la petite semaine et des demi-sel de banlieue qui se prenaient pour des affranchis. Il connaissait donc la musique et touchait sa bille, en matière de calibres. Pourtant, il n'avait rien dit. Le pistolet de Flingot, c'était gros comme un nez au milieu de la figure, n'était en fait qu'un pistolet d'alarme. Et il comprenait la raison de cette artillerie portée à la ceinture. Lorsque l'on chargeait des clients, surtout à une heure avancée de la nuit, il fallait avoir du répondant. Mais il avait gardé ça pour lui. La bande du Gay-Lu se réjouissait de compter dans ses rangs un mafieux, un malfrat, un porte-flingue, voire un redoutable et néanmoins discret partisan d'une quelconque lutte politique armée. Pourquoi les aurait-il détrompés ?

« Fais attention, avec tes pieds.

– Qu'est-ce qu'il y a ?

– Là, sur le tapis de sol. Ils bougent dans tous les sens. On dirait que tu danses la java.

– Et alors ?

– Ça va user mon tapis. Je sais que les tapis servent à ça, mais il est neuf, celui-là. Geste commercial du concessionnaire. Alors, fais attention à pas me le saloper. »

Pour un peu, Théo se serait cru dans sa chambre maritale. N'eût-ce été le timbre de voix, le vocabulaire et le ton étaient en tous points semblables à ceux employés par Cécile lors de cette fameuse nuit du 26 décembre qui avait sonné leur séparation de corps.

Plus amène, car il n'était pas méchant homme, Flingot se reprit : « Ça te sort d'où, toute cette gigue ? T'as des fourmis dans les pattes ?

– Je n'en sais rien. J'arrive de chez le neurologue, mais tu sais ce que c'est. On n'en a guère appris plus sur son état en sortant qu'avant d'y être entré.

– Qu'est-ce qu'il t'a dit, le toubib ?

– Des choses. Mais il m'a parlé comme un neurologue. Et je n'y ai rien compris. Il m'a dit que j'avais le syndrome des jambes sans repos. Que c'était de l'akathisie ou de la tasikinésie. Bref, des mots à ne pas coucher dehors, des mots à ne même pas trouver leur place dans le dictionnaire. »

Après un long sifflement censé marquer une surprise mâtinée d'une pointe d'inquiétude, le conducteur insista : « Tu m'étonnes que t'y aies rien compris. Et c'est grave ?

– Tu connais les docteurs. Tu vas les voir pour un mal de tête et tu ressors avec un cancer du cerveau. Ils ont volontiers le discours inquiétant. Parfois, tu as même l'impression que, s'ils ne t'ont pas foutu la trouille, ils n'ont pas bien fait leur boulot.

– Mais toi ? Tu risques quoi ?

– À l'entendre, la totale. Je ne me souviens plus de tout, mais c'est un programme de première, tu peux me croire. D'après lui, si je ne prends rien, c'est l'insomnie qui me guette. Puis, la dépression, la perte de l'appétit, des envies suicidaires, de l'hypertension, du diabète, l'obésité. Peut-être aussi la maladie de Parkinson, mais il n'était pas bien sûr. Et si je prends des médicaments, c'est encore pire.

– Mon pauvre gars…

– On a tous notre croix, bougonna Théo. Mais ça va aller.

– T'es sûr ?

– Mais oui. J'ai deux pieds qui bougent tout seuls, et alors ? Il n'y a pas de quoi en faire un fromage. D'ailleurs, tu vas me laisser là, au feu rouge.

– Pas question ! Je vais te ramener devant chez toi. Ta femme va s'occuper de ton cas.

– Surtout pas ! C'est l'heure où la Mère Tapedur monte la garde et je ne tiens pas à la croiser. Ça m'achèverait. »

Dans le silence feutré de son moteur électrique, le SUV s'immobilisa sur la droite, en double file. Pendant que, derrière eux, les premiers coups de klaxon se mettaient à retentir, Flingot s'inquiéta à nouveau : « T'es sûr de toi, hein ? Tu veux vraiment rentrer à pattes ? Y en a pour au moins cinq ou six kilomètres, et ça me gêne pas de te…

– C'est bon. Puisque mes jambes veulent faire de l'exercice et que je n'ai pas mon mot à dire, autant marcher. En plus, ça calme mes pieds. Il faut un moment, bien sûr. Mais, après, tout rentre à peu près dans l'ordre. Enfin, pour un moment, mais c'est déjà ça de gagné.

– Alors il te reste plus qu'à trouver comment tu peux utiliser ton machinésie, comme tu dis. Si j'étais toi et que j'avais plus de travail, j'y réfléchirais.

– Et tu ferais quoi ? »

Ignorant avec superbe les gueulardises des klaxons qui, maintenant, s'égosillaient sans fin dans leur dos, Flingot énuméra : « Ma foi, je me ferais livreur. Ou distributeur de prospectus. Ou serveur dans un restaurant. Tu pourrais aussi faire le guide pour les touristes ou trouver une place à la mairie, pour balayer les rues. Les boulots où il faut marcher, c'est pas ce qui manque. Si t'avais été plus jeune, t'aurais pu aussi te mettre au cinquante kilomètres marche. Pour les Olympiques de Paris, t'aurais comme qui dirait joué à domicile. »

Pendant que le conducteur gratifiait avec calme les voitures bloquées derrière lui d'un doigt d'honneur magistral, Théo répliqua : « J'y penserai, merci. Pour l'instant, je vais retourner à l'Estrapade. Et par le chemin des écoliers, encore. Mais je vais y penser.

– Tu peux.

– On se voit ce soir, au Gay-Lu.

– Pas de souci. Et embrasse bien Cécile pour moi... »

Était-ce un hasard, ou bien Théo avait-il mal entendu ? Toujours était-il qu'il lui sembla que cette dernière phrase de Flingot avait été prononcée avec une étrange douceur, de la tendresse presque. Il devait *embrasser bien Cécile*. Alors qu'il allait se pencher à la fenêtre du SUV pour interroger le conducteur – l'air de rien –, celui-ci repartit se mêler au trafic anarchique des automobiles. Alors, Théo haussa les épaules. Mains dans les poches, il s'engagea dans la rue de Langeac. Au-dessus des immeubles aux toits de zinc et d'ardoise, le soleil avait maintenant marqué des points. Il baignait les grands boulevards d'une lumière inhabituelle, un badigeon fait de vanille et d'une larme d'indigo. Montant de l'est, un bataillon de gros nuages noirs ne tarderait pas à assombrir le tableau, à gommer les angles vifs des bâtiments d'une ouate chargée de suie et de boue. En attendant, la clarté claquait, limpide. Quelques passereaux oubliés lors du grand départ pour l'Afrique ou les Caraïbes lançaient des trilles, encore timides, dans la fureur urbaine. Et Théo se sentait le cœur en fête. Il descendrait tout le Boul' Mich en sifflotant le thème du *Parrain*. Il rejoindrait la Seine en promeneur. Juste pour s'offrir le plaisir de passer sur le pont Neuf. Au cas où.

# HUIT ✹

Théophraste Sentiero, ce jour-là, n'atteignit jamais la Seine. De trottoirs en passages cloutés, de bousculades au sortir des grands magasins en bobos casqués qui filaient droit devant eux sur leurs trottinettes électriques, méprisant les piétons, il suivit pourtant son plan à la lettre. Il enfila la rue de Vaugirard avant d'obliquer sur celle du Cherche-Midi. Par le boulevard Raspail, il attrapa ensuite la rue de Sèvres, puis la rue du Four jusqu'à rattraper le boulevard Saint-Germain. Ses jambes et ses pieds, ravis par une telle marche, répondaient à merveille. Le nez en l'air, Théo avançait d'un pas léger. Il n'était tenu par aucune obligation, aucun horaire. Il marchait, et cela seul suffisait à son bonheur. À l'angle de la rue Saint-Jacques, il se décida pour la rue Dante, une travée cossue, élégante, où des caryatides soutenaient sans effort des balcons ornés de fausses fleurs en pots. Cela faisait longtemps qu'il n'avait pas emprunté le Petit-Pont donnant sur la rue de la Cité. Comme son nom l'indiquait, ça n'était pas un grand pont, l'un de ces ouvrages d'art devant lesquels, impressionné, l'on se découvrait. C'était juste une passerelle de pierres claires, un trait d'union qui ne pouvait servir, de toute évidence, qu'à aider les amoureux à se rejoindre.

Alors qu'il parvenait en vue de l'église Saint-Julien-le-Pauvre, les nuages venus de l'est crevèrent d'un seul coup au-dessus de sa tête. Portés par un vent fainéant, ils s'étaient amoncelés au-dessus de Paris et avaient tenu bon jusqu'au premier coup de tonnerre. Dans cette détonation profonde – un borborygme dont on n'aurait su dire s'il descendait du ciel ou bien montait, au contraire, des entrailles de la terre –, tous les oiseaux s'étaient tus. Durant quelques secondes, les passants toujours pressés avaient stoppé leur marche, se regardant les uns les autres dans les yeux, la mine inquiète. L'inéluctable ne tarderait pas. De fait, larges et grasses, les premières gouttes s'étaient abattues en taches noires sur le bitume. Une volée d'adolescents, giclant sans doute de la bouche du métro Maubert-Mutualité, s'était aussitôt égayée en hurlant. Les parapluies avaient fleuri, les touristes avaient déplié en toute hâte leurs capuches de plastique transparent qui leur donnaient de faux airs de préservatifs. Et même Théo, qui ne détestait pas marcher sous la pluie, avait pressé le pas. En moins d'une minute, l'orage avait tourné à la tempête. La tempête s'était vite muée en déluge. Des grêlons s'en étaient mêlés, larmes de neige dure qui ne tarderaient pas à fondre mais qui, en attendant, criblaient le sol avec des bruits de mitraillette.

Trempé jusqu'à la moelle, maltraité par les bourrasques d'un vent qui s'était mis à souffler en rafales, Théo avisa la vitrine d'un bouquiniste dans un coude que formait la rue Galande. Elle était étroite et sale, véritable survivance d'un temps passé qui faisait la part belle à la poussière et aux toiles d'araignées. Sur les présentoirs, il n'entrevit que de gros volumes à la couverture de cuir et à la tranche dorée, sans indication de prix. Ça n'était pas là qu'il pourrait appareiller pour la place du Rossio de Lisbonne, le marché du Ver-o-peso de Belém ou le port jadis négrier de Luanda. On était bien loin des horizons paradisiaques de Chandeigne. Mais la porte de ce bouclard, même si elle donnait sur un trou noir peu engageant, était ouverte et il entra.

Dans le tintement du carillon annonçant sa venue, une voix agacée monta : « La boutique est fermée, m'sieurs-dames. Si vous cherchez des livres, allez plus loin. Ce n'est pas ce qui manque, dans le quartier… »

Surpris par la pénombre, Théo plissa les paupières. La pièce dans laquelle il venait de pénétrer était sans nul doute l'antre d'un bouquiniste bien que cela ne sentît pas l'encaustique ni l'huile d'amande douce, ces produits dont on use afin de rafraîchir les couvertures des volumes rescapés de l'histoire. À tout dire, sous des plafonds si hauts qu'il ne parvenait pas à les distinguer avec netteté, tout le réduit exhalait une odeur de papier humide, en cours de moisissure.

À nouveau, la voix tonna, polie mais inflexible : « Passez votre chemin, vous dis-je. Vous perdez votre temps. »

Tout dégouttant de pluie, Théo expliqua : « Bonjour, monsieur. Ce n'est pas pour acheter des livres.

– C'est pour quoi ?

– C'est à cause de la pluie. Dehors, il tombe des hallebardes. Alors, si ça ne vous dérange pas…

– Eh bien ?

– Je me suis dit que je pourrais m'abriter quelques minutes, le temps que ça se calme un peu. »

Le silence se fit, seulement déchiré par les grêlons et la pluie qui, maintenant, redoublaient de violence et s'abattaient en gifles aveugles sur la ville. Tout en essuyant l'eau qui maculait son visage, Théo jeta sur les lieux un coup d'œil circulaire. Bardés d'étagères, les murs vétustes présentaient des milliers de volumes, romans ou essais, pièces de théâtre ou recueils de poèmes, précis d'anatomie ou dictionnaires, encyclopédies, ouvrages juridiques, vagues collections de mensuels. Tout au bout de ce corridor décrépi, qui devait bien mesurer ses douze mètres de long pour trois de largeur, se tenait un vaste bureau où, là encore, des livres semblaient vouloir coloniser le moindre espace disponible. Le seul point de lumière, avare et faible, venait d'une lampe de banquier, petit abat-jour de verre émeraude posé sur un pied de cuivre ou de laiton.

Afin de ne pas passer pour un rustre, Théo lança à nouveau : « Dès que ça s'arrête, je file. Je reste près de la porte. Comme ça, je ne vous gênerai pas. Et je ne mouillerai rien !

– Ah… C'est vous ? Tout de même, je vous attendais bien plus tôt. Et je n'aime pas attendre, n'est-ce pas ? Mais puisque vous êtes là, tout est bien.

– Pardon ?

– J'ai l'oreille musicale et j'ai reconnu votre voix. Ce n'est pas la peine de nier. »

Comme Théo ne répondait pas, interloqué, il vit bouger derrière le bureau une forme qui, selon toute vraisemblance, se leva mais ne gagna pas pour autant un seul centimètre de taille. Puis, dans la musique de petits coups de canne secs et répétés, donnés de droite et de gauche, il distingua enfin la silhouette trapue et racrapotée d'un vieil homme au crâne recouvert par une toque frisottée d'astrakan. Un sourire crispé sur les lèvres, commençant à frissonner à cause de la pluie qui avait finalement transpercé sa parka de mauvaise facture et mouillait son pull, Théophraste Sentiero demanda : « Vous êtes l'aveugle du jardin du Luxembourg, c'est ça ?

– Aveugle ? Moi, je vous aurais dit que je suis aveugle ?

– Vous n'avez pas vraiment dit ça, c'est vrai. Mais enfin… Votre canne ?

– Je vous ai déjà dit de vous méfier des apparences, non ? Mes yeux voient. Et ils ne voient pas. Ils font un peu ce qu'ils veulent. Ils ont acquis leur droit à l'indépendance. Et ça se respecte, après tout. »

Lorsque la canne blanche tâta avec un bruit mou le bas du pantalon de Théo, le vieil homme s'immobilisa. Noyé dans le même paletot informe et incolore, il marmonna entre ses joues mal rasées quelques mots que le visiteur ne comprit pas. Puis, après avoir haussé les épaules et froncé le nez à plusieurs reprises, il se félicita : « Je vous avais bien dit qu'on se reverrait, non ?

– C'est vrai, vous l'avez dit. Mais je suis entré ici complètement par hasard. C'est à cause de la pluie et je…

– La pluie n'a rien à voir avec ça. Je vous ai dit qu'on se reverrait et on se revoit. *Fatalitas*, comme disait Chéri-Bibi. Et tenez pour sûr que l'on ne va pas contre son destin. Jamais ! Tout est donc au mieux dans le meilleur des mondes possibles. Et ne venez pas m'emmerder avec Voltaire. C'est de Leibniz, cette phrase. Leibniz ! »

Dans les flashes des éclairs qui, dehors, donnaient leurs coups de langue jaune et râpeuse sur la ville, le propriétaire des lieux enchaîna : « Mais vous ne connaissez pas plus Voltaire que Leibniz, bien sûr. Voyez-vous, moi, je sais ce que vous êtes venu chercher, ici. Mais vous ? Que me voulez-vous, ou plutôt que pensez-vous me vouloir ?

– Rien. J'ai juste été surpris par l'orage et je… »

Sans attendre la fin de la phrase, la voix du vieillard cacochyme et bourru s'imposa derechef : « Si vous êtes entré ici, cela ne doit rien au hasard, nom de Zeus ! Vous êtes sourd, ou quoi ? Il faut regarder au-delà des apparences ! Toujours ! Sinon, on passe à côté de l'essentiel. C'est ça que vous voulez ?

– Non, mais je…

– Alors, arrêtez vos billevesées. Enfin, vos conneries. C'est égal. »

Saisi par un frisson, le bout du nez luisant d'une goutte de mucus translucide, le bouquiniste enfonça un peu plus sa toque noire sur ses cheveux blancs. Tout en tournant le dos à son visiteur, il maugréa : « Suivez-moi. Je dois bien reconnaître que je n'attendais pas quelqu'un comme vous. Je vous imaginais différent, pour tout dire. Mais, puisque vous êtes là, il doit bien y avoir des raisons. Et de bonnes, encore. Je crois même les connaître, mais notez bien que je n'en suis pas sûr. Quoi qu'il en soit, suivez-moi. Il doit me rester de quoi faire du café. Enfin, du café… de la poussière de sac avec de l'eau chaude serait plus juste. Mais par les temps qui courent, ça ne pourra pas nous faire de mal. »

Sans se soucier que Théo ne bougeait toujours pas, il continua à cahoter, accroché à sa canne comme un noyé à sa bouée de sauvetage. D'une voix à peine audible, l'étrange bonhomme ajouta enfin, en grommelant de malice : « Ce sont vos pieds qui vous ont amené ici. Pas la pluie. Et il faut toujours écouter ses pieds. Ils sont plus intelligents et savent mille fois plus de choses que les hommes. Souvenez-vous de Prévert. Si tant est que vous connaissiez Prévert. Vous verrez. Ou vous ne verrez pas, d'ailleurs. Après tout, quelle importance ? »

*

Au final, le café que l'aveugle avait préparé à tâtons n'était pas si mauvais que ça. C'était même une lavure acceptable, pourvu que l'on ne fût pas trop exigeant. Frigorifié, Théo avala son mug en trois lampées impatientes, sans se soucier le moins du monde du liquide brûlant qui descendait dans sa gorge. C'était chaud. C'était bon. Il en sourit de plaisir. Dehors, la rue s'était vidée. La pluie poursuivait son pilonnage massif et les deux hommes, bien à l'abri dans leur carapace de livres, se sentaient seuls au monde. Délicieusement seuls. Assis dans un fauteuil club en piteux état, le libraire alluma une pipe qu'il suçota un moment sans rien faire d'autre que d'écouter les chuintements aigus produits par le tuyau. Théo, de son côté, n'osa pas tirer de sa poche son paquet de blondes, craignant déjà d'abuser de l'hospitalité de ce vieillard irascible. S'il avait commencé à fumer une cigarette, celui-ci n'aurait certainement pas manqué de lui envoyer quelques reproches, de ces admonestations dont Théo n'arrivait pas encore à cerner si elles étaient sérieuses ou de simples piques amicales. Le bout des fesses posé sur l'arête d'une chaise en formica bancale, il se borna donc, dans un premier temps, à dévisager le propriétaire de cet antre bien singulier. Son hôte, éclairé en contre-jour par la lampe de banquier qui produisait en sourdine un grésillement électrique, s'était figé et semblait ressentir un réel plaisir à goûter le calme revenu.

Qui était-il ? Quel âge pouvait-il avoir ? Quatre-vingts ans ? Plus ? Était-il aveugle ? S'il l'était, pourquoi jouait-il de sa cécité ? S'il ne l'était pas, pourquoi cette canne blanche ? Était-il seulement un vieil emmerdeur chronique, une toupie rassie qui virait à l'aigre ? Ou bien faisait-il semblant de l'être ? Et pourquoi cette boutique était-elle dans un état de délabrement aussi avancé ? Bien sûr, à voir l'usure de ses vêtements, le propriétaire tirait le diable par la queue plus qu'à son tour. Mais quoi ? Un coup de blanc ne coûtait rien, ou presque. Alors ?

Après s'être rassasié de la fumée de sa pipe, chargée jusqu'à la gueule d'un tabac ambré rappelant l'Amsterdamer, le vieil homme brisa enfin la glace. Sur un ton qu'il tenta de rendre aimable, il plaisanta : « Vous vous demandez ce que vous faites là, n'est-ce pas ? Et vous me prenez sans doute pour un illuminé, voire un débris tombé en parfaite sénescence. Vous vous dites que j'ai les fils qui touchent, entre mes deux oreilles. Ou peut-être que je n'ai plus qu'un petit bol de sauce blanche pour me servir de cerveau. Et vous n'avez certainement pas tout à fait tort, notez-le bien. Tout dépend de la façon dont on considère la chose. Mais c'est bien ce que vous pensez de moi, non ?

– Je ne me permettrais pas.

– Vous devriez pourtant. Quand on a votre âge, il faut tout se permettre. Vous n'êtes pas un perdreau de l'année, mais vous n'êtes pas non plus à jeter à la casse. Du moins, pas tout de suite.

– Trop aimable.

– Je ne suis pas là pour être aimable.

– Vous êtes là pour quoi ? »

Avec un petit rire moqueur, l'homme à la toque d'astrakan fourailla avec une allumette dans le culot de sa pipe. Puis, il répliqua : « Sait-on jamais pourquoi nous sommes ici et pas ailleurs ? En ce qui vous concerne, cependant, j'ai ma petite idée.

– Je peux savoir laquelle ?

– Pour ce qui est de la véritable raison de votre présence entre ces murs – je veux dire la raison profonde et essentielle, oublions la pluie pour l'instant –, nous y viendrons plus tard. Pour ce qui est de l'immédiat, je parierais ma chemise que vous cherchez du travail.

– Qu'est-ce que vous en savez ?

– Simple logique. Si vous exerciez un métier, vous ne marcheriez pas dans les rues de Paris ni dans les allées du jardin du Luxembourg aux heures où nous nous sommes croisés. Ce serait possible, je vous l'accorde. Possible, mais peu probable.

– Je pourrais être veilleur de nuit.

– Vous cherchez du travail. Et moi, je cherche de l'aide. Vous voyez que le monde est bien fait, non ? Je vous propose donc la place.

– La place de quoi ? »

Après une brève grimace marquant son agacement de devoir tout expliquer à son visiteur, l'aveugle rétorqua : « Je vous offre du travail. Ce n'est pas Byzance, je vous l'accorde. Mais vous pourriez tout de même me montrer un peu de gratitude, non ?

– Je ne cherche pas de travail. Et même si j'en cherchais, ce n'est certainement pas dans une librairie que je pourrais gagner ma vie. Je ne connais rien aux livres.

– Qui vous parle de connaître les livres ? J'ai besoin de vos yeux et de vos bras. De vos jambes, aussi. À ce propos, comment vont-elles ? Je les ai entendues trépigner sous votre chaise au Luxembourg, savez-vous ? Êtes-vous toujours agité par ce tic nerveux qui ne vous laisse pas en paix ? »

Sans attendre la réponse de Théo, il embraya aussitôt : « Bien sûr qu'elles vous taquinent encore. D'ailleurs, j'entends vos pieds qui battent la mesure, en ce moment même… »

Pris sur le fait, le nouveau venu fit de son mieux pour dompter ses tremblements. Puis, alors qu'il allait bredouiller une excuse quelconque qui lui permettrait de quitter les lieux, l'aveugle le prit de vitesse : « C'est votre nature, que voulez-vous ? Vous êtes nerveux. Nerveux et impatient. Sans doute craignez-vous de ne pas trouver votre chemin. Je mettrais ma main à couper que vous êtes allé consulter un docteur ou un neurologue pour qu'il fasse cesser votre danse de Saint-Guy. Je n'ai pas raison ? »

Pour éviter de répondre à la question, Théo interrogea à son tour : « Si j'accepte ce travail – et je dis bien : si j'accepte –, que faudra-t-il que je fasse ? Du rangement ? Du ménage ?

– En quelque sorte… »

Tout en rallumant sa pipe, l'aveugle répéta, sur un ton pensif : « Faire du ménage, oui. On peut appeler ça comme ça… »

Subitement mis en joie par sa phrase, il lança : « Mais je m'aperçois que je ne me suis même pas présenté ! Je suis Anselme. Anselme Guilledoux. Dernier du nom, grâce à Dieu. Et je préside aux destinées des Bonheurs d'Antioche, où nous nous trouvons, depuis soixante-treize ans. Ne cherchez pas mon âge, mon jeune ami. J'ai dépassé les quatre-vingt-dix ans et, comme mon modeste commerce, j'ai déjà un pied et trois quarts dans la tombe. Le dernier quart ne tardera plus, rassurez-vous. Et ça ne sera pas trop tôt lorsque cette triste et décevante plaisanterie qu'est l'existence en général – et la mienne, en particulier – tirera sa révérence. Bref. Vous l'aurez compris, je vais fermer les Bonheurs d'Antioche et j'ai besoin pour cela d'un homme solide, un gaillard qui ne compte pas sa sueur et qui ne craint pas de se salir les mains.

– Je vous répète que je ne connais rien aux livres, protesta faiblement Théo.

– La seule lecture que je vous demanderai est à la portée d'un enfant de six ans. Vous n'aurez qu'à lire les titres sur les couvertures ou sur les tranches, et je vous dirai dans quel carton déposer le volume. Ça n'est pas sorcier, vous verrez.

– Vous me paierez combien pour ça ?

– Toujours trop. Le temps où travailler dans une librairie était un honneur et faisait de vous, sur l'instant, un honnête homme est, hélas, révolu. On rétribuait alors les aides et les commis, les saute-ruisseaux comme les lettrés, en invendus ou en exemplaires libraires. Un bouquet de vers de Lautréamont, une pièce de Camus ou une poignée de chapitres de Rabelais contre quelques heures de transpiration. Le marché était équitable, ma foi. Mais ce modus vivendi n'a plus cours depuis longtemps. Donc, oui. Je vous paierai. Le moins possible, cela va de soi. Mais je vous paierai. D'autant que vous avez sans doute une famille à faire vivre, je suppose ?

– Vous supposez bien.

– Alors, nous sommes d'accord. »

Jugeant que l'entretien était terminé, Anselme Guilledoux, le dernier du nom, se leva avec une grimace. Sur un ton de nouveau sec, il aboya : « Je vous attends demain matin. Neuf heures pile.

– Mais je n'ai pas dit que…

– L'exactitude est, dit-on, la politesse des rois. Foutaise. Je soutiens, moi, que l'exactitude est juste l'une des formes de la politesse. Et que celle-ci n'est pas l'apanage exclusif des rois. Je vous attends donc à neuf heures. »

Se remettant à son tour sur pied, Théo se dandina un instant sur place avant de trouver le moyen de glisser : « Et si je ne viens pas ? »

Surpris par la question, l'aveugle jabota pour lui-même entre ses joues flasques. Puis, il rétorqua, d'évidence : « Vous viendrez. Il n'y a que vous qui doutiez que vous ne viendrez pas.

– Qu'en savez-vous ?

– Vos pieds. Je les ai écoutés, tout au long de notre discussion. Et vos pieds vous conduiront ici, demain, à neuf heures précises. Ou je ne m'appelle plus Anselme Guilledoux… »

*

« Il est frappé, ce vieux… Pas l'eau à tous les étages. Pas l'électricité, non plus… Pas étanche. C'est ça. Pas étanche et pas net. Demain, il pourra m'attendre longtemps… »

En remontant le Boul' Mich', tout à ses interrogations, Théophraste Sentiero vilipendait en son for intérieur Anselme Guilledoux : « En plus, il me parle comme à un gosse, cet emplumé. C'est un vieux con, oui ! Un vieux con et un emmerdeur de première… Mais qu'est-ce qu'il croit ? Que je suis à ses ordres ? Je ne suis pas un mendiant, moi. Pas plus qu'une broque ou un clochard. Je suis un homme, moi ! Et je n'ai pas attendu après lui pour trouver du boulot. Tête d'enclume, oui. Une vraie tête d'enclume. Et il n'y a rien à redire à ça… »

Peu à peu, à la façon des escargots qui, au premier rayon de soleil qui succède à l'orage, ressortent le bout de leurs cornes, les Parisiennes et les Parisiens reprenaient désormais possession des trottoirs. La pluie avait lavé et lessivé la capitale. Les rues brillaient comme des sous neufs passés à la brosse de chiendent. Les parapluies avaient réintégré leurs fourreaux de nylon. La course contre le temps des piétons pouvait reprendre, implacable. Parvenu devant le Gay-Lu, Théo entra, à la recherche de compagnie. En ce milieu d'après-midi, la brasserie était déserte, si l'on exceptait un couple de touristes américains installés en terrasse. Avec des mines béates et ravies, ils avalaient une assiette de fromage et de charcuterie tout droit sortis des rayons réfrigérés de la boucherie des Huissiers, rue Saint-Jacques. Ils étaient heureux de vivre et leur bonheur, bien visible, porta Théo à la nausée. Dans un soupir de lassitude, il s'assit à une table située dans le fond de l'établissement et attendit que madame Jouve, plongée dans des papiers, daignât venir prendre sa commande.

« Mais il se prend pour qui, ce vieux croûton ? Du boulot, j'en trouve quand je veux, moi. Je l'ai déjà prouvé. Et plus qu'à mon tour. Je ne suis pas manchot. Pas manchot, et pas plus bête qu'un autre… »

Pendant que les deux touristes, en terrasse, s'enthousiasmaient maintenant sur le chardonnet maison que leurs gosiers sans éducation avalaient sans même le goûter, Théo s'efforça de recouvrer son calme. On lui offrait un travail sans qu'il n'eût rien demandé.

Un travail de manœuvre. Et certainement très mal payé. Mais un travail, c'était un travail. Il avait donc tout pour se féliciter de cette belle aubaine et, pourtant, il ne pouvait empêcher une sourde colère de monter en lui. Si l'on désirait être tout à fait exact, il fallait préciser que Théophraste Sentiero n'avait jamais lu de roman. Si l'on exceptait les pensums scolaires, il était pour ainsi dire vierge de toute lecture. Bien entendu, il consultait chaque jour les gros titres des journaux qui s'étalaient sur les présentoirs du Calabrais qui tenait le kiosque tout proche. Il lui arrivait même de parcourir des articles entiers dans *L'Équipe* ou *Le Parisien*. Mais des livres ? Jamais. De façon confuse, il sentait bien qu'il passait sans doute à côté d'un univers formidable, d'un univers de fantasmes empli de bruits, de fureur et d'amour. Peu importait. Aujourd'hui, il lui semblait évident qu'il avait passé l'âge de l'émerveillement. Pour lui, le livre ne pouvait être que synonyme d'un profond ennui, voire de temps perdu. Et il éprouvait une appréhension instinctive face à la chose écrite, même lorsqu'il faisait le pied de grue devant la vitrine de la librairie Chandeigne. D'ailleurs, il n'en avait jamais poussé la porte. Les couvertures, c'était suffisant pour rêver. Il les admirait comme il le faisait avec les élégantes Parisiennes qui, nez en l'air, passaient parfois devant lui. Certaines étaient d'une beauté à tenter les plus fidèles des hommes, les intégristes du mariage et de la monogamie. Mais celles-ci ne jouaient pas dans le même bac à sable que lui.

« Je m'en fous, de son boulot. Je m'en fous complètement. Et je n'irai pas. Voilà, c'est dit. Je n'irai pas.

– Alors, monsieur Théo ? Qu'est-ce que je vous sers ? »

Plantée devant lui, mains sur les hanches et torchon à l'épaule, madame Jouve s'amusa du regard hébété que son client lui adressait. Avec un sourire amical, elle reprit : « Dites-moi, vous parlez tout seul, à cette heure? Vous n'avez personne avec qui faire la conversation?

– Excusez-moi. Je réfléchissais tout haut.

– Y a pas de mal. Mais comptez pas sur moi aujourd'hui pour vous tenir le crachoir. Les déménageurs vont débarquer d'une minute à l'autre.

– Les quoi?

– Les déménageurs. C'est aujourd'hui qu'on enlève le flipper, le jukebox et le baby-foot. Sans parler de toutes les cochonneries à la cave, que je sais même pas ce que je vais en faire.

– Les déménageurs? Déjà? »

Un instant, la matrone promena sur le nouveau venu un regard désolé. De sa voix la plus compatissante, elle expliqua: « Que voulez-vous? Quand c'est l'heure, c'est l'heure. Les propriétaires ont été formels. Ils veulent que les quatre murs et le comptoir. Et encore, pour le comptoir, c'est même pas sûr qu'ils le gardent. Ils ont pas pris leur décision. »

– Et tout ça va partir aujourd'hui?

– Comme je vous le dis. Ça va faire un vide, c'est vrai. Mais vous, je vous ai jamais vu jouer au flipper ni au baby. Et encore moins écouter de la musique. Ça vous manquera pas trop, allez.

– Si vous le dites…

– Alors? Qu'est-ce que je vous mets? Un petit crème?

– Si vous voulez… »

Pendant que madame Jouve ramenait ses fesses monumentales derrière le comptoir et son fronton, chaque jour un peu plus édenté, Théo soupira. C'était vrai qu'il n'avait jamais claqué les oreilles du flipper, contrairement à Gégène qui le secouait comme s'il voulait se venger de son cocufiage magnifique. Il n'avait pas non plus glissé la moindre piécette dans la fente du Bonzini balles dures, pas plus que dans le jukebox. Mais en les faisant disparaître du Gay-Lu, c'était quelques pans supplémentaires de son monde qu'on lui ôtait, son monde qui se ramassait sur lui-même pour devenir de plus en plus étriqué. Il ne resterait bientôt plus que les traces des pieds sur le carrelage, des cicatrices de crasse qu'aucune eau de Javel ne parviendrait jamais à effacer. La maîtresse des lieux, elle, ne semblait pas souffrir outre mesure de ce démembrement programmé. Sans doute volait-elle déjà avec les cigognes, direction le Grand Est, en route pour une petite mort dans laquelle Paris ne serait plus qu'un souvenir que le temps se chargerait d'embellir. À cet instant précis, Théo la détesta.

Lorsque la tasse de café, accompagnée de son spéculoos auquel personne ne touchait jamais, atterrit devant lui, il éprouva l'envie de relancer la discussion avec la patronne de la brasserie. Histoire d'évoquer le passé, de se raccrocher aux grandes heures du Gay-Lu. Mais il n'en eut pas l'occasion. À la seconde où il allait parler, trois forts des halles, trois gros bras des Déménagements Vermorel & Cie poussèrent la porte vitrée, saluant d'un index porté à la tempe. Après un rapide conciliabule avec madame Jouve, ils se mirent à barder en silence les trois meubles de papier bulle, de sangles et de cartons, les transformant en momies anonymes. Dehors, la gueule béante du camion les attendait. Le hayon élévateur électrique les soulèverait un à un, légers comme des plumes. Et le tout s'évanouirait dans les crachotements pestilentiels du diesel.

S'apercevant que la néo-Alsacienne se mettait à minauder et à glousser, à promener son décolleté sous les yeux égrillards du chef d'équipe, Théo ne put s'empêcher de murmurer : « Salope… »

Ce fut à ce moment-là, juste avant que le flipper, le jukebox et le Bonzini ne disparussent dans le bahut, qu'il la vit. Qu'il la revit. Beaucoup plus nettement que sur le pont Neuf, cette fois. Il ne se trompait pas. C'était bien elle. Fébrile, il s'approcha de la vitre. Dans la lumière nue, de longs cheveux châtains scintillant jusqu'au milieu du dos, elle flottait sur le trottoir. Avant de s'attarder sur le chargement en cours, le regard de l'inconnue croisa le sien. Ce fut rapide, fugace. À peine une poignée de secondes. Mais il eut la sensation qu'elle le vit, lui, tout comme il la vit, elle. Puis, elle s'évanouit.

Elle ne se retourna pas. À bien y réfléchir, elle l'avait sûrement regardé comme les reliques empaquetées du Gay-Lu ou le camion de déménagement. Un meuble qui se trouvait là. S'il avait été un chien, même le dernier bâtard venu tout infesté de puces, elle l'aurait sans doute considéré autrement. Elle s'en serait peut-être émue. Un chien des rues, cela tirait toujours la larme, même aux cœurs les plus endurcis. Et Théo, ce jour-là, aurait donné toute sa fortune pour être ce chien. Moins qu'un chien, si cela s'était révélé nécessaire. Mais peu importait. Elle l'avait vu. Peut-être même avait-elle souri. Pas un sourire à la madame Jouve. Ceux de la bistrotière étaient toujours démesurés, vulgaires à force d'être donnés sans attendre qu'on les ait demandés, dégoulinants de rouge, immanquablement mouillés de salive. Si l'inconnue lui avait adressé un sourire, il ne pouvait être que pudique, distingué. Et ses lèvres ! Dans un visage triangulaire, au menton à peine relevé, au nez droit et bien posé, aux joues creuses et aux sourcils d'un noir profond, sa bouche en cerise se détachait avec une pointe de provocation. Quant aux yeux, ils possédaient ce mystère qui n'est propre qu'à certaines Orientales. Ils étaient sombres et en amande, certes. N'importe qui les aurait décrits comme ceux d'une biche ou d'un faon. Cependant, ils possédaient un l'on-ne-savait-quoi de plus. Théo n'avait pu les entrevoir qu'un bref instant. Mais suffisant pour qu'il notât que ces yeux étaient baignés de nostalgie, d'un ennui aristocratique. Ils étaient rêveurs et lointains, vibrants de langueur, d'une inexplicable langueur. Quel âge avait-elle ? Peu importait. Elle était plus jeune que lui, cela était acquis. Et alors ? La belle affaire ! Tout ce qui importait, c'était qu'elle existait réellement puisque cela faisait deux fois en trois semaines qu'il la voyait passer. Elle n'était pas le fruit de son imagination. Et elle l'avait regardé, lui ! Lui, Théophraste Sentiero, médiocre parmi les médiocres ! Trop vieux pour refaire sa vie et trop jeune pour mourir ! Lui, l'ancien pêcheur de vélos, de trottinettes et de cadavres ! Lui, qui ne rêvait plus depuis une éternité, sinon d'occire la Mère Tapedur et tous les pigeons de la création ! Lui qui n'aimait plus d'amour qui que ce fût et qui, toute sa vie durant, s'était bien gardé de se demander à lui-même s'il avait déjà aimé qui que ce fut ! Ses enfants, peut-être ? Sans doute.

Malgré tout cela, elle l'avait regardé, lui ! Et il avait eu le temps de graver son visage dans sa mémoire. Ce visage qui deviendrait pour la nuit à venir et pour toutes celles qui suivraient son meilleur compagnon de songes, son fétiche, son porte-bonheur.

L'espace d'une fraction de seconde, les tempes bouillantes et les pieds agités de tremblements qu'il ne parvenait pas à maîtriser, Théo fut à deux doigts de se lever et de courir vers elle. La rattraper. Trouver les mots. La faire sourire et même rire. C'était ce qu'il devait faire. La rattraper pour que jamais, jamais plus, cette apparition ne se dissolût dans l'immensité de Paris, la ville de tous les rêves et de tous les cauchemars.

✸ NEUF

« Vous l'avez réellement laissée filer ? Vous avez fait ça ?

– Oui.

– Alors, je vous plains.

– Pourquoi ?

– Ne m'en veuillez pas pour ce que je vais vous dire. Mais vous êtes la crème des imbéciles, la quintessence du *nonsense*. Vous êtes une aberration à deux pattes, mon cher monsieur. Si je ne peux pas voir vos sourcils se hérisser de colère et d'incompréhension en ce moment même, je les imagine aisément. Mais froncez ce que vous voulez, cela n'y changera rien : lorsque l'on a la chance de croiser l'amour dans sa vie et que….

– Je ne vous ai jamais dit que j'étais amoureux !

– … et que l'on s'abstient de lui courir après, c'est que l'on est frappé de débilité profonde. Lorsque cela se produit une deuxième fois et que l'on réitère la même erreur, alors on est vraiment un meurtrier. »

Anselme Guilledoux avait prononcé ces phrases sans colère, sans chercher à piquer Théophraste Sentiero dans sa fierté. Et c'était sûrement ce manque de malignité qui avait fait le plus mal à Théo. La journée avait pourtant bien débuté. Après avoir aperçu l'inconnue dans la rue, il était resté encore une bonne heure au Gay-Lu et avait assisté sans les voir vraiment aux départs du flipper, du jukebox et du Bonzini balles dures. Dans un brouillard, il avait aussi suivi le travail de récurage des sols par madame Jouve. Comme il l'avait prévu, les trois meubles avaient tatoué les sols d'auréoles qu'aucune huile de coude ne parviendrait jamais à rattraper. L'esprit ailleurs, il avait fini par rejoindre son appartement, rue de l'Estrapade. À cette heure entre chien et loup, les enfants étaient absents, faisant leur vie quelque part, dans le quartier ou plus loin. Il s'en moquait. Ils étaient grands, maintenant. Si Joël prenait encore, parfois, un malin plaisir à jouer au petit garçon, Bénédicte dépensait toute son énergie à traverser l'adolescence avec le plus de fracas possible. À ses yeux, aucun adulte ne trouvait grâce – et surtout pas ses parents. C'était ainsi, c'était la vie. La jeune femme qu'elle serait dans trois ou quatre ans commençait déjà à poindre et à s'intéresser à l'amour. C'était touchant de naïveté. Violent aussi, selon les périodes. Théo avait dû s'y faire. Jusqu'à il y avait peu encore, il avait accueilli les atermoiements amoureux de sa fille avec des soupirs navrés et des œillades signifiant qu'il fallait bien que jeunesse se passe. L'adolescence était douloureuse et il l'avait toujours considérée comme un mal nécessaire. Pourtant, tous ces pleurs, ces cris et ces rires s'étaient mis à résonner de façon différente à ses oreilles depuis l'épisode du pont Neuf. Que ce fût vrai ou pas, elle aimait. Elle souffrait. Et lui, Théo, se sentait désormais étrangement proche de Bénédicte. Pendant que celle-ci bataillait contre les pulsions amoureuses qui l'assaillaient, il ressentait, lui, que son univers se fissurait, se débarrassait de son superflu. Tandis que sa fille échafaudait mille scénarios sur des garçons croisés dans la cour du lycée, Théo ne pensait qu'à l'inconnue.

Elle l'avait vu, même si c'était par accident. Elle l'avait regardé. Et il connaissait son visage. Cela seul suffisait à le faire sourire. Entre deux brouilles, le père et la fille éprouvaient ainsi de concert mille morts. Ils étaient les seuls à savoir leurs doutes. Et leur souffrance les rapprochait sans qu'ils ne pussent rien s'en dire.

Quant à Cécile, toujours lointaine, elle avait accueilli la décision de son mari d'aller travailler pour un temps aux Bonheurs d'Antioche sans poser de question. Les mains dans les entrailles d'un poulet qu'elle s'appliquait à vider avec un soin tout chirurgical, elle l'avait même félicité du bout des lèvres. Officiellement, c'était pour sa capacité à rebondir. Un travail de perdu, un travail de trouvé. Ça n'avait pas traîné. Son mari n'était pas un fainéant. C'était une qualité cardinale qui, dans son esprit cartésien, faisait de Théophraste Sentiero un homme aimable, au premier sens du terme. Plus égoïstement, le fait de savoir, et surtout de pouvoir se vanter, que son époux allait travailler dans une librairie la comblait d'aise. D'abord, il ne serait pas à la maison, à traîner dans ses pattes. Elle organisait sa journée selon des rituels immuables et la présence de son mari menaçait d'enrayer cette mécanique bien réglée. Ensuite, gagner sa vie en ayant les mains dans des livres, cela vous posait un homme. Pour peu qu'il acceptât ce joug toute une année durant, elle pourrait enfin pérorer auprès de son frère et de sa pimbêche de femme, lors du prochain repas de Noël. Toucher à la culture, même si ça n'était que pour remplir des cartons, c'était sans conteste autre chose que de draguer les fonds noirs et mystérieux de la Seine. En un tournemain, Théo passait ainsi de col bleu obscur à col blanc éclatant. Certes, elle non plus n'avait jamais mis les pieds dans une librairie. Des livres, des tas de pages sans photo en couleur ? Cela dépassait son entendement. Une fois la semaine, le Calabrais lui refourguait son content de magazines, de ragots, de faits divers et de catastrophes ou de scandales passés, présents ou à venir. Et elle était comblée. Chausser ses loupes de lecture à monture d'écaille pour se repaître du malheur des uns et du bonheur des autres, voilà qui lui semblait naturel. C'était un réflexe humain contre l'ennui et contre la monotonie de son existence qui s'écoulait, sans aucun heurt notable, entre les murs de l'appartement.

« Eh bien ? Y allons-nous ? »

Toujours en paletot informe, pantalons de velours à grosses côtes marron et toque d'astrakan vissée sur le crâne, le libraire s'impatienta à nouveau : « L'avenir n'appartient pas à ceux qui se lèvent tôt. Ce sont là des bêtises des calendriers des Postes ou de l'*Almanach Vermot*. L'avenir appartient au futur. Et le présent est le lot des vivants. Alors, vivons. Ne laissons pas notre part aux chiens, que diantre ! »

Lorsque Théo était arrivé aux Bonheurs d'Antioche, le nez gelé par une bise coupante qui soufflait sans discontinuer depuis la première heure du jour, il avait trouvé le vieil homme qui l'attendait devant la porte de sa boutique. Après s'être tous deux entendus sur un SMIC qu'il lui réglerait de la main à la main, chaque vendredi soir, ils avaient pris le temps d'avaler un ersatz de café. L'ancêtre, toujours aussi bougon, lui avait demandé des nouvelles du monde. Entre le déménagement du Gay-Lu, quelques mots sur sa visite chez le neurologue et l'apparente satisfaction de Cécile quant à son emploi, Théo n'avait pu s'empêcher de glisser une phrase qu'il avait voulue parfaitement anodine sur l'inconnue. Mais Anselme Guilledoux n'avait pas été dupe. La vie l'avait touché. Il avait aimé, lui aussi. Et il avait aussitôt compris ce que cette femme mystérieuse représentait pour son nouvel aide. Celui-ci, d'ailleurs, ne s'était même pas rebiffé lorsque le vieux lui avait reproché de l'avoir laissée filer. Il était demeuré silencieux et ce mutisme avait pris valeur d'acquiescement.

Dans ses vêtements alourdis par trop de poussière et d'humidité mêlées, Anselme râla à nouveau : « Allons, reprenez-vous ! Je vous attends, moi. La gare de Lyon n'est pas à l'autre bout de Paris, mais ça fait tout de même une petite trotte. »

Interloqué, Théo s'étonna : « Gare de Lyon ? Vous avez un train à prendre ?

– Ça ne vous regarde pas.

– Tout de même ! Je croyais que vous m'aviez embauché pour trier des livres.

– On en triera, ne vous inquiétez pas pour ça. Il y a toute la boutique à vider, et je ne vous parle pas du reste. Mais on les triera plus tard. En attendant, il y a plus urgent. Donnez-moi votre bras, et direction gare de Lyon. »

D'autorité, Anselme saisit le poignet de Théo, et ce fut donc ainsi, clopin-clopant, que les deux hommes empruntèrent la rue Lagrange puis les quais de Montebello et de la Tournelle. Dans les cliquetis de la canne blanche, et sous les regards étonnés des passants qui croisaient la route de ce drôle d'équipage, ils traversèrent le pont de Sully à petits pas. À chaque mètre parcouru dans le soleil, Théo mesurait un peu plus sa chance. Même s'ils ne pouvaient marcher à leur rythme, ses jambes et ses pieds, eux aussi, semblaient heureux de fouler les rues de Paris. L'énergie qui, la nuit précédente, les avait fait trembler et tressauter passait maintenant dans cette déambulation lente. Sur le quai Henry-IV, cette sensation de bien-être s'intensifia encore. Tel un touriste, Théo se surprit à admirer un paysage qu'il connaissait pourtant sur le bout des doigts, mais qu'il n'avait jamais pris le temps de goûter. Son regard s'arrêtait sur des petits riens, des bricoles sans importance. Une branche arrachée par le vent qui descendait sur le dos rond de la Seine argentée. Les coups de bronze répétés des cloches graves, dans le lointain, de l'église Saint-Louis-en-l'Île. Un chat chinois en plastique orange qui abaissait mécaniquement la patte pour leur dire bonjour, derrière la vitre d'un restaurant indien. Le drapeau d'un pays qu'il ne connaissait pas et qui claquait de nostalgie à la fenêtre d'une chambre de bonne. Un trou entre deux pavés où une herbe un peu folle avait réussi à germer, contre toute attente raisonnable.

Près de lui, la voix chevrotante d'Anselme s'imposa : « Eh bien ? Que voyez-vous ?

– Où ça ?

– Mais autour de vous, voyons ! Dites-moi un peu ce que vous voyez. Est-ce que c'est beau, au moins ?

– Je ne sais pas. C'est Paris, quoi… »

Après un haussement d'épaules agacé, l'aveugle reprit : « Vous ignorez la chance que vous avez, jeune homme.

– Je ne suis pas si jeune que ça.

– Vous pourriez être mon petit-fils, si je ne me trompe pas. Mais la question n'est pas là.

– Où est-elle, alors ? »

S'immobilisant sur le trottoir, Anselme rétorqua : « Devant vos yeux, tout simplement. Car vous, vous avez des yeux. Mais je crains fort que vous ne sachiez pas, hélas, vous en servir.

– Je ne sais peut-être pas me servir de mes yeux, comme vous dites. Mais moi, au moins, je vois clair.

– La belle affaire ! Parce que vos yeux sont capables d'imprimer des images, vous croyez que vous savez voir ! Mais appréhender la réalité des choses n'est pas donné à tout le monde. Voir, cela doit s'apprendre. Cela devrait, en tout cas. Et je plains les gens qui se contentent de cligner des paupières sans rien comprendre de ce qui les entoure. Vous, par exemple…

– Quoi, moi ?

– Vous ! Vous gâchez votre vue, à force de ne rien voir. Quelque jour, je vous mettrai un bandeau sur les yeux. Ainsi, vous mesurerez mieux la chance que vous avez. Alors, bien entendu, il y a cette femme que vous avez su distinguer dans la multitude. L'inconnue, comme vous la nommez fort joliment. Mais si c'était pour la laisser filer… »

Alors que Théo, boudeur, ne répondait pas, il poursuivit : « Elle, vous l'avez vue. Je veux dire : vous l'avez vraiment vue puisque vous m'en avez parlé, puisqu'elle compte de toute évidence à vos yeux. Pourtant, dans votre vie d'aveugle, elle n'est qu'un accident. Un accident heureux, je vous le concède bien volontiers. Mais un accident, malgré tout. Si seulement les hommes pouvaient regarder le monde comme ils regardent les femmes dont ils tombent amoureux… Si cela arrivait, il n'y aurait certainement pas assez d'encre ni de papier pour relater toute la beauté de ce petit caillou bleu que nous piétinons du lever au coucher, en armées imbéciles et sans but. »

*

Au bas du parvis de la gare de Lyon, Théo ne put s'empêcher de s'amuser en silence de la sculpture en bronze qui représentait un paysan chinois. Haut de plus de deux mètres, le sujet figurait un homme voûté, au sourire énigmatique, qui trimballait Dieu seul savait quoi dans un sac pendu sur son dos. Peut-être, mais qui aurait pu le jurer, y trimballait-il les interrogations des soldats asiatiques venus se faire trouer la peau pour aider une France dont ils ignoraient tout ? Cela ou autre chose. Ce pékin portait aussi une toque sur le crâne et Théo trouva aussitôt d'étranges similitudes entre ce croquant oriental et le libraire qui ne lui lâchait pas le bras. Bien entendu, il n'en dit rien, devinant par avance que le vieil homme renauderait encore, grincerait des dents et des épaules, pesterait et, en définitive, répandrait sa rouscaillerie coutumière.

À la place, il se contenta d'un laconique : « On est arrivés. Où devons-nous aller, maintenant ?

– Mais sur les quais, jeune homme. On a rendez-vous avec le 9h51.

– C'est un train qui va où ?

– Nulle part. C'est un train qui arrive.

– Et on va attendre qui ?

– Pas qui. Mais bien quoi. »

Théo était loin d'être un amoureux des gares, que celles-ci fussent de Lyon, de Montparnasse, du Nord ou même du Diable-Vauvert. Lorsqu'il s'y rendait, ce n'était que pour accueillir de la lointaine parentèle en goguette à Paris ou pour amener les enfants surexcités par la perspective d'un voyage scolaire – que celui-ci prît le nom de classe de neige ou de classe verte. Ces hangars immenses, jusqu'à ce jour, n'avaient rimé pour lui qu'avec bousculades, angoisses de manquer le départ ou d'avoir oublié un sac, voire des papiers, dans la hâte. Il n'y voyait qu'un flot ininterrompu de voyageurs, souvent de méchante humeur, qui donnaient la sensation de se prosterner face aux écrans gigantesques chargés d'annoncer les sorties ou les entrées en gare. C'était aussi le summum de l'escroquerie, pour le Français moyen qu'il était. Et pour cause, les prix pratiqués par les kiosques à sandwiches atteignaient des dimensions homériques. Comment une simple bouteille d'eau pouvait-elle voir sa valeur quadrupler ou quintupler par le seul fait d'être commercialisée dans un hall de gare? Pires encore, les tarifs prohibitifs des sanitaires dépassaient son entendement. En toute bonne conscience, il aurait préféré crever de soif ou risquer un blocage des reins plutôt que de se faire flouer de la sorte.

Devant la brasserie du Train Bleu, après avoir fouillé du regard les lignes du plus grand des panneaux à messages variables, Théo souffla: « Le 9h51 est à l'heure. C'est un début. Il arrive de Marseille. Hall 2.

– Conduisez-moi jusqu'au quai, je vous prie. C'est un rendez-vous important pour moi, mais aussi pour vous. Vous comprendrez plus tard.

– C'est comme vous voulez. »

Pour rejoindre le hall 2, Théo délaissa la promenade couverte où pullulaient les voyageurs et préféra longer la voie A afin de pouvoir s'aboucher à sa cigarette électronique. Pendant qu'il tirait les premières bouffées, Anselme Guilledoux s'éclaira soudain d'un sourire d'enfant et s'émerveilla: « C'est beau, n'est-ce pas? C'est beau et bon.

– Quoi donc?

– Tout! La vie palpite, dans les gares! Elle y palpite bien plus et bien plus fort qu'ailleurs. Vous ne le sentez pas? »

Après avoir évité une petite femme sèche qui traînait derrière elle trois gamins apeurés, dont l'un pleurait à chaudes larmes et hurlait son désespoir à bouche que veux-tu, Théo répondit d'une voix molle: « Ça, pour palpiter, elle palpite...

– Vous faites encore du mauvais esprit, jeune homme. Il sommeille en vous la graine d'un dangereux orchidoclaste, ne vous en déplaise.

– Pas du tout. Ou peut-être. Je ne sais pas ce que veut dire ce mot. Mais, quoi qu'il en soit, je ne vois pas le plaisir que l'on peut trouver à marcher dans une gare.

– Vous n'êtes qu'un indécrottable Parisien. Vous êtes même la caricature parfaite du Parisien, sans le moindre doute. »

Interrompant sa marche, il braqua sur Théo ses paupières closes et expliqua : « Une gare, monsieur, cela tient tout à la fois de la cour des Miracles, des comptoirs commerciaux et des factoreries des siècles passés. Ça arrive de tous les coins de France, ça rappelle à Paris que la vie existe, même à l'extérieur des boulevards périphériques. Dans une gare, l'existence bouillonne. Des couples s'y séparent ou s'y retrouvent. Des amants y vont pour attraper le train qui les jettera dans les bras de leurs amours interdites. Des parents y serrent leur famille dans leurs bras sans savoir parfois quand ils se reverront. On y fait aussi des affaires, car on commence toujours par les gares pour conquérir Paris. Les trains arrivent des quatre horizons et repartent tout aussitôt. C'est une symphonie d'espoirs, de déceptions, de larmes, de rires. Tout se concentre ici avant de se diluer dans le centre de la grande ville, je vous dis ! Et ce cadre, surtout ! Au sol, les humains se battent et se débattent. Dans les poutrelles, les moineaux nichent et s'aiment et se reproduisent sans même que nous y prenions garde. Venez, allons les écouter : je suis sûr qu'ils vont nous donner l'aubade… »

Serrant un peu plus le poignet de Théo, il poursuivit : « Notre train arrive de Marseille. Il sera plein d'odeurs qu'il aura transportées avec lui depuis la Méditerranée. Pour peu que l'on possède un nez digne de ce nom, l'on peut reconnaître, dès l'ouverture des portes, des parfums qui n'existent pas à Paris. Il faut réapprendre à voir, mais aussi à sentir les choses, mon jeune ami. Il vous suffit d'oublier les relents d'urine des voyageurs qui, contre des pylônes, se soulagent à la hâte. Celle des œufs durs, aussi, qui accompagnent bon nombre de repas des voyageurs. Et je ne dis rien des odeurs corporelles des Français. Ou des déodorants censés faire oublier que la dernière douche remonte à trois jours. Mais, malgré tous ces petits désagréments terriblement humains, les gares sont merveilleuses. Vous êtes dans le creuset du monde en mouvement, là où se retrouvent toutes les couches de la société, de la plus aristocratique à la plus crapuleuse. C'est très exactement tout cela qui fait la beauté des gares. Blaise Cendrars l'avait bien compris, lui. »

Incapable de partager cet émoi, Théo se contenta d'un laconique : « On est devant le quai. On fait quoi, maintenant ? »

Du tac au tac et sur un ton d'évidence, Anselme répliqua : « On attend. Que voulez-vous faire d'autre, dans une gare ? »

Une demi-heure plus tard, les deux hommes se retrouvèrent de nouveau sous le plein soleil de l'hiver. Dans le flot des voyageurs qui débarquaient du 9 h 51, et dont beaucoup allumaient des cigarettes, incapables d'attendre l'instant où ils se retrouveraient à l'air libre, un petit homme replet s'était détaché et avait marché droit sur eux. Après un simple hochement de tête en guise de bonjour, il avait remis à Anselme un paquet protégé de papier kraft et était reparti aussi sec se fondre dans la nuée piaillante. Le nez en l'air et les paupières toujours closes, le libraire avait palpé le paquet. Puis, avec une mine réjouie, il l'avait confié à Théo : « Ce sont des livres d'exception. Pas des livres rares au sens matériel du terme, non. Mais ils sont rares par leur contenu. Et il y en a un pour vous.

– Pour moi ?

– J'ai passé commande le lundi qui a suivi notre rencontre au jardin du Luxembourg. Et ce garçon a dû se lever à l'aube pour me les apporter.

– C'est gentil à lui. Mais je vous ai prévenu : les livres et moi, on n'est pas très copains.

– Vous le deviendrez. Surtout que, celui-là, il raconte une formidable histoire d'amour… Et ne grimacez pas, je vous prie !

– Je ne grimace pas !

– Si. Je l'ai senti. Et vous avez grimacé parce que vous avez eu peur.

– Moi ? Peur d'un livre ?

– Oui. Vous n'avez pas peur de ce livre que je tiens entre les mains. En revanche, vous avez peur de ce que représente le livre en général. Rassurez-vous, cela vous passera. »

Tout en s'engageant sur la rue de Lyon, où des taxis ulcérés et des VTC tout aussi furibards s'enguirlandaient devant la terrasse de L'Européen, le vieil homme insista : « Pour lire, il faut des clés. Parfois, certains les reçoivent lorsqu'ils sont enfants, à la maison. Pour d'autres, c'est à l'école. Vous, vous ne les avez pas encore reçues. Mais j'ai ce qu'il faut pour y remédier, n'ayez crainte. »

Après avoir décliné de sa main restée libre les avances d'une prostituée hagarde, qui faisait du racolage sauvage au niveau du petit Monoprix, Théo répliqua, sur un ton d'affranchi : « Je vous remercie pour votre attention et, cette fois, je vous jure que je ne grimace pas. Mais je vous promets qu'on peut très bien vivre sans ouvrir un bouquin.

– C'est exact. On peut vivre sans. Du moins, on le peut car l'on ne sait pas encore qu'il nous manque quelque chose de fondamental, d'essentiel. Et je devine déjà ce que vous allez m'opposer, avec votre mauvaise foi d'homme de Cro-Magnon.

– Tiens donc ?

– Oui, monsieur. Vous allez me soutenir que vous ne ressentez pas le besoin de lire.

– C’est possible.

– C’est tout aussi possible que cette proposition puisse être fausse. Tenez, prenez le poulet, par exemple. Vous aimez le poulet ? »

Déglutissant avec difficulté en songeant au couteau de Cécile qui, deux heures plus tôt, détaillait les viscères d’un gallinacé sur la table de la cuisine, Théo consentit : « Oui, j’aime bien le poulet, surtout le poulet grillé. Mais je ne vois pas le rapport.

– Il est pourtant évident. Si, du jour au lendemain, l’on vous privait de poulet, vous pourriez vivre tout de même. Mais devant une rôtisserie, vous ressentiriez l’envie irrépressible de croquer dans un haut de cuisse, un pilon, dans quelque partie que ce soit de ce lagopède, pourvu que celle-ci fût juteuse, croquante, parfumée. C’est pareil pour les livres. Ils ne pourront jamais vous manquer si vous n’y goûtez pas un jour. »

Le vieux s’arrêta pour tirer une blague à tabac en cuir de l’une de ses poches, puis enchaîna, avec la même gourmandise : « La lecture, c’est exactement comme le poulet, jeune homme. Ou comme l’amour. Comme l’opium. Comme l’alcool ou le jeu. Quand on y goûte, on prend des risques.

– Lesquels ?

– D’abord, celui de l’aimer et de ne plus pouvoir s’en passer. Ensuite, celui de vous détester vous-même – pour ce qui n’est que de votre cas, cela va de soi.

– Pourquoi est-ce que je me détesterais ? Je ne comprends pas.

– Avouer que l’on n’entend pas une chose est l’une des preuves les plus formelles de l’intelligence. Pour revenir à nos moutons, si vous lisez ce livre que j’ai tout spécialement choisi à votre intention, il se pourrait alors que vous vous détestiez de n’avoir jamais poussé la porte d’une librairie. Car les univers qui grouillent dans les livres sont autrement plus haletants que ceux que l'on croise dans la vie dite réelle. Vous vous détesterez de ne pas avoir commencé à lire plus tôt. »

Anselme Guilledoux, qui reprit sa marche avec entrain, serra un peu plus fort le poignet de Théophraste Sentiero. Puis, il conclut : « Comme pour l'amour. Il suffit d'une clé. Prenez-la, utilisez-la. Et tout ce que vous aurez pris pour du bonheur tranquille jusqu'à ce jour volera en éclats. Pour la littérature, il suffit d'un livre. Pour l'amour, il suffit d'une inconnue… »

✷

Sous les pieds de Théophraste Sentiero, les petits graviers de la grande allée du Jardin des Plantes crissaient à la façon des lentilles lorsqu'on les roule entre ses doigts. À travers les semelles souples de ses baskets, il en sentait chaque rotondité, chaque aspérité aussi, de sorte que la sensation éprouvée le poussait au sourire. Des femmes et des hommes qui faisaient leur jogging croisaient régulièrement leur route. Ceux-ci, le plus souvent, semblaient au bord de l'agonie, les yeux rivés sur leur montre connectée. Trempés de sueur, le visage rubicond, ils rebondissaient d'un pied sur l'autre, sans la moindre élégance, et se donnaient toutes les peines du monde afin de persuader la terre entière qu'ils prenaient du plaisir à cette torture. Sans doute était-ce vrai, pour une petite partie d'entre eux. Les autres sacrifiaient à cette pratique imposée par les modes médicales, les tutos lénifiants, les diktats sur papier glacé des magazines.

Théo, lui, préférait se délecter en silence et de manière égoïste du massage qui faisait frissonner ses voûtes plantaires. Après la gare de Lyon, ils avaient repris la rive gauche par le pont d'Austerlitz et cheminaient maintenant en bons pères tranquilles. Anselme ne lui avait plus adressé la parole depuis longtemps, économisant ses quatre souffles d'air pour pouvoir continuer d'avancer. Trahissant dans l'effort son âge véritable, il exhalait une épaisse buée et, dans le silence qui n'existe pas à Paris, sa gorge émettait à chaque mètre accompli un petit râle, désagréable à l'oreille. Théo, pour sa part, se sentait dans une forme olympique. Entre les plantes grasses ou vivaces, les essences venues des quatre coins du globe, les mille variétés d'arbres et d'arbustes qui bordaient les allées – sans compter quelques retraités qui, sous l'égide d'un Japonais mutique, effectuaient d'étranges mouvements de tai-chi –, il lui semblait revivre. Ses jambes ne tremblaient plus. Ses pieds lui obéissaient sans renâcler. Et, n'eût été la présence du libraire à ses côtés, il aurait volontiers accéléré la cadence et traversé Paris de part en part, sans s'arrêter.

Comme il fallait s'y attendre, Anselme demanda à faire une pause. Déviant soudain sur sa droite, il dirigea par le poignet son accompagnateur jusqu'à un petit banc sur lequel il s'écroula, bien plus qu'il ne s'assit. Durant de longues secondes, il ahana, une main posée sur sa poitrine. Lorsqu'une bande de collégiens hurlants passa devant eux, surexcités par leur liberté de ne pas avoir à être assis en classe, il se fendit tout juste d'une grimace d'impatience. Incapable de leur adresser la moindre admonestation, il demeura muré dans son halètement.

Lorsque le souffle lui revint en quantité suffisante, il trouva la force d'interroger : « Alors, jeune homme ? Comment se portent vos pieds et vos jambes ?

– Très bien, merci.

– Mais encore ?

– Ils vont.

– J'ai dit : mais encore ? Faites un effort, je vous prie.

– Je ne sais pas quoi vous dire, moi… Ils vont comme des pieds et des jambes peuvent aller, quoi. Un pied chasse l'autre, comme on dit. Et c'est comme ça qu'on avance. »

Visiblement déçu par la réponse, le libraire réfléchit un bref instant. Puis, il reprit : « Vous vous sentez plein d'énergie, n'est-ce pas ?

– Plutôt, oui.

– Si vous n'aviez pas une vieille bête comme moi à traîner après vous, vous seriez encore en train de marcher, je me trompe ?

– C'est un peu brutal, mais j'avoue que c'est vrai.

– Et quand je dis « marcher », le mot est faible. En fait, je suis sûr que vous brûlez de vous lever, d'avancer droit devant vous et de ne plus jamais vous interrompre. Vous aimeriez marcher, même sans but précis, juste pour le plaisir d'avancer enfin. Sentir que vos muscles répondent à la perfection, qu'ils pourraient vous emmener au bout du monde, même si vous vous foutez certainement de ce qu'il peut y avoir, justement, de l'autre côté du monde. C'est bien cela, n'est-ce pas ? »

Le vieux décrivait à la perfection ce que Théo ressentait et qu'il ne parvenait pas lui-même à exprimer avec clarté. Aussi, il demeura comme deux ronds de flan et attendit, bouche entrouverte, que le libraire continuât son discours – chose qu'Anselme s'empressa de faire : « Jusqu'à aujourd'hui, vous avez toujours utilisé vos jambes et vos pieds pour aller d'un point à un autre, sans la moindre fantaisie. Vous les avez utilisés à la façon d'outils à votre service, ce qui est le lot commun de toute l'humanité. Sauf que, pour vous, et depuis presque un mois, la donne a changé.

– Qu'est-ce que vous voulez dire ?

– Moi ? Rien. Mais eux, qui sait ? Tenez, tendez l'oreille. Écoutez-les…

– Quoi ? Vous voulez que j'écoute mes pieds ? Sérieusement ? »

Après son sempiternel haussement d'épaules qui trahissait son impatience, l'aveugle grommela : « Vos pieds pas plus que vos jambes ne vous parleront, triple buse. C'est l'évidence même. Mais, moi, je les écoute. Et il n'y a pas cinq minutes que nous sommes assis, et les voilà qui protestent déjà.

– Mes pieds protestent ? Et vous les entendez ?

– Ils disent leur ennui, leur accablement d'être déjà au repos. L'immobilité ? Ils trouvent ça fastidieux, inutile, d'une fadeur sans pareille. Bien sûr, si vous vous en remettez aux neurologues, aux généralistes, à vos amis, votre femme et, peut-être aussi, vos enfants, vous n'y verrez là qu'un syndrome. Mais faites donc un effort, jeune homme. Tenez, faites comme moi… »

Ce disant, Anselme Guilledoux se pencha en avant, cassa progressivement son buste vers le sol, imité de façon hésitante par un Théo incrédule. Avec une mimique comblée sur ses lèvres sèches, le géronte expliqua : « Écoutez-les… Ils ne se contentent pas de monter et de descendre sur place. Vos jambes, elles non plus, ne s'arrêtent pas à des contractions cliniques. Tout cela bouge, s'impatiente, frémit, trémule et pantèle. Écoutez, vous dis-je. Écoutez… »

En passant devant eux, un cadre en costume et mocassins se fendit d'une moue où la pitié le disputait au sarcasme. Mais les deux hommes, penchés sur les pieds de Théo, ne le virent même pas.

Maintenant à voix très basse, Anselme souffla : « C'est un secret que peu de monde connaît et partage. Mais les pieds nous disent des choses, monsieur Sentiero. Ils s'expriment. Sauf que, nous, nous ne savons pas les comprendre. Mais je vous jure que je n'invente rien et qu'ils possèdent leur propre langage et une intelligence qui nous échappe. Tendez l'oreille… »

En effet, dans les petits graviers de l'allée, les baskets de Théo montaient et descendaient sans qu'il pût rien y faire. Par ce mouvement quasi imperceptible, ils produisaient une musique et non pas une mélodie. Cela relevait tout à la fois du murmure, du friselis velouté, de la confidence et du chuchotement. Encouragé par le sourire de l'aveugle, il se pencha encore un peu plus et, cette fois, il dut se rendre à l'évidence. Ses pieds s'exprimaient. Cette volonté de bouger émanait bien d'eux et d'eux seuls puisque, sauf à produire un effort musculaire raisonné et violent, Théo ne s'en sentait plus le maître.

À mi-voix, lui aussi, il finit par articuler : « C'est vrai que j'ai l'impression que… Je ne dirais pas qu'ils parlent, non. Mais il me semble pourtant qu'ils veulent me dire quelque chose. Mais quoi ?

– Ça, c'est à vous de trouver la réponse.

– Et vous ? Vous n'avez pas une idée ?

– Qui sait ?

– Vos pieds à vous, ils vous ont déjà parlé ?

– Peut-être…

– Vous ne pouvez pas m'aider ? »

Après quelques secondes supplémentaires passées à écouter cette gigue à peine esquissée sur la mer de graviers blancs, Anselme se redressa soudain. Son sourire se brisa net. Le masque de son visage se fit subitement plus dur. Retrouvant son ton de voix bourru et caustique, il questionna à son tour : « Que faites-vous ?

– Pardon ?

– Je vous ai demandé ce que vous faites, penché ainsi, à vous donner en spectacle. »

Désarmé par ce brusque changement d'attitude, Théo bredouilla : « Mais c'est vous qui m'avez dit que…

– Halte-là ! Je n'ai rien dit du tout. Ou vous m'aurez mal compris. Si ça vous amuse de parler à vos pieds ou de les écouter, grand bien vous fasse. En revanche, faites donc ça chez vous et pas en public. Sans quoi, vous terminerez bientôt à Sainte-Anne ! »

Vexé, Théo se cabra aussitôt et, dans l'élan, se retrouva debout. Alors, d'une voix furieuse, il cracha : « Je n'aime pas qu'on se foute de moi, monsieur Guilledoux. Si ça vous fait plaisir de prendre les gens pour des imbéciles, ne vous gênez pas. Mais ne vous étonnez pas qu'un jour quelqu'un vous envoie un coup de poing dans la gueule !

– Voyons, je ne voulais pas vous…

– Et ne comptez plus sur moi pour venir trier vos livres ou pour vous servir de chien d'aveugle. J'ai ma dignité ! »

Alors qu'il s'éloignait d'un pas furibard, Anselme leva la main comme pour le retenir et lança, d'une voix faible : « Ne vous fâchez pas, mon jeune ami. Ne le prenez pas en mal. »

Sans se retourner, soulevant sous ses pieds de petites fumeroles de poussière qui, aussitôt, se dissolvaient dans l'air, Théo répliqua : « Je le prends comme je le prends !

– C'était une plaisanterie, voyons. Un malentendu ! Soyez raisonnable et oubliez ça. Je vous attends demain. Demain à neuf heures, monsieur Sentiero !

– Vous attendrez pour rien !

– L'on n'attend jamais pour rien, mon ami.

– Je ne suis pas votre ami. Et je ne viendrai pas, demain. Espèce de vieux fou ! »

Théo était désormais trop loin, déjà en vue de la butte Mangin qui mène au pied d'un majestueux cèdre du Liban. Alors, Anselme Guilledoux laissa retomber doucement sa main sur ses genoux. Puis, se penchant à nouveau, mais sur ses propres croquenots cette fois, il chuchota : « Ce garçon ne possède décidément pas un grand sens de la dérision. Ce qui n'est pas pour me déplaire. Il a du caractère. Nous pourrons peut-être en faire quelque chose… »

Après s'être remis debout au prix d'efforts qu'il ne se donna pas la peine de masquer, il recommença à balayer le sol devant lui avec sa canne. Au bout d'une dizaine de mètres parcourus, il s'interrompit et ajouta : « Oui, nous en ferons quelque chose. C'est un bon garçon. Vraiment, un bon garçon. Un peu soupe au lait, un peu naïf. Et il n'a pas une grande confiance en lui. Mais quoi ? Je ne peux pas laisser un homme patauger dans tant d'ignorance sans lui venir en aide. Ça manquerait… Ça manquerait d'élégance. »

Laissant derrière lui la façade de la Grande Galerie de l'Évolution, éclaboussée par le soleil de janvier, il se dirigea vers la sortie gardée par l'imperturbable et régulièrement conchiée statue de Lamarck. Il souffla alors dans l'air quelques vers libres de Prévert, pour le seul plaisir de les entendre prendre leur envol au milieu des risées qui faisaient frissonner les feuilles des grands arbres :

« Et puis je jouais avec mes pieds
C'est très intelligent les pieds
Ils vous emmènent très loin
Quand vous voulez aller très loin
Et puis quand vous ne voulez pas sortir
Ils restent là ils vous tiennent compagnie
Et quand il y a de la musique ils dansent
On ne peut pas danser sans eux*… »

* In *Paroles*, éditions du Point du Jour, Paris, 1946.

## ✵ DIX

En sortant du Jardin des Plantes, Théophraste Sentiero prit à main droite et, en quelque sorte, délégua à ses pieds le soin de le conduire où ils le désireraient. Ravis par l'aubaine, ces derniers l'emmenèrent par la rue Jussieu jusqu'à celle du Cardinal-Lemoine. De là, ils attrapèrent le quai de la Tournelle puis, toujours alertes et sémillants, ils franchirent le pont du même nom. Quai de Béthune, ses jambes semblèrent hésiter un instant. Le temps était au grand beau et le ciel aussi clair et pur que l'humeur de Théo était noire. Dire qu'il s'en voulait était un doux euphémisme. Ce vieux jobard pas même aveugle, avec ses histoires de pieds qui parlent, s'était moqué de lui. Il l'avait pris pour le benêt qu'il était. Et Théophraste Sentiero n'avait pas été sot de commencer à croire à ces fariboles, non. Il avait été le roi des idiots. Il s'était laissé entortiller. Parce que l'histoire était belle, certes, et le propriétaire des Bonheurs d'Antioche s'y entendait pour rendre crédible ce qui, de toute évidence, ne pouvait pas l'être. Mais comment avait-il pu gober autant d'âneries ?

« Non, mais quel crétin…, fulmina-t-il, les maxillaires serrés. Des pieds qui parlent. Et puis quoi, encore ? Des bourrins qui donnent le résultat du quinté ? Je suis le roi des emmanchés. L'empereur des abrutis, oui… »

À l'heure qu'il était, et pendant qu'autour de lui des centaines de touristes s'extasiaient sur l'île Saint-Louis, la petite sœur de l'île de la Cité, Anselme Guilledoux devait se tenir les côtes de rire. D'un coup de basket rageur, Théo envoya valser à quelques mètres un quignon de pain rassis, provoquant les battements d'ailes indignés de pigeons qui, gras comme des moines, s'en faisaient un festin.

« Tu n'es qu'un con, Théophraste Sentiero. Pas même un con majuscule. Rien qu'un con. Un con mineur. Tout juste bon à repêcher des bordilles dans la Seine. D'ailleurs, tu ferais mieux de t'y jeter tout de suite… »

Plutôt que de poursuivre sur le quai de Béthune, les jambes du marcheur optèrent alors pour le quai d'Orléans. En moins de cent cinquante mètres, il croisa ainsi des Chinois, des Brésiliens, des Australiens, une flopée de Japonais, un couple d'amoureux autrichiens, sans parler des Anglais ni des Américains, des Polonais et des Italiens qui caquetaient à bouche que veux-tu, les sourcils en accents circonflexes, affichant avec superbe la certitude d'être partout chez eux. Le monde entier, par ces belles journées de soleil, se retrouvait à Paris. Pourtant Théo, lui, baignait dans une solitude qui poissait à sa peau. La solitude de l'homme moyen, du sans-grade, du lambda qui n'a jamais rien fait de sa vie et qui, sans le moindre doute, n'en ferait jamais rien. De nouveau, l'envie de se jeter à l'eau le traversa. Il promena sur la Seine métallique un regard assombri par la mélancolie. Mettre fin à ses jours ? À quoi bon ? À bien y songer, son suicide ne ferait même pas un entrefilet dans la presse. Puis, il nageait comme un poisson. Il ne gagnerait, dans cette entreprise, qu'un rhume, une gastroentérite et, selon toute vraisemblance, une garde à vue. À Paris, comme dans toutes les grandes villes, les forces de l'ordre ne pardonnaient les suicides que lorsqu'ils étaient réussis, avec un cadavre en bonne et due forme à la clé. Pour les autres, ceux qui avaient échoué dans leur tentative d'avaler le bouillon de onze heures, c'était la cellule, capitonnée ou pas, l'entretien avec un psychologue ou un psychiatre, au petit bonheur la chance…

Après les rues Budé et Le Regrattier, il croisa celle de Boutarel. Ne lui trouvant aucun intérêt notable, il poursuivit en direction du petit pont Saint-Louis. Midi ne tarderait plus à sonner et, même si l'épisode du Jardin des Plantes lui avait coupé l'appétit, il lui faudrait bien rejoindre le domicile conjugal. Comme à son habitude, Cécile l'attendrait au salon en regardant des jeux télévisés. Les enfants seraient à l'école. Ils déjeuneraient donc en vieux couple, sans s'adresser la parole sinon pour énoncer avec ennui quelques banalités. Avant cela, il devrait traverser la cour intérieure de l'immeuble, sous le regard suspicieux et inquisiteur de la Mère Tapedur. Cette grosse morue lui décocherait comme à son habitude un sourire gluant et fielleux, une pleine bassine emplie de bave d'escargots. En retour, il contracterait ses lèvres en forme de sourire, histoire de respecter les règles élémentaires de la politesse. Il monterait alors au deuxième et, dans les escaliers, prendrait le temps d'assassiner la bignole par la pensée, à au moins trois reprises. Puis, il…

« Et pour le monsieur ? Qu'est-ce que ce sera ?

– Pardon ?

– Les tables vont être dressées. Alors pas de café avec un verre d'eau, si vous voyez ce que je veux dire. »

Tout à coup tiré de ses réflexions, Théo releva la tête en direction de la voix qui, rugueuse, venait de l'apostropher. Comme au sortir d'un songe, il prit conscience qu'il s'était attablé en terrasse. Le garçon, plateau à la main et bacchantes lustrées à la gomina, l'œil sévère, la moue soupçonneuse, répéta avec agacement : « Alors, ce sera quoi ? Plat du jour ? »

Prenant la carte que le loufiat lui tendait d'autorité, il y lut : *Bar Flore en l'Île*. En dessous, également en pleins et en déliés dorés, s'inscrivaient les mots : *Glaces et Sorbets de la Maison Berthillon*. C'était du sérieux. Dans l'une de ses multiples vies, et notamment aux temps de sa jeunesse, Théo avait été serveur, lui aussi. Il connaissait Le Flore en l'Île comme le loup blanc. C'était, sans conteste, l'un des meilleurs glaciers de tout Paris. Mais c'était aussi l'un des plus gros attrape-touristes qui fût. Les prix y dépassaient l'imagination et les gogos pullulaient, ravis et comblés, du moins jusqu'à ce qu'on leur apportât l'addition. Pour les serveurs, la place était bonne. Mais il fallait faire du chiffre, à tout prix. Même aux dépens de la plus élémentaire des courtoisies. Ces matamores qui roulaient des gros yeux, il les connaissait pour les avoir fréquentés. Ils se prenaient volontiers pour la fine fleur, pour l'aristocratie de la petite bière et du croque-monsieur réunis. Comme pour une certaine frange des chauffeurs de taxis, ils en imposaient et ne se laissaient pas facilement impressionner. Mais c'étaient, dans leur grande majorité, de bons papas qui crânaient. Il fallait bien perpétuer le mythe du bistrotier déplaisant *so Parisian*.

Comme le garçon, cauteleux et sournois, penchait un peu plus sa tête de piaf mal dégrossie sur lui, Théo répliqua : « Je regarde la carte et je vous dis.

– Vous me dites ?

– Je vous dis. »

Vexé comme un chasseur qui vient de manquer un coup de fusil facile, le serveur hésita un instant avant d'aller se venger sur une table de Russes qui le hélaient, un peu plus loin, dans un mauvais français.

Si Théo voulait s'en sortir sans se faire essorer, il savait qu'il devait déguerpir sur-le-champ. Après avoir vérifié que l'homme de bar lui tournait bien le dos et commençait à tapoter la commande sur son terminal, il décolla ses fesses de la chaise en plastique imitation rotin qui l'avait accueilli. Une trouée dans la terrasse se dessina. Fuir en évitant les remontrances allait être un jeu d'enfant. D'ailleurs, une famille de Chinois, épuisée d'avoir trop marché, était déjà dans les starting-blocks, prête à sauter sur sa place. Le loufiat n'y verrait que du feu.

Pourtant, contre toute attente, Théophraste Sentiero n'enclencha pas le départ. Et la peur de devoir rendre des comptes au serveur n'avait rien à voir dans ce revirement. Il venait d'aviser, à deux tables de là où il était, la silhouette d'un rêve. Un songe qui venait de commencer, à petits coups de cuillère gourmande, une glace pantagruélique. Si elle ne l'abandonnait pas en chemin, elle ne quitterait pas la terrasse avant un bon quart d'heure. Il aurait donc largement le temps de réfléchir à la meilleure façon d'entrer en contact avec elle, avec cette inconnue qui venait toutes les nuits s'inviter « sur l'écran noir de ses nuits blanches* ».

✵

De toute évidence, Théophraste Sentiero pouvait se ranger dans la catégorie des trouillards courageux. En effet, depuis son enfance, il avait peur de tout. De la Mère Tapedur comme du garçon de café, des récriminations de Cécile comme des réflexions que ses supérieurs ne s'étaient jamais privés de lui adresser. À chaque fois qu'il se sentait attaqué, son premier réflexe était de baisser la tête, de faire le dos rond. Pour avoir un peu de l'assurance de Flingot ou même

* *Le Cinéma*, Claude Nougaro, 1962.

de madame Jouve, il aurait donné sa chemise. Mais la nature l'avait ainsi fait. Hausser la voix n'était pas son fort. De plus, il tenait la violence, même verbale, comme l'apanage des faibles d'esprit et des crétins congénitaux. Sa couardise, cependant, avait des limites. Ainsi, dans l'éventualité où une situation extrême, désespérée, se présentait à lui, s'il ne pouvait pas faire comme s'il n'avait rien vu ni rien entendu, alors Théophraste Sentiero ne se tenait plus. Brusquement hissé dans une dimension différente, le petit ramasse-miettes qu'il était au quotidien se métamorphosait. Comme empli par une puissance qui ne lui appartenait pas, il était capable de se jeter dans un appartement en flammes pour en sauver la veuve, l'orphelin et, si besoin, le chat et les poissons rouges. Qu'une bagarre entre ivrognes ou camés éclatât, que ses enfants fussent mis en danger par cette rixe, et il pouvait se précipiter dans la mêlée, asséner des crochets des deux poings et des reprises de volée des deux pieds, assommer avec le crâne des zigotos tatoués jusqu'aux yeux qui le dépassaient de trente centimètres et auxquels il rendait un demi-quintal. Dans ces moments-là, une rage aveugle balayait sa raison. Armé d'une lame ou d'un revolver, il devenait capable de…

« Vous avez choisi ? »

Rappelé à la réalité, loin de ses envolées homériques, Théophraste Sentiero dut cligner des paupières à plusieurs reprises. Au-dessus de lui, le loufiat revenait à la charge, l'œil noir cette fois, les moustaches vibratiles. Comme le seul danger qu'il courait était celui de se faire estourbir la carte bleue, Théo baissa donc la tête, piteux. Sans même un regard sur l'ardoise, il bredouilla, penaud : « Oui. Un plat du jour, s'il vous plaît.

– C'est parti pour la bavette-échalotes qui marche. Bien cuit ? À point ? Bleu ? Saignant ?

– Saignant.

– Frites ? Salade ? Les deux ?

– Ce que vous voulez.

– Désolé, monsieur. Mais, ici, c'est le client qui choisit.

– Alors, les deux. »

Avec une mine supérieure, le garçon aux bacchantes lustrées rengaina dans sa poche ventrale son boîtier informatique, comme un chasseur l'aurait fait d'un garenne dans son carnier. Puis, le sourire vainqueur, il disparut du paysage. Demeuré seul, Théophraste Sentiero ne perdit pas de temps à se morigéner de ne pas même avoir osé soutenir le regard du garçon. D'ordinaire, cette petite lâcheté l'aurait poursuivi l'après-midi entier, et jusqu'au moment du coucher. Mais pas ce jour-là. Pas avec la présence de cette inconnue que l'existence avait eu la générosité extrême de bien vouloir mettre sur son chemin, une fois de plus.

Du coin de l'œil, il l'observa. Elle était bien telle qu'il l'avait aperçue, la veille encore, lorsqu'elle était passée devant le Gay-Lu. Plutôt petite, menue. Le visage naturellement hâlé dans le soleil froid de l'hiver. Cheveux longs, légèrement ondulés. Et fauves. Avec des reflets tirant sur l'amadou. Son âge ? Trente ans. Pour encore de nombreuses années. Une petite trentaine, à peine esquissée. Le tout, dans un grand pull, un jeans délavé et des baskets. Un enfant blond, ayant échappé à la surveillance de ses parents, vint s'immobiliser devant la table de l'inconnue. Aussitôt, elle lui sourit. Et Théo se sentit écartelé entre deux sentiments contradictoires. L'admiration, d'abord, face à cette spontanéité. Ce sourire ne possédait rien de surfait. Elle souriait à l'enfant parce que c'était lui, tout simplement. De façon presque simultanée, cette admiration se parasita, brouillée par un autre élan, celui-ci bien moins poétique. La jalousie. Il était jaloux de ne pas être cet enfant que l'inconnue couvait des yeux. Théo aimait les enfants, là n'était pas la question. Mais ce mouflet piétinait ses plates-bandes, son territoire, son rêve. S'il l'avait pu, il l'aurait renvoyé à ses parents, et à grands coups de pied dans les fesses, si nécessaire. Pourtant, la jeune femme, cherchant sûrement d'où venait cette charmante tête blonde, tourna alors son visage vers Théo. Et son sourire ne s'évanouit pas en le découvrant. Bien au contraire. Ses lèvres charnues, toutes brillantes du sucre et du fruit de la glace, s'entrouvrirent un peu plus pour laisser scintiller des dents parfaites, d'un blanc de neige. Aussitôt, il se sentit emporté par ce sourire mais, surtout, par son regard. Il n'en avait jamais vu de pareil. C'était une eau sombre et profonde, mélancolique. Le sourire était lumineux, certes. Mais le regard, où il crut déceler l'espace d'un instant une très légère asymétrie, lui sembla alourdi de tristesse. Pas de cet abattement qui résulte d'une quelconque désillusion passagère, non. Cette nostalgie venait de bien plus loin. Elle était peut-être même l'aboutissement de générations et de générations de femmes qui, avant elle, avaient aimé et souffert – et dont les yeux de cette inconnue s'étaient fait le creuset.

Cet échange entre eux dura deux secondes. Peut-être plus. Mais certainement pas moins. Assez, en tout cas, pour qu'une lame de fond impérieuse emportât Théo à mille lieues de son quotidien. Assez pour déclencher un frisson qui l'électrisa, de la tête aux pieds. Assez pour lui faire sentir que son front et ses tempes s'étaient mis à brûler. Assez pour lui faire toucher du doigt que l'amour existait, qu'il était assis à deux tables de lui, au milieu de mangeurs qui se prenaient pour Gringoire et Esmeralda, Phœbus et Fleur-de-Lys. Dans la silhouette de Notre-Dame amputée par le feu, il eut soudain le cœur en fête et dut retenir ses pieds et ses jambes de toute la force de son âme afin de ne pas sautiller comme un beau diable, de ne pas bousculer les tables pour venir auprès de cette jeune femme. Il s'en sentait capable. De cela, et même de beaucoup plus. Mais la réalité revint s'insinuer en lui. Théophraste Sentiero n'était que lui-même. Et, s'il avait dû se choisir un personnage parmi la galerie de portraits dressés par Victor Hugo, c'était dans la peau mal foutue de Quasimodo qu'il se serait senti le mieux à sa place. Il se contenta, en retour, de grimacer un sourire. Un pauvre sourire. Un sourire de pauvre de lui. Malgré cela, l'inconnue sembla sur le point de lui adresser la parole quand, impérieuse, une voix claqua au-dessus de sa tête : « Et une bavette ! Une bavette sans tête pour le monsieur tout seul ! »

Satisfait à la façon d'un chien qui ramènerait une balle et attendrait qu'on le félicitât, le loufiat déposa sur le guéridon en faux marbre une assiette fumante. Bouchant l'espace qui permettait à Théo de voir l'inconnue, il demeura ainsi, le temps de confirmer sur son terminal que le plat commandé avait bien été servi. Hélas, les doigts du serveur s'emmêlèrent. Ou bien l'informatique n'en fit qu'à sa tête. Quoi qu'il en fût, le buste du garçon, quoique maigre et efflanqué, priva Théo du regard de la jeune femme durant d'interminables secondes. Après avoir grommelé et soufflé à plusieurs reprises, le serveur finit par trouver la solution. D'un index vainqueur, il appuya sur la touche Entrée. Rengaina sa tablette. Prit un malin plaisir à redonner un peu de tenue à ses bacchantes en les lissant vers l'arrière. Puis il se fendit d'un sonore « Bon appétit ! » avant de retourner à ses tables.

L'inconnue, entre-temps, avait terminé sa glace. Et l'enfant qui leur servait de trait d'union s'était évaporé. Déjà, elle se levait et finissait de positionner les courroies de son sac à dos de cuir sur ses épaules. Au moment de quitter la terrasse, elle s'interrompit. Avec lenteur, elle sembla sur le point de se retourner vers Théo. Le ventre de celui-ci, alors, explosa. Elle allait lui sourire en complice ou, mieux encore, lui parler. Il ne pouvait pas en être autrement. Pourtant, elle se ravisa. L'immense tristesse de ses yeux se perdit dans la Seine. Ne faisant qu'effleurer les pavés, elle s'éloigna. Théo, foulant aux pieds toute sa peur, se sentit la force d'articuler un son pour la retenir, mais ce fut elle qui, à nouveau, se retourna vers lui. Elle le fixa intensément. Et ce regard le foudroya sur place. Il pouvait signifier mille choses. Toutes aussi indéchiffrables. Il voulut lui rendre une marque de connivence, un sourire, un regard, mais, alors qu'il… « Le sel, le poivre et la moutarde, pour le monsieur! claironna le serveur, d'une voix de stentor. Bon appétit! »

Trente-sept ans, trois mois et dix-sept jours plus tard, après quelques années d'un indicible ennui passé en solitaire dans un EHPAD de la banlieue de Pantin, ce serveur du Flore en l'Île rendit son dernier soupir. Il s'éteignit sans même savoir que, trente-sept ans et des poussières plus tôt, il s'en était fallu de peu qu'il ne décédât sur l'instant, sauvagement assassiné par un client qui n'avait pas encore touché à sa bavette saignante, accompagnement frites et salade.

*

Celui qui n'a jamais aimé ne pourra jamais entrevoir la douleur que seule crée la déception amoureuse. Pour Théophraste Sentiero, l'expérience était nouvelle. Le lent départ de l'inconnue, au milieu du moutonnement des touristes et des badauds, l'ancra sur sa chaise, le souffle coupé, le cœur battant la chamade. Lui courir après? Ses jambes, pour une fois, ne le portaient plus. La bavette? Il n'y toucha même pas. D'ordinaire gros mangeur, ne rechignant jamais à s'emplir la bedaine au-delà même de la satiété, il ne vit alors dans son assiette qu'une tranche de viande morte. S'il picora une frite, ce ne fut que pour se prouver à lui-même qu'il était bien vivant. Bien vivant et malheureux. L'apparition, engloutie désormais par la multitude, n'y était pour rien. Elle lui avait donné sa chance ; il n'avait pas su la saisir. Il était resté mortifié à sa table, plus imbécile encore que lorsqu'il n'était qu'un adolescent rêvant de sylphides. Maintenant, le rêve était brisé. Le destin, sans doute écœuré par la lâcheté dont il venait de faire preuve, ne lui offrirait plus une telle occasion d'aimer. Et – qui sait ? – d'être aimé en retour. Il la réserverait pour un autre homme, moins bête que lui.

Sans même s'offusquer du montant de l'addition, Théo régla en liquide et, à la façon d'un fantôme, reprit le cours de son existence.

Les mains serrées au fond des poches, la tête basse, il avança où ses pieds voulurent bien le conduire. Quelques notes entêtantes du *Blues de La Dolce Vita** lui revinrent en mémoire. Comme lui, comme les yeux de l'inconnue, ces mesures n'étaient ni tristes ni désespérées. Elles venaient de bien plus loin que cela. Indifférent à ce qui l'entourait, il enchaîna les quais : Montebello, Grands-Augustins, Conti, Malaquais et ainsi de suite, jusqu'à Branly. Parvenu sur le Champ de Mars, il tourna à peine le cou pour embrasser d'un regard la Tour Eiffel. Celle-ci, dévorée par les touristes, ajouta encore à sa morosité. Elle aussi était seule, enchevêtrement inutile de poutrelles d'acier, monument dérisoire érigé à la gloire d'un temps révolu. Dans un petit supermarché de la rue Dupleix, il acheta une bouteille d'eau gazeuse et consulta machinalement l'écran de son portable. Malgré son absence injustifiée, Cécile ne semblait pas s'être inquiétée. Aucune notification de message ne s'affichait en surimpression sur les frimousses de leurs enfants. La messe était dite. Tout le monde se foutait de ce qui pouvait advenir de lui.

* Federico Fellini, 1960.

À force d'errer dans le quinzième et le quatorzième arrondissement, Théophraste Sentiero se retrouva aux environs de seize heures trente devant l'entrée du jardin du Luxembourg, rue Guynemer. Du même pas lent et taciturne, il emprunta l'allée encadrée de marronniers et n'accorda pas un regard aux joueuses de tennis qui, sur sa gauche, frappaient en jupettes de petites balles jaunes avec des Han ! terrifiants de bûcherons. Le *Blues* de Nino Rota ne le lâchait pas, nasse invisible dont il ne pouvait dire si chaque note lui maintenait la tête hors de l'eau ou si, au contraire, elle l'entraînait encore un peu plus dans les abysses du spleen. Il se dit qu'il avait l'âme en peine. Ou de la peine à son âme. Dans un sens comme dans l'autre, la proposition lui parut frappée de crétinisme, vide de sens. Théophraste Sentiero n'était pas un pleurnichard. Un trouillard courageux, oui. Un homme effacé, éteint, ou encore sans intérêt notable ? C'était indéniable. Mais pleurnichard ? Non.

À mi-voix, au risque de passer pour un original aux yeux des grands-mères aux cheveux mauves promenant leur caniche, il faisait de son mieux afin de ne pas sombrer dans ce mal-être qui l'étreignait de toutes parts : « En plus, je ne sais même pas qui c'est, cette fille… Si ça se trouve, elle est bête à pleurer. Va-t'en savoir… Puis, ce n'est pas de mon âge. J'aurais cinq ou dix ans de moins, je ne dis pas. Mais là, ces histoires à la guimauve… Qu'est-ce qu'il me prend, nom de Dieu ? Je suis un homme responsable ! Et il faut laisser les jeunes aux jeunes. Ça va me passer. C'est comme un rhume, en fait. Une chiennerie de rhume. Ça va partir comme c'est arrivé, puis ce sera marre. En plus, elle est peut-être vilaine. Pas du visage, c'est vrai. Du visage, elle est vraiment… Mais le reste ? À cause de ses vêtements, je n'ai même pas pu m'en faire une idée. Mais je suis sûr qu'elle a des fesses plates. Au moins… »

Durant quelques secondes, la méthode fonctionnait. Théo, un peu ragaillardi, sentait que les sables amers dans lesquels il pataugeait lui laissaient de nouveau l'énergie de respirer et de voir le monde sous un jour plus clément. Pas idyllique, non. Mais simple, carré. Pourtant, bien vite, la langueur reprenait le dessus. Et il devait alors s'avouer, en pleine conscience, qu'il se moquait par-dessus tout que l'inconnue ait des fesses magistrales, bombées, creuses, plates ou grasses. C'était même le dernier de ses soucis. Au fur et à mesure qu'il s'enfonçait dans le jardin du Luxembourg, c'était une autre vérité qui s'imposait à lui, bien plus puissante que toutes les raisons raisonnables qu'il appelait au secours de sa détresse : l'inconnue était différente. Différente de Cécile, cela ne se discutait pas. Mais aussi différente de son quotidien, différente de ses mille métiers passés ou à venir, différente de ses amis de comptoir. Elle était toute neuve et toute propre. Elle était à l'opposé de ce qu'il avait connu jusqu'alors, de tout ce à quoi il avait cru sans jamais se poser de question. Elle était un chemin, l'amorce d'un sentier qui pouvait l'emporter vers ailleurs et transformer son existence, du tout au tout.

Après avoir contourné le bassin principal par la gauche, Théo ne s'engagea pas vers la sortie qui s'ouvrait à pleines grilles sur le Boul' Mich'. Plutôt que de rentrer directement rue de l'Estrapade, il s'offrit une pause près de sa fontaine Médicis. Ses jambes, peu habituées à avaler autant de kilomètres, lui faisaient maintenant sentir leur fatigue, et il trouva une chaise libre. À peine s'était-il posé qu'il avisa, dans son renfoncement drapé de lierre, l'Anglaise qui, comme à l'accoutumée, travaillait à une nouvelle toile. Plutôt que de se contenter du traditionnel sourire ou hochement de tête polis, il se dirigea vers elle sans trop savoir pourquoi. Il ne l'avait jamais vue de près. Pour lui, elle n'était qu'une ombre diffuse, une barbouilleuse, avec ou sans talent, qui faisait partie intégrante du paysage. Seule certitude : c'était une femme de taille moyenne, avec une légère tendance à l'embonpoint. Cet après-midi-là, elle portait un ensemble veste-pantalon ample, d'un vert braillard, et un chemisier à jabot jaune poussin. Au fur et à mesure qu'il approchait, il commençait à distinguer ses traits. Sa coiffure était toujours aussi blanche et blonde, agencée de façon stricte, avec deux ailes de pigeon asymétriques. Sa peau diaphane, ridée, lui donnait de faux airs de pomme oubliée. Par coquetterie, deux taches de fard à paupières, tirant tout à la fois sur le bleu pervenche et le myosotis azuré, complétaient le masque.

En le voyant venir vers elle, la vieille dame s'interrompit dans sa besogne. S'ouvrant d'un sourire plein et sans calcul, qui fit luire dans l'ombre son dentier trop parfait et surtout trop grand pour ses gencives minces, elle gazouilla : « Bonjour.

– Bonjour, madame. Je me demandais juste…

– Oui ?

– Je ne sais pas… Ça fait bien longtemps qu'on se croise ici, sous les arbres.

– Eh bien ?

– Je vois que vous peignez, bien sûr. Et… comment dire ? »

Comprenant que Théo ne trouvait pas ses mots et baissait maintenant les yeux, la vieille dame agrandit encore son sourire. Puis, abrégeant la torture, elle compléta la phrase : « Et ça vous chagrine de ne pas savoir ce que je peins, n'est-ce pas ?

– En quelque sorte, oui… »

Aussitôt, il se reprit : « Mais c'est juste de la curiosité ! Si vous ne voulez pas que je…

– Au contraire. Vous pouvez approcher. Ça ne me pose aucun problème. »

Encouragé par le ton amical de l'artiste, Théo obéit à l'invite. La peintre, à en juger par son accent, n'avait rien d'un sujet britannique. Ses inflexions trahissaient plutôt les faubourgs de Paris, un brin canaille, avec une pointe de blanc limé avalé debout, un coude sur le zinc. Lorsqu'il s'immobilisa, à deux pas d'elle, il se crut obligé de se justifier à nouveau : « C'est juste une question de curiosité, quoi...

– La curiosité n'est pas un vilain défaut, rassurez-vous. Enfin, pas pour moi, en tout cas. Et je vous comprends.

– C'est vrai ? »

Écarquillant ses hublots lilas, elle répliqua, avec un rire de gorge léger qui lui donna une touche enfantine : « Et pourquoi pas ? Ce qui me surprend, en revanche, c'est que vous ayez mis tout ce temps avant de venir me parler.

– Je suis plutôt du genre timide. Enfin, pas causeur.

– Par les temps qui courent, ce n'est même plus une qualité : c'est une exception. Pour être honnête, moi aussi, je vous observe, depuis toutes ces années. Et je sais bien ce que vous devez vous dire, assis sur votre chaise...

– Oui ?

– Vous devez vous demander ce que je peins, bien sûr. Mais, surtout, qui je suis. Je sais que je fais comme une tache, dans le paysage.

– Je n'ai jamais pensé ça ! »

Dans un nouvel éclat de rire, la peintre enchaîna : « Vous mentez, mais je vais faire semblant de vous croire. Quoi qu'il en soit, vous ne m'enlèverez pas de l'idée que vous devez me prendre pour une illuminée, je me trompe ?

– Illuminée, non. Quand même pas. En fait, je croyais que vous étiez anglaise… »

Accusant la surprise, la vieille dame fronça ses sourcils rehaussés d'un trait épais de crayon noir. Puis, retrouvant son humeur joyeuse, elle pépia : « J'aurais pu. Mais non. Un jour, peut-être, je vous raconterai ma vie. Elle vaut son pesant de cacahuètes, je vous le garantis sur facture. Mais non, je ne suis pas anglaise. Je suis française. Pur jus parigot façon Ménilmuche, pour être exacte. »

Elle tendit alors avec énergie sa main veinée de bleu, tout en précisant : « Françoise Chassepot. Mais vous pouvez m'appeler l'Anglaise, si vous voulez. Ça ne me dérange pas. Ça fait même chic, je trouve.

– Théophraste Sentiero. Théo, si vous préférez. »

La poigne de l'artiste était vigoureuse et son sourire, dans l'ombre qui s'épaississait autour de la fontaine, n'en devint que plus éclatant. Sa voix flûta encore dans le bourdonnement continu du Boul' Mich' : « Puisque vous êtes venu pour voir ma toile, ne vous gênez pas. C'est gratuit ! »

Après s'être reculée d'un pas afin de laisser le passage libre à son spectateur, elle posa les mains sur ses hanches. Et, d'un mouvement du menton qui désignait le tableau posé sur le chevalet, elle gloussa : « Alors ? Vous en pensez quoi ? »

Théo, dans toute sa naïveté, s'attendait à une vue quelconque de la fontaine Médicis. Voire à des perspectives esquissant le périmètre autour de ce plan d'eau de guingois. Peut-être à des détails piqués sur Polyphème, Acis ou Galatée. Au pire, à des à-plats de couleurs non figuratifs, de ceux auxquels il n'entendait rien et qui, dans les vitrines des galeries du quartier latin, ne déclenchaient chez lui pas la moindre amorce d'une émotion.

Les yeux écarquillés par la surprise, il demeura silencieux de longues secondes face au tableau. Près de lui, l'Anglaise, satisfaite, s'esclaffa : « Vous vous attendiez à tout, sauf à ça. Je me trompe ? »

# ONZE ✷

Sous ses airs de vieille adolescente roublarde, Françoise Chassepot était parvenue à sortir Théo de sa mélancolie. Jusqu'alors, il ne savait rien de la vieillesse. Rien sinon l'expression sinistre de sa belle-mère, Léonide, qui, midi et soir, affichait sa déchéance, l'œil toujours droit et accroché dans le vide, s'entêtant à exister pour des raisons qu'elle seule connaissait. Mais l'Anglaise – car Théo trouvait que, décidément, ce qualificatif lui allait comme un gant –, elle, semblait la joie de vivre incarnée. Malgré son dentier trop parfait et trop volumineux pour sa bouche parcheminée, elle pétillait. Longtemps, elle l'avait observé en silence pendant qu'il découvrait sa toile, mais son sourire, à ce moment-là, n'avait rien eu de goguenard. Bien au contraire. Elle avait aimé sa surprise sincère et, le mot n'est pas trop fort, son émerveillement. Ce qu'elle dessinait, dans ce havre de paix qu'offrait la fontaine Médicis, n'était destiné à personne. Elle foudroyait d'ailleurs du regard quiconque tentait de s'approcher, des compliments plein la bouche ou, au contraire, la critique déjà armée et prête à jaillir. Pour Théo, cela avait été différent. Il ne dissimulait pas sa maladresse. Il n'avait rien à voir avec les promeneurs de linge qui s'exhibaient dans les allées. C'était un solitaire. Il ne payait pas de mine. Et elle aimait cela.

Face au tableau, Théo, lui, demeura en premier lieu perplexe. Les coups de pinceau, comme Anselme l'avait prédit, étaient légers, aériens. Maladroits, parfois. La vieille avait découvert la peinture sur le tard. Et cette fraîcheur se ressentait dans le rendu final. Quant au sujet, Théo ne le comprit pas mais, d'instinct, il le trouva extraordinaire. À mille lieues de ce qu'il aurait pu imaginer. Il s'en voulut d'ailleurs, a posteriori, de ne pas avoir osé déranger l'Anglaise plus tôt. Sous les frondaisons, dans son repli d'ombres violines, Acis, Galatée et Polyphème n'avaient en rien inspiré l'artiste. Pas plus que le bassin incliné, les vasques échevelées de lierre, les arbres ou les chaises. Rien de tout cela n'éclatait sur le rectangle tendu de blanc de la toile. Le motif n'était ni une vue d'ensemble, ni même la représentation d'un seul détail de cette réalité bucolique. Le sujet était autre. Le motif était singulier. Il disait tout et rien à la fois de l'existence de Françoise Chassepot. Et Théophraste Sentiero n'y comprit pas grand-chose, mais il tomba sous le charme.

Lorsqu'il passa devant le Gay-Lu, après cette halte inattendue, le promeneur fit de son mieux pour éviter un nouvel accès de grisaille. Le camion des Déménagements Vermorel & Cie, tout de bleu et de blanc paré, était revenu. En double file, gueule ouverte sur la chaussée, le hayon électrique en action dans les clignotements orangés des feux de détresse, il avalait un à un tout ce qui avait fait les grandes et les petites heures de la brasserie du quartier. Avec répugnance, Théo risqua un œil à l'intérieur. Derrière son comptoir, madame Jouve gloussait toujours aux compliments, peut-être salaces, du chef d'équipe. Dans les casiers, les bouteilles avaient presque toutes disparu. Les hauts tabourets du fond n'étaient plus qu'un souvenir. Quant aux rares cadres contenant des photos et des publicités – des fac-similés du Paris de la Belle Époque, pour la plupart –, ils avaient trouvé refuge dans des cartons. Ou bien ils s'abîmaient dans les grands sacs poubelle qui montaient la garde devant le comptoir de zinc et de bois verni. Relégués près de la verrière, Gégène, Cothurne et Séfanaze tétaient en silence ce qu'il restait à consommer. Selon toute vraisemblance, ils attendaient La Guigne ou Petit Pois. Le premier arrivé ferait le quatrième pour la contrée. À moins que les cartes, les jetons et le tapis râpé ne fussent déjà, eux aussi, remisés dans une quelconque caisse Vermorel, direction l'Alsace.

Malgré lui, Théo ne put s'empêcher de murmurer : « Pauvres vieux… »

Comme au sortir d'un rêve, il frissonna soudain. Le soleil commençait à s'assoupir et les lampadaires ne tarderaient plus à répandre à leur pied leur mare de lumière artificielle. Il sentait qu'un cycle s'achevait. Pour le Gay-Lu, bien sûr. Pour ses compères de comptoir, aussi. Mais pour lui, également. Tout en réajustant sa parka d'un mouvement d'épaules agacé, il fit demi-tour et remonta sur sa gauche le Boul' Mich'. À quelques minutes à peine, le kiosque à journaux du Calabrais lui offrirait une dernière halte avant le retour à l'appartement. Après le rendez-vous manqué avec l'inconnue, son errance dans Paris, l'Anglaise et son tableau incompréhensible, quoique figuratif, après le Gay-Lu qui sentait déjà le sapin, après ses trois poivrots d'amis qui ne savaient même plus quel breuvage ils s'envoyaient derrière la cravate, Théo ne se sentait pas de rentrer sous le toit conjugal. Il devrait parler, expliquer. Il aurait à justifier son absence pour le déjeuner. Il n'en avait pas la force. À chaque pas sur le Boul' Mich', qui trimballait sa sortie des bureaux et se coagulait dans des tempêtes de klaxons irascibles, il marcha droit devant lui, tête basse. Un cycle s'achevait, oui. Un autre s'annonçait. Et il devrait en être. Ou disparaître, lui aussi, à la manière d'une flamme qui ne trouve plus rien à dévorer et qui, de façon insensible, baisse en intensité et s'éteint peu à peu.

« Bonsoir. Vous allez bien ?
– Pas à se plaindre. »

Ces quatre mots représentaient le summum de ce que le Calabrais pouvait prononcer lors d'une discussion. Dire qu'il était un taiseux était en dessous de la vérité. Mutique, imperturbable, il trônait derrière son comptoir, cerné par les couvertures gueulardes des magazines qui balançaient à la face des chalands les nouvelles venues du monde entier. Et dont il se foutait royalement. D'une trentaine d'années, beau gosse par nature et presque malgré lui, il aurait fait le bonheur des photographes de chez Harcourt avec son visage aux traits réguliers, ses yeux en agate bleu perçant, ses cheveux blonds coupés très court, ses épaules de boxeur. Plus jeune, il avait tâté des gants et brillé sur les rings, disait-on. Comme Rocky, il n'avait jamais eu le nez cassé. C'était sa rosette, sa Légion d'honneur. Entre l'ours mal léché et le loup solitaire, le Calabrais promenait sur le monde un œil désabusé, sans haine ni bienveillance inutiles. Il entendait sans les écouter – ou l'inverse, parfois – les jérémiades des habitués, les caprices des vieilles badernes, les récriminations des emmerdeurs de tout crin, les accès de joie ou de désespoir des gratteurs frénétiques de Morpion. Il connaissait les rituels des uns, les petites manies des autres. C'était un affranchi qui n'avait pas besoin de hausser la voix, et encore moins d'un calibre, pour décourager les loqueteux, les mendiants, les cloches, les inconsolés, les solitaires en quête d'un bout de conversation. Un regard suffisait. Un regard à la Lino Ventura, à la Gabin.

Un à un, Théo choisit les magazines féminins dont il savait Cécile friande. Le Calabrais le laissa faire son marché, sans lui poser la moindre question. Les deux hommes ne se connaissaient pas plus que ça. Une seule fois, le propriétaire du kiosque lui avait fait quelques confidences. Après sept ans de visites régulières, la digue pouvait bien lâcher un peu. Il avait tiré, une dizaine d'années auparavant, dans la catégorie des poids moyens, puis des mi-lourds. Il avait fait quelques étincelles, oui. Mais il n'avait pas eu de chance. Ou pas le bon manager. Ou il n'avait tout simplement pas voulu aller plus loin. Sur ce point, le Calabrais n'avait donné aucune précision. Il avait seulement ajouté qu'il ne regrettait rien. Pour l'instant, en tout cas. Alors que Théo allait quitter le kiosque, le jeune homme lui avait fait une autre confession. Il lisait. Pas les journaux ni les magazines, non. Mais il lisait tous les soirs. Toujours le même livre. Les *Essais* de Montaigne. L'un des trois tomes. Tous les soirs avant de se coucher, il déchiffrait une page. Jamais plus. Pour le prouver, il s'était même fendu d'une citation, à voix basse : « Il n'y a rien d'allègre : il y a seulement une vigueur pleine et ferme. Je dure bien à la peine ; mais j'y dure, si je m'y porte moi-même, et autant que mon plaisir m'y conduit.* »

Puis, il avait conclu : « Un euro trente, pour *Le Parisien.* »

Théo avait réglé. Puis, poussé par la curiosité, il lui avait demandé pourquoi cet ouvrage-là et pas un autre. Le gaillard avait répondu, sur un ton qui ne souffrait aucun commentaire : « Parce que c'est beau. »

⁂

Les bras alourdis par une dizaine de magazines, auxquels il fallait encore ajouter deux douzaines de mini-beignets fourrés au chocolat achetés à la Boulangerie Moderne, rue des Fossés-Saint-Jacques,

* *Essais*, livre II, chapitre XVII.

Théo parvint devant son immeuble, le cœur plus léger. Quelques revues pour Cécile, des pâtisseries pour les enfants. Ça n'était pas le paradis, mais ça pouvait peut-être entrouvrir la porte de son antichambre. Au final, sa vie n'était pas si moche que cela. Pour le Gay-Lu et sa fermeture, c'était même un bien. Ça lui permettrait de changer d'abreuvoir sans blesser quiconque. Puis, il n'aurait plus à supporter les logorrhées des uns et des autres. Depuis toujours, tous se répandaient en théories fumeuses et intarissables sur des sujets aussi variés que les petits arrangements entre amis de la politique politicienne, le réchauffement climatique, les dessous du football ou les véritables raisons de l'apparition de ces virus qui, de façon de plus en plus rapprochée, empoisonnaient l'existence de la bonne populace. Complotisme, vérités dissimulées, services secrets internationaux, révisionnisme bêlant entre deux verres de rouge ou de pastis : tout était bon, tout y passait. Mais eux, derniers remparts de la France libre, de la France française, de la France aux Français, ils veillaient, aux aguets, refusant de se laisser monter le bourrichon par les médias, quels qu'ils fussent – des pédés et des francs-maçons noyautés par les sémites et Al-Qaïda, il va sans dire –, coupables tout désignés d'une civilisation en pleine déliquescence. Quant à Cothurne, lorsqu'il ne marmottait pas dans son triple menton que la réécriture de sa Bible avançait du feu de Dieu et qu'il ferait bientôt fortune, il se perdait en conjectures sur les motifs expliquant pourquoi les Chinois possédaient tous les bureaux de tabac de Paris. Il tenait pour sûr que le MSS* était dans le coup. Lui, mais aussi le fabricant de téléphones Huawei. L'épicentre du complot se situait, selon toute vraisemblance, dans le treizième. Les buralistes, disséminés aux quatre coins de la capitale, en étaient les postes avancés, les éclaireurs de l'ombre, les mouchards, les cafards, les balances.

* *Chinese Ministry of State Security* – les services secrets chinois.

Tout cela appartiendrait bientôt au passé. Théo allait tourner une nouvelle page. Il ne retournerait pas chez Anselme. Il trouverait bien de quoi cachetonner ailleurs. Puis quoi ? Il avait une femme, deux enfants, un appartement – même avec Léonide dedans – et la Sécurité sociale qui lui offrait une coloscopie gratuite. Tout le monde ne pouvait pas en dire autant. Quant à l'inconnue, cela finirait par lui passer. Sans doute un coup de ce sagouin de démon de midi. Autant dire trois fois rien.

Rasséréné, Théo composa le code et pesa de tout son poids contre le ventail de la porte. Derrière ses carreaux, la Mère Tapedur pouvait bien surgir. Il se sentait d'humeur à lui balancer au visage ses quatre vérités. Mais la bignole, certainement trop occupée à surveiller sa soupe aux vermicelles arrosée de Viandox, ne surgit pas. À sa place, ce fut la silhouette massive de Flingot qui se présenta devant lui. Un instant interdits, les deux hommes se dévisagèrent. Dans la nuit qu'éclairait avec difficulté la minuterie du porche, ce fut le conducteur de VTC qui prit la discussion à son compte. D'un air faussement enjoué, il lança : « Théo… Comment tu vas ?

– Bien. Et toi ?

– On fait aller, comme tu vois… Tu rentres chez toi ?

– Il faut bien. »

Pendant des secondes qui leur parurent interminables, les deux compagnons de comptoir ne trouvèrent rien à se dire. De nouveau, ce fut Flingot qui rompit le silence :

« J'étais chez toi, figure-toi.

– Je vois ça… »

Comme Théo ne faisait pas le moindre effort de conversation, se contentant de se balancer d'un pied sur l'autre, le visiteur se crut obligé d'ajouter : « J'apportais un truc à Cécile. Une babiole qu'elle m'avait demandé de passer prendre à la poste. Comme je devais y aller pour moi, j'en ai profité pour lui rendre le service. Enfin… Tu vois le genre, quoi ! »

Puis, il conclut : « Allez, je file. Une course dans le neuvième. Tu sais ce que c'est. Quand on est son propre patron, faut bien boulonner si on veut pas crever ! »

Satisfait de ces explications qui n'en étaient pas, il contourna Théo et se crut même autorisé à le gratifier d'une petite tape amicale dans le dos. Ce faisant, sa gabardine s'entrouvrit, laissant apercevoir la bosse que formait, au niveau de sa ceinture, le pistolet d'alarme. Alors, dans le claquement sombre de la porte qui, déjà, se refermait, Théo se sentit soudain vidé. Comme si tout son bel enthousiasme l'abandonnait et se ramassait maintenant à ses pieds en une flaque qui disparaissait entre les pavés disjoints de la cour intérieure. Dans ses bras, les magazines et les pâtisseries lui semblèrent peser une tonne chacun.

« Où étais-tu ? Je me suis fait un sang d'encre. Quand on ne rentre pas pour le déjeuner, on prévient ! C'est ton travail à la librairie, c'est ça ?

– Non. Enfin, si. Mais je…

– Tu as dit à ton patron de faire passer ça en RTT, j'espère ! Non, je suis sûre que tu ne lui as rien dit. C'est tout toi ! Si tu commences à lui laisser prendre de mauvaises habitudes, il va te manger la laine sur le dos. Tu le sais, ça ?

– Je viens de…

– Bien sûr que tu le sais ! Mais tu n'as rien dit. Après, il ne faudra pas t'étonner s'il te fait rester dix minutes de plus par-ci, un quart d'heure de plus par-là. Je n'ai pas beaucoup travaillé, mais je connais les patrons. Quand ils tirent la couverture, c'est toujours pour eux, jamais pour les employés. Ils ont ça dans le sang. Tu ne vas pas te laisser faire, tu m'entends ? Toute peine mérite salaire. C'est vrai qu'on ne te changera pas. Tu es trop bonne pâte. Mais que veux-tu ? Si tu ne dis jamais un mot plus haut que l'autre et que tu… »

Le reste du discours de Cécile se dilua dans la cuisine, rythmé par les cliquetis des assiettes et des couverts qu'elle dressait pour le dîner. Les bras toujours chargés, Théo se laissa tomber dans le canapé du salon. L'air ahuri, l'esprit cotonneux, il ne put articuler un mot de plus. Cécile. Cécile et Flingot. Ces deux prénoms tournaient dans sa tête et le saoulaient comme du mauvais vin. Ça n'était pas possible, voyons. Pas elle. Pas Cécile, la mère de ses enfants. C'était absurde. Cécile. Cécile et Flingot. Ils seraient donc…

Montant par bouffées électriques de la cuisine, la voix trop pressée de la ménagère continuait à s'emballer : « Et tes congés ? Tu en as parlé à ton patron, de tes congés ? C'est vrai que tu viens juste d'embaucher. Mais quand même. Pour Pâques, on a dit qu'on irait chez mon frère, dans sa maison du Perche. À Bellême, tu t'en souviens ? Ce n'est pas que ça m'enchante, remarque bien. Mais on a promis. Puis, ça fera du bien aux enfants et il paraît que l'air, là-bas, c'est tout ce qu'il y a de… »

Cécile. Cécile et Flingot. Même en déployant des trésors d'imagination, Théo ne parvenait pas à imaginer la chose. Un instant, il tenta de les visualiser, tous les deux, en train de s'embrasser. Ou pire encore. Mais il n'arrivait qu'à distinguer des ombres, fuyantes et tordues.

« D'accord. Le Perche, ce n'est pas Saint-Tropez. Mais c'est gratuit. Et la nourriture y est excellente. C'est en tout cas ce que m'a dit madame… »

Cécile. Cécile et Flingot. C'était donc vrai. Les cocus étaient toujours les derniers au courant. Ce devait être une règle d'or, immuable, écrite au fronton d'un édifice quelconque. Mais Théo s'imaginait que cela ne concernait que les autres. Pas lui. Lui, c'était impossible. Il l'aurait senti.

Comme son mari ne répondait pas, Cécile se tut un instant. Puis, d'une voix qu'elle voulut étale, mais dont chaque syllabe prononcée sonnait faux, elle lança : « Au fait… J'ai vu ton ami Antoine, tu sais ? Celui que vous appelez Flingot, ou je ne sais pas. Bref, je l'ai croisé dans la rue, ce matin.

– Ah oui ?

– J'étais place de la Contrescarpe. Comme il m'a dit qu'il devait aller à la poste pour retirer un colis, je lui ai dit que, moi aussi, j'en avais un qui était arrivé. Et il m'a proposé de prendre le mien en même temps. Bien sûr, j'ai refusé. Tu penses bien ! Mais il a tellement insisté… Tu sais comment il est, pas vrai ?

– Je crois…

– Tu l'as peut-être croisé en montant ? Il vient juste de partir. Tu l'as croisé ou pas ? »

Cécile et Flingot… Théo, dans l'obscurité seulement troublée par une petite lumière d'appoint, écarquilla les yeux. Entre les meubles du salon briqué et parfaitement rangé, il lui sembla soudain être un étranger. Un étranger sous son propre toit. Alors, face à lui, une ombre bougea dans le fauteuil. Ce fut très bref et très lent tout à la fois. Les mains encore pleines de beignets fourrés et de magazines, il se pencha en avant et tendit le cou. À la faveur de la minuterie de la cour intérieure qu'un voisin ou la Mère Tapedur venait d'actionner, il sursauta en reconnaissant Léonide. Les cheveux en queues de rat, le masque figé et tailladé de rides profondes, le menton en dedans, elle ne le lâchait pas des yeux. Était-ce un effet de l'imagination de Théo ? Toujours était-il qu'il crut voir la momie lui sourire avec une cruauté sans mélange. Elle le haïssait pour ce qu'il était et, plus encore, pour ce qu'il ne serait jamais. Et elle était heureuse de contempler, devant elle et prostré, le cocu, le cornard, le déshonoré.

✸

Le dîner ce soir-là fut, sans conteste, l'un des plus silencieux qui se tint dans l'appartement. Dès leurs coquillettes-jambon blanc avalés, Bénédicte et Joël prirent la poudre d'escampette et se réfugièrent dans leur chambre respective. À la façon des petits animaux qui pressentent l'orage, ils filèrent retrouver leurs réseaux sociaux, sans oublier d'emporter au passage quelques mini-beignets fourrés au chocolat. Dans la cuisine, l'on n'entendit plus alors que l'antienne, toujours recommencée, des informations télévisées. Face à Théo, pendant que Cécile débarrassait, la vieille Léonide demeurait dans son état de prostration habituel. Sa fille lui avait donné la becquée mais avait oublié de lui essuyer la bouche. Sous la suspension du lustre, il ne voyait maintenant plus que cela : ces lèvres privées de parole, grasses de beurre, avec deux petits débris de pâtes collés aux commissures. Malgré les apparences, et en dépit de ce que prétendait Cécile, Théo restait persuadé que la vieille avait encore toute sa tête. Comme les carpes moussues qui finissaient par se confondre avec les algues et les boues des mares et des étangs, on pouvait la croire morte. Cependant, parfois, un éclat de vie venu l'on ne savait d'où venait vous rappeler qu'il n'en était rien. Elle attendait. Pétrifiée dans son fauteuil roulant. Réduite à l'état d'objet inutile et encombrant. Jusqu'à ce que son regard, son terrible regard, croisât le vôtre. En une fraction de seconde, vous vous sentiez alors percé à jour, fragile comme un enfant. Cela se jouait sur un rien et Théo, lui, n'était pas dupe.

L'ancêtre avait, à sa décharge, traversé une existence chaotique. Il y avait des périodes de sa vie dont on ne parlait jamais, chez les Sentiero, même à mots couverts. Au pire, l'on avouait – mais du bout des lèvres, seulement – que, pendant l'occupation, elle s'était peut-être débrouillée. Puis, l'on changeait vite de sujet. Le passé de la matriarche était tabou.

Ce soir-là, dans l'enchevêtrement des rides et des flétrissures, les deux yeux de la vieille, d'un bleu délavé, brillaient avec une intensité inhabituelle. L'ancêtre savait le secret de sa fille. Si elle savait, c'était parce qu'elle avait vu. Pas l'acte de chair en lui-même, non. Cécile avait de l'éducation et de la religion. Mais peut-être pas assez, toutefois, pour avoir dissimulé des gestes, des mots, des attitudes. Et Léonide, tout atone et légume qu'elle pût être, avait été aux premières loges. Son gendre, son bon à rien et mauvais à tout de gendre – comme elle avait pris l'habitude de le grommeler sans discontinuer, avant d'être fauchée par un AVC – était cocu. Cet incapable dénué de la moindre ambition, ce traîne-patins qui avait détourné sa fille d'un mariage plus avantageux, ce clopinard, ce fils de rien ni de personne n'avait donc, à cette heure, que ce qu'il méritait. Il y avait un bon Dieu pour les honnêtes gens.

Sous la table, encore humide de l'éponge passée, les pieds de Théo se remirent à s'agiter. À chaque mouvement, ses genoux venaient frotter contre la toile cirée, provoquant un murmure suffisamment audible pour agacer l'oreille. Le chiffon à la main, Cécile se retourna soudain, délaissant son évier. Elle regarda son mari avec insistance. Celui-ci comprit sur-le-champ qu'elle allait percer l'abcès.

Dans un soupir, elle vint s'asseoir sur sa chaise. Après un certain temps durant lequel elle garda les yeux au sol, elle lâcha, d'une voix molle : « Tu sais… Ça fait près de vingt ans qu'on est mariés…

– C’est vrai.

– Et on n’est pas malheureux, il me semble. Enfin, je crois. On a de beaux enfants. Ils grandissent vite. Bientôt, ils n’auront plus besoin de nous. Et on arrive à boucler les fins de mois. Parfois, c’est plus dur que d’autres. Mais on y arrive. Surtout grâce au loyer de ma mère, note-le bien.

– Et ? »

Derrière son masque qu’on eût dit figé de cire jaune, la vieille Léonide ne perdait pas un mot du préambule. Sous la table, les battements des pieds de Théo avaient accéléré la cadence. Il pressentait avec angoisse que des paroles définitives allaient être prononcées. Déjà, il se voyait dans l’obligation de jouer la grande scène du mari trompé. Malgré les fadaises catastrophistes que débitait en sourdine l’écran de la télévision, il s’interrogeait sur la bonne attitude à tenir lorsque Cécile avouerait son forfait. L’accablement ? La colère ? La dérision et le sarcasme ? Devrait-il se lever et partir en claquant la porte ? Ou, au contraire, se mettre à sangloter en silence ? Ce serait pathétique, à n’en pas douter.

Tout en triturant entre ses doigts le torchon à vaisselle, la maîtresse de maison poursuivit : « Et je me disais que… Enfin, ce serait bien que…

– Que quoi ?

– Qu’on… Enfin… Ça serait peut-être mieux, pour tous les deux, je veux dire… »

À cet instant, comme cela pouvait arriver à la fin des repas, un râle sortit de la gorge morte de Léonide, rappelant un borborygme ou le grincement d’une porte de cave. Dans toute sa fixité, la vieille jubilait.

Avec un sourire gêné, Cécile se lança : « Voilà. J’ai bien réfléchi. Il faut qu’on achète un canapé-lit.

– Quoi ?

– Oui. À cause de tes pieds, c'est devenu impossible de dormir ensemble. Et je te remercie de m'avoir laissé la chambre. D'un autre côté, comme c'est toi qui te lèves le premier et qu'on habite quand même chez maman, c'était normal.

– Tu veux qu'on achète un canapé-lit ? C'est bien ce que tu as dit ?

– C'est le mieux qu'on ait à faire, crois-moi ! Du moins, tant que tu ne seras pas guéri. Si jamais tu guéris un jour, bien sûr. Mais en attendant, si on a un canapé-lit, ça résout tous nos problèmes.

– Quels problèmes ? »

Avec une mimique d'évidence, Cécile se fendit d'un sourire. Puis, elle enchaîna, sûre de son fait : « Le petit est venu me voir. Il s'inquiète pour toi. Il m'a dit que, à force de dormir sur le canapé, tu allais avoir mal au dos. Et il a raison. Avec un canapé convertible, tu dormiras mieux. Et moi, je n'aurai plus qu'à le replier, le matin. D'ailleurs, j'ai commencé à regarder, sur Internet. Ils en font des très bien, aujourd'hui. D'accord, c'est un budget. Mais quoi ? La santé passe avant tout, non ? »

Profitant de ce que Théo, hébété, ne trouvait rien à redire, elle se leva. Avec des mouvements précis et énergiques, parfaitement installée dans sa démonstration, elle se remit à essuyer la vaisselle. Sa voix haut perchée, qui s'échappait parfois dans les aigus, continuait : « On n'aura qu'à prendre un crédit à la consommation. Pas un gros, rassure-toi. Puis, tu me connais : j'ai fait les comptes, avant de t'en parler. Tous les mois, ça fera une petite somme à sortir, mais je pourrai me rattraper un peu sur les courses. Tu ne verras même pas la différence. C'est vrai que j'aurais préféré qu'on investisse dans un lave-vaisselle. Mais que veux-tu ? Ce sera pour plus tard.

– Et c'est tout ce que tu as à me dire ? Tu veux qu'on achète un canapé-lit ? C'est vraiment tout ?

– Oui. Pourquoi ? »

Deux heures plus tard, dans le silence du salon, Théo tenta de s'endormir. Au creux de son crâne, mille choses se percutaient et tintaient à toute volée. Cécile et Flingot. L'inconnue. Le Gay-Lu. Le Luxembourg et son Anglaise en couleurs. L'aveu de la tromperie qui n'avait pas été formulé. La vieille Léonide dans son fauteuil roulant. Les questions déferlaient en rafales. Était-il cocu ou Flingot n'avait-il fait que rendre service à Cécile ? Auquel cas, pourquoi avait-il eu l'air gêné lorsqu'ils s'étaient croisés, sous le porche de l'immeuble ? Et, si Théo était cocu, depuis combien de temps le jeu de dupe durait-il ? Rythmant ces interrogations sans réponse, ses jambes et ses pieds s'étaient remis à battre une tarentelle qu'il ne cherchait même plus à maîtriser. Un canapé-lit ? C'était tout ce qu'elle avait trouvé pour l'éloigner de la chambre conjugale ? Car c'était bien de cela qu'il s'agissait. Remplacer le temporaire par le définitif. Ne plus partager la même couche. Mais pourquoi ? Parce qu'elle en aimait un autre ? Ou bien parce qu'elle ne le supportait plus, lui ? Un canapé-lit…

Essuyant la sueur désagréable qui collait à son front, il tenta de recouvrer son calme. Cela faisait des années que le couple ne se touchait plus. Depuis la naissance de Joël, en fait. Comme si, après avoir enfanté pour la seconde fois, le corps de Cécile avait perdu tout désir. Il avait accompli sa fonction de procréation. Il avait amplement mérité de la patrie et pouvait tirer le rideau. Théo n'avait rien vu venir. Leurs étreintes s'étaient espacées de façon insensible, peut-être même que ni l'un ni l'autre ne s'en étaient rendu compte. Ils n'avaient pas eu besoin de mauvaises excuses pour ne plus faire l'amour, pas de maux de tête providentiels ni de règles douloureuses. Plus simplement, leurs corps avaient cessé de se désirer. La table avait été desservie. Point final.

Une fois seulement, ils avaient abordé le sujet. Et sur le ton de la badinerie. Cécile avait aussitôt éludé la question. Son ventre avait payé le prix fort, avec une césarienne délicate. Ses lèvres et ses seins étaient désormais pour ses enfants. En guise de boutade, elle l'avait même renvoyé dans ses cases en lui donnant l'autorisation de la tromper. Les hommes, et surtout leurs chairs, étaient si faibles ! De l'ouvrier au cadre supérieur, c'était ainsi dans toutes les familles, même les meilleures. L'infidélité, pourvu qu'elle fût masquée et cachée, à la façon d'une maladie honteuse ou d'une tare, ne connaissait pas de classes. Quant à la morale, Cécile ne s'en embarrassait pas. Mais attention ! Si, d'aventure, il passait à l'acte, elle n'en voudrait rien savoir ! Pas de scandale ! Il pourrait faire ses petites affaires, du moment qu'il se protégeait. Hors de question qu'il ramenât dans le lit conjugal des souvenirs de ses coucheries illégitimes. Et personne, absolument personne, ne devrait être au courant de ces coups de canif dans le contrat. Une infidélité dissimulée à tous, Cécile pouvait l'accepter. Mais se voir déshonorée aux yeux des autres et, ainsi, devenir la cible de railleries sous cape ? Cela, pour madame Sentiero, était hors de question.

Théo avait cru à son discours. De bonne foi. Elle lui avait donné un blanc-seing, à condition qu'il respectât la règle du pas vu, pas pris. D'abord perplexe, il avait fini par envisager la chose. Par curiosité. Certes, il n'était pas un apollon, mais il n'était pas vilain non plus. Des femmes lui tournaient autour. Sans penser à mal, il s'était amusé à en aguicher certaines. Même à pousser le bouchon un peu plus loin que ce que l'honnêteté chrétienne ou républicaine n'autorisait. Mais, assez vite, il avait dû se rendre à l'évidence. Il n'était pas fait pour la tromperie en catimini, façon cinq à sept. Cela nécessitait une propension à mentir qu'il ne possédait pas. Et il ne pouvait s'imaginer, le soir venu, retrouver la table familiale après avoir vérifié qu'aucun cheveu étranger ne traînait sur ses épaules. Quant à vivre en parallèle une histoire d'amour, entretenir une liaison faite de serments, de projets, d'émerveillements, d'exaltations ? Cela lui semblait également impossible. Pour lui, une histoire d'amour ne pouvait pas s'épanouir dans l'obscurité d'une chambre d'hôtel, pas plus que dans le mensonge. Elle devait pouvoir éclater au grand soleil, telle une cascade d'eau fraîche. Aimer, c'était se promener sur les bords de Seine ou dans les ruelles de Montmartre ou de Montparnasse, main dans la main, sans éprouver la crainte de se faire prendre à chaque pas. L'amour, pour son esprit simple, ne faisait bon ménage ni avec la peur, ni avec la culpabilité, sans parler de son plus fidèle lieutenant : la honte.

Ce ne fut que vers quatre heures du matin, après avoir longuement marché en rond autour de la table pour soulager ses jambes et ses pieds, que Théo finit par sombrer dans un sommeil de brute.

Les deux rêves qui, cette nuit-là, traversèrent les pensées du dormeur le trouvèrent à l'aube épuisé, le front bouillant, la nuque trempée d'une sueur mauvaise. Jusqu'alors, il était rare qu'il se rappelât de ses songes. Il s'endormait et se réveillait de façon identique, se satisfaisant sans même se poser de question de cette parenthèse où il prenait congé de lui-même. Le sommeil était une nécessité qu'il acceptait comme telle, puisqu'il était impossible de faire autrement.

Le premier de ses deux songes le ramena au jardin du Luxembourg. Près de la fontaine Médicis, il se vit en compagnie de l'Anglaise. Du bout de son index, chargé d'une bague de pacotille qui lançait mille feux, elle lui désignait les éléments de son tableau. Sur un ton où la fatalité l'emportait, elle se confiait à lui, ni triste ni gaie. Les choses étaient ainsi et elle n'y pouvait rien. Depuis qu'elle barbouillait, elle n'avait eu qu'un seul modèle, et elle lui avoua n'avoir jamais ressenti l'envie ni le besoin d'en changer. Loin des trois statues de pierre polie, du bassin ou des frondaisons, le motif se limitait à un caillou aux arêtes acérées, d'un jaune tirant sur le rose tendre.

Comme pour s'excuser de ne vouloir peindre que cela, elle expliqua, dans un gloussement de gorge: « C'est une rose des sables. J'en ai vu, dans le désert tunisien, un jour où je devais aller de Tozeur à Tataouine. Je vous expliquerai pourquoi une prochaine fois. Mais c'est beau, n'est-ce pas? C'est fait de sable, uniquement de sable. C'est peut-être le même que celui que l'on met dans les sabliers. Je ne sais pas. Tout ce que je sais, c'est qu'il faut que je peigne cette rose des sables, toujours la même, toujours recommencée. Si je ne le fais pas, la Terre ne s'arrêtera pas de tourner, bien entendu. Mais c'est moi qui ne tournerai plus rond. Alors, je la peins. C'est une façon comme une autre d'arrêter ou de passer le temps, je suppose. Puis, si je ne la peins pas, qui me dit que cette rose ne va pas se transformer en simple sable, du sable qui coule entre les doigts et que l'on ne retient jamais? »

Après avoir soupiré pour signifier un peu plus encore qu'elle ne faisait qu'obéir à la fatalité, elle reprit: « Si je reste dans mon coin, c'est pour qu'on ne m'envoie pas à Sainte-Anne. Je ne fais rien de mal, vous me direz. Mais une vieille illuminée comme moi qui gribouille ce genre de choses, du bout de son pinceau, ça échappe à l'entendement de beaucoup. Si ça se savait, on me croirait folle. Mais je ne suis pas folle. Enfin, je ne crois pas. »

Le second rêve de Théo était d'un autre tonneau. Et il y avait fort à parier que c'était à cause de lui que l'aube le trouva frissonnant. Comme dans *Le Cri* de Munch – un tableau qu'il ne connaissait que par les publicités pour les bonbons Ricola et un épisode des *Simpsons* –, il se voyait marcher sous un ciel torturé. Ses pieds avançaient sans hâte, à la façon de ceux d'un promeneur qui a du temps à perdre et qui le sait, sur un chemin aux graviers de tailles inégales. De part et d'autre de cette route unique, formant des buttes pour la plupart à peine visibles, des tumuli affleuraient. Personne ne se présenta pour lui expliquer la raison de leur présence. Il comprit qu'il s'agissait de cadavres d'amours qui renflaient cette terre noire. Ce cimetière de la taille de mille océans était criblé d'histoires mort-nées, de ces relations qui n'avaient été qu'ébauchées, parfois à peine murmurées du bout des lèvres ou fantasmées pour quelques regards échangés. Par manque de courage, à cause d'interdits, par paresse ou par fainéantise, on les avait déposées là, sans fleur ni couronne. À gauche et à droite, à perte de vue sous un ciel plombé, elles pourrissaient d'ennui, ne nourrissant plus aucun espoir d'être, un jour, rendues à la vie. Les amantes et les amants déçus, responsables de cette désolation, les avaient abandonnées là en se disant que, peut-être, un cœur sec et solitaire les réveillerait et en ferait de l'usage. Ils les avaient même oubliées pour certains, et avaient repris le cours de leurs vies, tout propres et tout légers, prêts à de nouvelles conquêtes, bien décidés à trouver enfin l'amour, le grand amour, l'amour éternel. Théo, d'ailleurs, voyait dans le lointain, au bout de la route, ces femmes et ces hommes insouciants qui avançaient en troupeau. Ils se désintéressaient maintenant de ces petits tas d'amours contrariées, de ces reliquats d'aventures avortées, mal formées, amputées. Ils ne se retournaient jamais sur celles-ci, sinon avec un sourire narquois et méprisant. La vie leur appartenait. Plus de temps à perdre avec ces bluettes. Plus tard, peut-être, les années passant, ils comprendraient. Ils toucheraient du doigt ce gâchis dont ils s'étaient rendus coupables. Et ils continueraient à marcher, bien entendu. Mais ils le feraient avec le dos plus voûté, les jambes plus lourdes, le cœur plus gros. Et nombreux seraient celles et ceux qui pleureraient ces occasions d'aimer et d'être aimé que, dans toute l'insolence de leur jeunesse, ils n'avaient pas voulu ni su retenir.

« Donc, vous voilà cocu. Cocu et fier de l'être.

– Pas du tout ! D'abord, je n'ai jamais dit que j'étais sûr de l'être. Et, si je le suis, je n'en suis certainement pas fier.

– C'est égal. Puisque vous craignez de l'être, c'est que vous l'êtes sûrement. Et, si vous ne l'êtes pas, vous souffrez visiblement comme quelqu'un qui l'est. Tout cela ne change donc rien à l'affaire. Est-ce que vous êtes jaloux ?

– Jaloux ? Je... Je ne sais pas. Peut-être, oui.

– Donc, si vous hésitez à répondre, c'est que vous ne l'êtes pas. *Les Souffrances du jeune Werther*, je garde.

– Pardon ?

– J'ai dit : *Les Souffrances du jeune Werther*, le chef-d'œuvre de Goethe, je le garde ! Vous êtes sourd ou cocu ? Il faudrait trancher, tout de même ! »

Derrière son bureau, assis en monarque décati sur son fauteuil crevé et décousu, Anselme Guilledoux se remit à gronder de façon inintelligible. Face à lui, des piles de vieux ouvrages se dressaient en monticules instables. Armé d'une loupe lumineuse à grossissement maximal, éclairé par la lampe de banquier qui, cernée par ces tours de Pise, faisait son possible pour crever la pénombre, le libraire scrutait avec une minutie d'horloger la couverture de chaque volume. Après examen, il marmonnait d'abord en sourdine quelques imprécations. Puis, d'un ton péremptoire, il décidait de leur destinée. Pour le vieil homme, chaque choix constituait un véritable crève-cœur. La majorité de ces publications finiraient chez les brocs des halles Brassens, dans le quinzième. Chez les bouquinistes des quais de Seine ou au marché de Saint-Ouen. Leurs nouveaux propriétaires les refourgueraient dix fois leur prix à des gogos, ravis d'emporter avec eux des survivances du siècle passé, voire du précédent. D'autres ouvrages, beaucoup plus rares, ceux que le libraire souhaitait conserver car chers à son cœur, s'entasseraient sur les étagères qui caparaçonnaient les murs de son appartement, situé au-dessus de sa boutique. En orpailleur averti, il séparait le bon grain de l'ivraie, soucieux de ne laisser s'échapper aucune pépite. Dans la travée centrale, les manches relevées, baignant dans un océan de cartons, Théo répartissait les publications en fonction de leurs prochains voyages. Contre la paroi du fond, enfin, formant un monticule résigné et pourri d'humidité, des collections de revues dépareillées achèveraient leur course dans des bennes à ordure, promises à un ultime et sacrilège feu de joie.

En quittant la rue de l'Estrapade, le matin même, Théo s'était heurté à une évidence. Il ne savait pas où aller. Rester à l'appartement régenté par Cécile, assister au petit-déjeuner bruyant des enfants ou aux mastications muettes de Léonide, tout cela dépassait ses forces. Il avait pensé au Gay-Lu, bien sûr. Mais les camions Vermorel & Cie ne chômaient pas. À force d'enlèvements de tables et de chaises, la brasserie se dissoudrait tout à fait et une autre réalité s'imposerait, faite de néons prétentieux, de serveurs étrangers au quartier et de prix interdisant à l'ancienne clientèle une fréquentation quotidienne. L'esprit embrouillé par ses deux rêves de la nuit, Théo avait donc de nouveau laissé ses jambes et ses pieds diriger sa marche. Sans hésiter, ceux-ci l'avaient conduit jusqu'au coude de la rue Galande. Anselme Guilledoux, coincé derrière son bureau des Bonheurs d'Antioche, semblait l'attendre. Il ne lui posa aucune question, ne se fendit d'aucun sourire narquois. Il ne fit pas non plus la moindre allusion à leur brouille du Jardin des Plantes. Comme si de rien n'était, il lui avait offert le café. Puis, le travail avait commencé. En tout, plus de trente mille volumes attendaient d'être fixés sur leur sort – sans parler des malles qui dormaient, pour certaines depuis un demi-siècle, dans les caves de l'immeuble. La journée aurait pu s'écouler ainsi, calme et studieuse, si Théo avait pu s'empêcher de toucher un mot de sa déconvenue de la veille au libraire renâcleur.

Tout en bourrant sa pipe, celui-ci reprit : « Être cocu, on en fait toujours tout une histoire. Les hommes comme les femmes. Et ensuite ? C'est tout de même moins grave que d'attraper la diphtérie, le tétanos ou d'être amputé d'un bras, vous ne pensez pas ?

– Vu comme ça…

– Mais dites-moi, ce dénommé Flingot, comme vous l'appelez, c'est quel genre d'olibrius ? Un bas du front ? Un jocrisse ? Un ilote, peut-être ? »

S'apercevant que son commis écarquillait les yeux pour marquer son incompréhension, Anselme précisa aussitôt : « En d'autres termes : est-ce que c'est un abruti ? Un anchois sans envergure ? Ou un matamore ? J'entends, l'un de ces fiers-à-bras, de ces tranche-montagnes qui se vantent de tout ce qu'ils ont accompli pour mieux taire ce qu'ils n'ont jamais eu le courage d'entreprendre ?

– Non. C'est plutôt un bon gars. Bien sûr, il n'a pas fait les grandes écoles. Mais c'est le genre toujours prêt à rendre service.

– C'est un ami à vous ?

– Ami, c'est beaucoup dire. Mais un copain, oui. On partage des verres, on refait le monde. Il est plutôt gentil, quoi. Et serviable, aussi. En fait, on se ressemble un peu.

– Alors, de quoi vous plaignez-vous ?

– Pardon ? »

Dans un premier panache de fumée qui alla caresser un lambeau de toile d'araignée pendu au verre de la lampe, le vieux poursuivit : « Si c'est un familier et qu'il est d'un bois honnête, comme vous le dites, de quoi vous plaignez-vous ? Votre femme sera bien plus heureuse avec lui qu'avec vous, non ?

– Ça, je n'en sais rien. C'est possible, remarquez. Mais c'est ma femme, tout de même !

– Pourquoi ? Vous l'avez achetée ? Vous avez un certificat de garantie ?

– Non. Mais j'ai un contrat. Un contrat de mariage.

– Encore une foutaise du code napoléonien ! C'est à se demander à quoi a bien pu servir mai 68. Votre femme en désire un autre que vous ? Soit. Ça vous défrise et ça vous met le cœur en charpie. Je veux bien le comprendre. Mais c'est vieux comme le monde, votre histoire ! Et laissez-moi vous dire que ce qui vous fait mal, en réalité, ça n'est pas qu'elle puisse en aimer un autre. C'est surtout qu'elle ne vous aime plus, vous. Je me trompe ? »

Profitant du silence embarrassé qui fut la seule réponse que Théo put apporter à cette question, le libraire enchaîna avec, toujours, la même gourmandise ostensible qu'il mettait dans le choix de chacun de ses mots : « C'est d'une blessure d'orgueil que vous souffrez, mon jeune ami. Votre amour-propre vous empeste et vous empêche d'y voir clair. Votre femme ne vous aime plus ? Elle ne vous désire plus ? La belle affaire !

– Ça se voit que vous n'avez jamais aimé. Ou qu'on ne vous a jamais aimé. Sans quoi, vous ne diriez pas des choses comme ça. »

Aussitôt sa phrase prononcée, Théo se mordit la lèvre. Alors qu'il réfléchissait au meilleur moyen de rattraper le trait qu'il venait de lancer, Anselme sourit. Puis, il répliqua, avec une douceur qui sembla le surprendre lui-même : « Détrompez-vous, jeune homme. J'ai aimé. Et j'ai été aimé en retour, aussi. C'était il y a bien longtemps, c'est vrai. Mais j'ai aimé, d'une façon qui vous surprendrait sans doute. Un jour, peut-être, je vous raconterai.

– Ce n'est pas ce que je voulais dire. C'est sorti tout seul. Je suis désolé, monsieur Guilledoux.

– Ne le soyez pas. J'ai aimé, vous dis-je. Elle m'a quitté. Et j'ai souffert. Mais qui a dit que l'amour devait être un chemin de roses éternel ? L'amour est ce qu'il est. Et l'on en fait surtout ce que l'on peut. Je plains bien plus l'homme qui n'a jamais aimé que l'amoureux. L'amoureux s'est bercé d'illusions. Il a touché les étoiles. Il a cru. Il a eu la foi, le courage ou l'inconscience de s'ouvrir à l'autre. Il a saisi ces lucioles célestes à pleines mains, à s'en brûler le cœur. Celui qui n'a jamais connu l'amour, lui, n'a fait que les observer avec crainte, de loin, sans jamais ouvrir sa poitrine à la passion. Le premier a pris des risques. Le second… Le second ne mérite même pas que l'on parle de lui. C'est trop triste. Pour lui, bien entendu. Et celles et ceux qui n'ont jamais aimé sont hélas plus nombreux que ce que l'on voudrait bien dire. Croyez-en ma vieille expérience, qu'elle serve au moins à cela. »

Se reprenant soudain, le boutiquier se fit plus léger : « Être cocu n'est pas un état enviable, je vous l'accorde. Hélas, c'est le vôtre. Et nous n'y pouvons rien. Quoi qu'il en soit, je vous promets que votre blessure d'orgueil va bien vite se refermer. Être cocu, cela fait rire les imbéciles, les rêve-petit, les pousseurs de mégots de seconde zone. Mais ça n'est pas la mort du petit cheval. En revanche…

– Oui ?

– Où en êtes-vous avec votre fameuse inconnue ? L'avez-vous recroisée ? Lui avez-vous enfin parlé ? Votre cœur a-t-il bondi dans votre poitrine comme un pur-sang arabe à l'approche d'un obstacle ? Ça, c'est intéressant ! Ça, ça vaut la peine que l'on en parle ! Une histoire d'amour, toute neuve et pas encore froissée par les désillusions… Vous êtes un homme heureux et vous ne savez rien de votre bonheur, mon ami ! Mais racontez-moi, je vous en prie. Et n'omettez aucun détail, surtout !

– Vous voulez vraiment ?

– Dame ! Surtout que votre intonation me pousse à croire que le destin vous a remis sur la route de cette sylphide. Je me trompe ? »

À cette invite, Théophraste Sentiero, pour la première fois, trouva le courage de mettre en mots les sentiments qui l'animaient. Il le fit le plus naturellement du monde. Avec des termes simples et des phrases courtes, il dressa un état de sa situation comme un économe l'aurait fait d'un stock de marchandises, tâchant d'être exact en tout et de ne rien oublier. Il lui dit le Flore en l'Île, le fruit et le sucre sur les dents de neige. Il peignit aussi le regard mélancolique, le sourire dont elle l'avait enveloppé. Il raconta de son mieux, n'omettant ni le petit enfant blond ni le loufiat désagréable. De façon maladroite, qui ajouta encore à l'émotion de son récit, il confia sa détresse d'avoir laissé partir l'inconnue, de l'avoir vue se dissoudre dans la foule des badauds et des gens pressés. Puis, il revint par le menu sur son errance le long des quais de la Seine, il emmena son interlocuteur dans le jardin du Luxembourg afin de lui présenter une Anglaise qui n'en était pas une.

Le vieux savait parler mais, chose rare, il savait aussi écouter. Pas une fois, il ne l'interrompit dans sa confession, et les phrases de Théo, sous les plafonds hauts et crasseux des Bonheurs d'Antioche, frissonnèrent de plaisir d'être enfin prononcées. Lorsqu'il se tut, le silence reprit ses droits, et certains mots restèrent alors suspendus, tristement seuls, comme autant de guirlandes et de lampions éteints, le lendemain d'une fête du 14 juillet.

Après un temps de réflexion, durant lequel l'on n'entendit plus que le bombinement obstiné des voitures s'impatientant de la rue Saint-Jacques à la rue Monge, Anselme Guilledoux finit par murmurer : « Mon pauvre garçon, vous voilà bien plus atteint que je ne le supposais. Comparés à vous, Werther et Charlotte ne sont que des amateurs, des bricoleurs en contrebande de la passion amoureuse. »

Il farfouilla dans un carton que Théo avait disposé devant lui et, à tâtons, reconnut l'ouvrage qu'il cherchait. Il s'agissait d'une honnête édition du chef-d'œuvre de Goethe, en reliure demi-cuir couleur sang de bœuf, avec titre et décors dorés. Lui tendant le roman par-dessus le plateau, il expliqua : « C'est signé par l'imprimerie Crapelet, une maison honnête. Sa valeur vénale n'intéresse que les bibliophiles et elle n'a d'ailleurs strictement aucune importance au regard de ce que vous avez eu la gentillesse de me raconter. Tenez. Prenez. Il est à vous.

– Je ne peux pas…

– Prenez, c'est un ordre. Un ordre gentil et compatissant, certes. Mais prenez tout de même. Sinon, vous me vexeriez. »

N'osant pas le saisir, pas même du bout des doigts, Théo baissa les yeux et répliqua, borné : « Je ne peux pas. Ce genre de livres, ce n'est pas pour moi.

– Et pourquoi donc ?

– Parce que ce serait du gâchis. Je ne lis pas les livres, monsieur Guilledoux. Vous le savez.

– Oui. Mais je sais aussi que vous auriez tort de refuser ce modeste présent. Ce serait une offense que vous me feriez à moi, mais aussi et surtout au grand Goethe. Car c'est bien pour vous qu'il l'a écrit. »

Comme Théo fronçait les sourcils, sceptique, Anselme énonça, cette fois sur un ton plus ferme : « Je ne plaisante pas. Jamais avec la littérature, en tout cas. Johann Wolfgang von Goethe a rédigé ces lignes, si ma mémoire est bonne, en 1774 ou 1775, voilà près de deux cent cinquante ans. Il ne vous connaissait pas personnellement, j'en conviens volontiers. Pourtant, je maintiens qu'il l'a écrit pour vous. Prenez-le. Il vous revient de droit.

– Vous êtes sûr ?

– Monsieur Sentiero, vous m'emmerdez à faire votre péronnelle. Si je vous assure que ce livre a été écrit pour vous, c'est parce que c'est la vérité, qu'elle vous plaise ou non. Alors, prenez-le et lisez-le.

– Et si je n'y arrive pas ? Je ne lis que les journaux, moi. Et encore, que les journaux de sport, de temps en temps. »

D'un revers de main définitif, le vieux balaya l'argument. Puis, il gronda : « Ce livre vous appartient. Et ceux qui ne lisent pas, ceux qui n'ont jamais lu, c'est simplement parce qu'ils n'ont jamais eu entre les mains l'ouvrage qui leur convenait. C'est l'histoire de la clé. Je vous l'ai déjà racontée. Et c'est une formidable responsabilité, pour un libraire, que d'ouvrir les portes de la littérature à des gens qui, comme vous, sont encore vierges du frisson romanesque. Alors, embarquez-moi ce foutu bouquin et ne venez plus me casser mes vieilles roubignoles. »

Anselme Guilledoux se rencogna un instant au fond de son trône râpé et décousu avant de se redresser tout à coup. Il farfouilla dans le tiroir du bureau et finit par en tirer un petit paquet recouvert de papier kraft qu'il ajouta aux *Souffrances du jeune Werther.* Dans un nouveau grommellement, il lâcha : « Et débarrassez-moi aussi de ça. Vous l'avez oublié, l'autre jour. Pourtant, il est venu par le train à votre seule intention.

– Qu'est-ce que c'est ?

– *Gioconda.* C'est un auteur grec* qui a ciselé ce petit bijou, voilà déjà plus de quarante ans. Si Goethe vous emmerde – et c'est votre droit –, ce Grec vous touchera à l'âme. Ou pas. De toute façon, ça ne sera plus mon problème, mais bien le vôtre. »

Le reste de la journée s'écoula sans grande discussion, le libraire finissant d'user ses pauvres yeux sur les couvertures des livres, Théo soulevant des cartons et les entassant le long de l'allée menant vers la sortie de la boutique. Était-ce d'avoir confié ses secrets à ce vieil atrabilaire ? Étaient-ce ses muscles qui, prenant le pas sur son cerveau, l'empêchèrent de penser à Flingot, à Cécile et même à l'inconnue ? Toujours était-il que, lorsqu'il enfila sa parka pour retourner chez lui, il se sentit plus en paix. Mieux encore, il fut surpris de constater qu'il commençait à apprécier cette tanière fuligineuse et tout engorgée de livres.

Sur le pas de la porte, sa canne blanche posée contre l'embrasure, Anselme lui serra la main pour lui dire au revoir, mais il la retint longtemps entre ses doigts grêles et déformés par les années. Son regard privé de lumière flottant quelque part devant lui, il demanda : « Et vos jambes ? Vous m'avez parlé de vos émois

* Nìkos Kokàntzis, éditions de l'Aube, 1998.

amoureux et de votre déconvenue conjugale, certes. Mais vos jambes ? Comment se portent-elles ?

– Elles bougent toujours. Et même de plus en plus, surtout la nuit. Mais je fais avec.

– Bien. Et leur faites-vous confiance ?

– Ma foi, oui.

– Alors, tout est bien. Tout est pour le mieux.

– Pourquoi dites-vous ça ? »

Humant avec une joie visible l'air glacé qui engourdissait Paris, le libraire hésita un peu. Puis, il finit par souffler : « Parce que j'ai bien réfléchi à ce problème, durant ces dernières semaines. Et il me semble que j'ai trouvé une solution.

– C'est vrai ?

– Je crois. Mais je préfère vous prévenir tout de suite. Il y a des chances pour qu'elle ne vous plaise pas. Si ce n'est pas déjà fait, vous allez me prendre pour un dément, un sénile irresponsable. Mais sachez bien, par avance, que je me fous de votre opinion et que vous pourrez vous la carrer, de fait, dans le lieu qui vous semblera le plus idoine.

– Ça a le mérite d'être clair. »

Sans desserrer son étreinte sur la main de Théo, le vieux expliqua alors : « Si j'en crois tout ce que vous m'avez dit, vous êtes perdu. Au sens d'être égaré, j'entends. Complètement et totalement perdu. Corps et âme.

– Vous y allez un peu fort, non ?

– Pas même. Vous êtes comme un rat au milieu d'un labyrinthe. Vous êtes tout ce qu'il y a de plus perdu. Et cocu avec ça, même si ça n'est pas de votre faute. Et notez bien que je ne vous le reproche pas.

– Vous êtes trop bon…

– Bref. Afin de résoudre votre problème de jambes et de pieds, vous vous êtes adressé à tout un tas de gens. Des donneurs de leçons, des détaillants de l'inutile et autres pourvoyeurs d'âneries et de tuyaux crevés en tous genres.

– Vous parlez de qui ?

– Mais de tous ceux dont, vous, vous m'avez parlé. Votre généraliste, votre neurologue. Il y a aussi ce pauvre curé de Saint-Sulpice, votre copain Flingot, votre épouse Cécile et j'en oublie certainement. »

Comme Théo, déjà, s'apprêtait à le contredire, le libraire accentua encore la pression sur sa main. Dans la nuit qui naissait à peine, il poursuivit : « Vous êtes perdu. Ou, du moins, vous avez perdu votre chemin, c'est égal. Et aucun de tous ces conseilleurs à bon compte n'a pu vous indiquer la route à suivre. Il ne vous reste donc plus qu'une voie. Une seule et unique voie. Elle va vous sembler absurde, je le sais. D'ailleurs, j'ai bien tenté de vous en parler un peu, sur le banc du Jardin des Plantes. Mais vous n'avez rien voulu entendre.

– Vous voulez dire…

– Oui. C'est très exactement ce que je veux dire. Si votre cervelle est incapable de vous indiquer la direction à prendre, alors changez de point de vue. Faites donc un peu confiance à vos pieds. Puisqu'ils bougent tout seuls, ils vous conduiront bien quelque part, non ? Et si votre bonheur implique votre inconnue, vos pieds vous conduiront jusqu'à elle. Peut-être pas dans l'immédiat, c'est une possibilité qu'il ne faut pas écarter. Mais ils sauront la retrouver.

– Vous plaisantez ?

– Pas le moins du monde. D'ailleurs, par trois fois déjà, ils vous ont fait croiser sa route. Sur le pont Neuf, devant la terrasse du Gay-Lussac et sur l'île de la Cité. Alors, suivez-les. Suivez-les, jeune homme. Et faites-le aveuglément ! Cela paraît absurde, je sais. Mais suivez-les… »

Avant de replonger dans l'étroit goulot de sa tanière, Anselme Guilledoux ajouta, en adressant un sourire au vent mauvais qui s'était levé : « Un jour, je vous dirai Socrate. C'était un vieux fou de Grec, un philosophe. Encore un que des imbéciles ont condamné pour avoir raisonné par trop différemment des autres. En substance, ce grand penseur, qui n'a d'ailleurs jamais rien écrit, disait que le chemin qui va de soi à soi fait le tour de la terre. Suivez vos pieds, mon jeune ami. Suivez-les, car ils en savent certainement sur le sujet de la destinée bien plus que vous et moi réunis. Ne tardez plus à prendre la route… »

*

De toute évidence, ce soir-là, les jambes et les pieds de Théo éprouvèrent un malin plaisir à n'en faire qu'à leur tête. Comme libérés par le conseil d'Anselme Guilledoux, ils empruntèrent la rue Dante puis la rue Saint-Jacques, et poursuivirent à un bon train par celle de la Parcheminerie. Après être redescendus vers la Seine, ils décidèrent de s'accorder une halte face au mur pignon de la fontaine Saint-Michel. L'esprit ailleurs, Théo y grilla une cigarette. Lorsqu'il fut fatigué d'entendre les exclamations des badauds qui se pâmaient devant les quatre statues de bronze symbolisant les quatre vertus cardinales, il s'éloigna. En premier lieu parce qu'il ignorait quelles pouvaient bien être ces quatre mystérieuses vertus. Ensuite, parce que la posture de saint Michel qui, depuis plus d'un siècle et demi, s'acharnait comme un beau diable à terrasser le dragon, le portait à la nausée. Rue Saint-André-des-Arts, enfin, la foule se fit moins dense. Et il s'en fallut d'un rien qu'il ne prît un verre, sur le pouce, à la Table des Arts – un troquet qu'il avait connu dans le temps et qu'un certain Virgile maintenait à flot, en capitaine courage. Mais le bistro avait fini par sombrer corps et biens, remplacé lui aussi par une boutique sans âme où l'on pouvait toujours s'abreuver, certes, mais où le café, désormais, possédait le goût neutre de la modernité clinquante. Théo haussa donc les épaules et continua son errance pensive.

Écouter ses pieds ? Se laisser entraîner là où bon leur semblait ? Cela ne résoudrait certainement pas son problème avec Cécile. Mais si son 44 fillette pouvait l'emmener jusqu'à l'inconnue, alors…

À force d'enfiler les rues et les ruelles, les traverses et les venelles, Théophraste Sentiero finit par se retrouver, sans même savoir comment, sur le parvis de l'église Saint-Sulpice. Dans la vasque surmontée par des statues sévères, un voile d'eau s'écoulait, fouetté par le vent qui avait forci. Parfois, une mèche liquide s'envolait et venait tatouer les sols pavés d'une flaque qui, dans la nuit, gèlerait sûrement. Les oreilles encore bourdonnantes du discours du vieux libraire, Théo s'octroya une autre pause sur l'une des margelles de pierre. De loin en loin, quelques passants croisaient en solitaire, le pas rapide, le visage enfoui dans des écharpes ou des capuches. Le froid de gueux qui étreignait Paris les rendait maussades et ils ne faisaient que filer, furtifs, en ombres fugaces et pressées.

À l'instant où il sortait une nouvelle cigarette, un briquet surgi de nulle part présenta sa flamme orangée. Dans le même mouvement, il entendit une voix familière, parigote et canaille, qui lui lança : « Toujours pas envie de rentrer au bercail, m'sieur Théo ? »

Après avoir aspiré une longue bouffée, il répondit : « Et vous, madame Gisèle ? Vous vous préparez à aller dîner peut-être ?

– Je vais d'abord pleurer le mort, petit mécréant. C'est seulement après que je pense à becqueter. Mais c'est pas l'heure encore. Ça va pas tarder, mais c'est pas l'heure. Tu permets que je passe un moment avec toi ? »

Dans son immense manteau en fausse fourrure anthracite, sa croix dorée bien visible sur sa poitrine et juchée sur ses talons hauts sans lesquels elle ne sortait jamais, Gisèle en imposait. Elle tenait tout à la fois de la Grande Faucheuse et de la Camarde, version rive gauche, de la bourgeoise déchue et de la comtesse égarée dans un monde qui n'était plus le sien. Après un sourire qui fit luire de manière inquiétante ses fausses dents et ses derniers vieux chicots déchaussés, elle alluma sa propre cigarette. Elle demeura silencieuse quelques instants. Dans leur dos, le flot ininterrompu de la fontaine jouait sa partition entêtante, rythmée par les bourrasques. Rue Bonaparte et Saint-Sulpice, dans leurs voitures surchauffées, les Parisiens rentraient chez eux, roulant au pas, résignés à perdre leur vie dans les embouteillages. Ils n'accordaient même pas la charité d'un regard à ces deux silhouettes qui se fondaient dans la nuit électrique, trop occupés à accomplir, jour après jour, le même chemin dénué de surprises.

Par petites phrases, pour le simple plaisir de parler, Théo et la grande Gisèle évoquèrent le froid, les jours qui finiraient par rallonger, le printemps qui pointerait son nez, un de ces quatre. Ils se dirent des nouvelles du Gay-Lu, des piliers du comptoir qui devraient bientôt changer de crèmerie. De madame Jouve, aussi, qui devait fricoter avec le chef d'équipe des déménageurs. Mais quoi ? Il n'y avait pas de mal à se faire du bien.

Sans savoir comment, ni pourquoi, Théo lui parla de l'Anglaise. Madame Gisèle, qui avait en horreur tout ce qui de près ou de loin pouvait ressembler à la nature, jardins publics compris, ne la connaissait pas. Du moins, pas sous ce nom. Lorsqu'il évoqua sa tignasse blanche et blonde, ses tenues colorées, la peinture et le patronyme de la vieille barbouilleuse, la grande bringue se mit soudain à rayonner dans l'obscurité. Si elle savait de qui il parlait ? Mais évidemment ! Et pas qu'un peu, encore !

Ravie de pouvoir prendre la discussion à son compte, elle expliqua : « La Chassepot ? Je la connais comme si je l'avais faite ! Tu parles ! C'est une guenon comme on n'en fait plus, tu peux me croire. Ça m'étonne qu'à moitié qu'elle peinturlure du côté du Luxembourg. Elle a toujours eu un petit côté snob, du genre à se nipper comme un carnaval et à parler comme un livre. Aujourd'hui, elle doit être un peu tapée, c'est vrai. Mais si tu l'avais connue, dans ses grandes heures…

– Elle était belle ?

– Belle ? Non. Mais elle avait du chien. De la gueule. Avec un dargeot de première, une véritable médaille d'or pour concours agricole. Et toujours de bonne humeur, avec ça. Jamais un pet de travers, toujours partante pour faire la noce. En plus, c'était une gagneuse de première, tu peux pas imaginer. J'ai même vu des barbeaux se la disputer, aux cartes ou aux dés. Mais rien à faire, elle supportait pas l'autorité. Elle avait reçu de l'éducation chez les sœurs, ceci doit expliquer cela. En tout cas, on peut dire qu'elle a fait de la route et qu'elle en a déroulé, du câble. »

Comme rien, ni l'un ni l'autre, ne les pressait, Gisèle raconta. Par sa voix, grasse de nicotine, elle le fit voyager plus de soixante ans en arrière, mais il n'y eut, dans ses propos, pas une once de nostalgie. Elle lui apprit que celle qu'il appelait l'Anglaise avait fait le tour du monde en faisant le tour des hommes. La vie les avait toutes deux réunies, au hasard de leurs errances, et séparées au gré de leurs amants. Elles avaient même vécu ensemble quelques semaines, pas plus.

« C'était en Guyane, dans un trou qu'on appelait Maripasoula. C'était en pleine forêt vierge et il y avait juste le fleuve Maroni à traverser pour aller turbiner de l'autre côté, au Surinam, dans un campement connu sous le nom de New Albina ou quelque chose du genre. C'était un repaire de Chinois pas francs du collier, de chercheurs d'or brésiliens chargés comme des porte-avions. Et d'Indiens, aussi, qui ne foutaient rien, la plupart du temps. Rien, à part boire et regarder le fleuve passer. Nous, on faisait la nuit et on rentrait. On était les reines. Quand j'y pense, je me dis qu'on a peut-être été bêtes de partir. C'était à la fois le paradis et l'enfer, remarque. Mais, à la fin, t'avais du mal à faire la différence entre le diable et le bon Dieu. Le premier était souvent blond, l'autre avait la peau chocolat et des yeux verts de serpent à la pleine lune. »

La grande Gisèle avait quitté Maripasoula pour Cayenne. De là, direction l'Afrique noire, puis le Vietnam. Pour l'Anglaise, ç'avait été le désert tunisien. D'une voix rendue encore plus grave par le plaisir d'évoquer des temps qui avaient été heureux, l'ancienne putain expliqua : « C'est là que ça l'a prise, la Chassepot. On m'a raconté que quelque chose s'était cassé en elle. Je sais pas vraiment pourquoi. Avant, il fallait pas lui en promettre. Elle te descendait son quart de gnôle, tous les matins. Avec ça, elle avait les niveaux jusqu'au soir. Fumée comme un saumon, mais digne comme la reine d'Angleterre. Puis, un beau matin, il paraît que c'est la folie du désert qui l'a prise. Elle a abandonné le tapin. Comme ça, du jour au lendemain. Et j'ai jamais plus eu de nouvelle. Sauf une fois, au métro Blanche. C'était comme si c'était hier et, pourtant, ça doit bien faire dans les trente ans, cette histoire. Moi, je connaissais pas encore la dèche, mais je sentais bien que ça allait venir. La carrosserie suivait plus. On peut pas être et avoir été pute, comme dit le proverbe. Bref. On s'est à peine parlé. On s'est fait une fine à l'eau, quand même. Elle a posé sur la table ses déserts, ses oasis, ses chameaux. Et sa rose des sables, aussi. Elle en avait plein la bouche de cette rose des sables. Et moi, pauvre de moi, je savais pas ce que c'était. Le sable, oui. Les roses, aussi. Mais les roses des sables, c'est pas des fleurs qui poussent du côté de Clichy. Et elle, elle parlait que de ça, la pauvre frappée. Elle avait viré timbrée, quoi.

– Vous la croyez dingue ? »

Avec élégance, la grande Gisèle écrasa sous la semelle de l'un de ses escarpins son mégot, tété jusqu'au filtre. Puis, tout en s'aspergeant le cou et la poitrine avec son parfum déclassé, elle s'excusa, en bonne fille : « J'aurais pas dû dire ça. D'ailleurs, on devrait toujours y réfléchir à deux fois avant de traiter les gens de folingues. À chacun ses rêves. Si les siens, c'est les roses des sables, grand bien lui fasse… »

D'un geste las, elle ouvrit son sac et en tira un bâton de rouge qu'elle décalotta et fit miroiter dans la lueur d'un lampadaire. Avec application, elle rectifia son maquillage et fit coulisser à plusieurs reprises ses lèvres l'une sur l'autre. Avant de se relever, elle marmonna encore : « Cinglé ou pas, le tout, c'est de réussir sa vie. Ou disons plutôt, de pas trop la foutre en l'air. Elle et moi, on a fait ce qu'on a pu. Mais je crois qu'on l'a ni manquée ni réussie. On l'a vécue, et c'est déjà pas mal. Puis, dans ce genre de situations, y a pas d'obligation de résultat. Sauf un, peut-être. Oui. Si on veut être honnête, on n'a en fait qu'une obligation, dans cette chienne de vie.

– Laquelle ?

– Celle de pas trop emmerder les autres. Ça a l'air de rien sur le papier. Mais c'est plus facile à dire qu'à faire. Tous ces bobos, ces demi-sel à la gomme qui veulent faire le bonheur de l'humanité, ils me font grincer le châssis. Qu'ils commencent déjà par foutre la paix au pauvre monde, et ce sera un bon début.

– Et l'Anglaise ? Enfin, Françoise Chassepot ? Vous allez la revoir, maintenant que vous savez où la trouver ? »

Mains sur les hanches, la grande Gisèle se fendit d'un nouveau sourire sans entrain. Puis, elle laissa tomber : « Au Luxembourg ? Et pour y faire quoi ?

– Je ne sais pas. Parler ?

– Parler de quoi ? Du passé qu'est parti et qui reviendra pas ? T'es pas étanche, m'sieur Théo ? Tu nous vois, toutes les deux ? À trois jours de glisser dans le trou, tu nous imagines à radoter, elle avec ses roses des sables et moi avec mon train-train de vieille racoleuse de la place Blanche ? On aurait l'air fin ! Vieillir, on y peut rien. Mais, si on peut éviter le pathétique, c'est pas plus mal.

– Et parler de vos voyages ?

– Surtout pas, malheureux ! Chacune de son côté, on a beaucoup baroudé, c'est vrai. Mais on a jamais les mêmes souvenirs des choses, même si on les a vécues ensemble.

– Pourquoi ?

– Un souvenir, ça tient pas au temps. Ça se transforme, avec les années. Ça raconte pas toujours la réalité. Mes souvenirs à moi, je les ai faits à ma main. C'est tout ce qu'il me reste. Et c'est pour ça que je vais éviter comme la peste d'aller traîner mes os du côté du Luxembourg. Pour que la Chassepot vienne pas me dire que je me trompe sur le passé. Elle a le sien. J'ai le mien. Et le monde tourne rond. »

Après avoir relevé son col de fourrure et enfoui ses mains dans ses poches, elle ajouta : « Pour l'instant, je vais aller au plus pressé. J'ai faim et il y a un buffet qui m'attend, du côté de la rue Madame.

Une fois rendus mes hommages les plus sincères au macchabée, je compte bien m'en fourrer plein la lampe. »

Dans la nuit grelottante, la grande Gisèle commença à s'éloigner. Sans se retourner, elle conclut : « À bientôt, m'sieur Théo. Et n'oublie pas l'essentiel. L'essentiel, c'est d'aimer. Aimer et voyager. Y a que ça pour se faire des souvenirs. Le reste… »

## ✱ TREIZE

Deux mois s'étaient écoulés lorsque le printemps, tel un jeune chien trop longtemps tenu en laisse, déboula sans prévenir. Pour Théophraste Sentiero, ce fut comme si une main divine sonnait le départ de sa nouvelle existence. Un coup de sabre trancha, bien net et bien précis, dans les amarres qui le retenaient au port. Cette année-là, le regain fut en avance sur toutes les prévisions. Il apparut, un beau matin, chargé de vert et de jaune, fleurant fort l'herbe fraîche coupée. Sous les rubans d'asphalte noir, la terre se mit à grésiller et à se tordre, à gémir de plaisir et d'impatience. Au-dessus des toits, les nuées glacées se disloquèrent enfin. La pluie cessa, le sang remonta sur les visages pâles et engrisonnés par l'hiver. Les premiers passereaux, par petites troupes espiègles, prirent le chemin du retour. Ils ne fondirent pas sur Paris, ne surgirent pas en nuages de murmuration comme au temps des grandes migrations. Au contraire. Par touches discrètes et sifflotantes, ils reprirent possession des arbres, des gouttières, des rebords de fenêtres et des statues trop longtemps colonisées par les pigeons pataudes. Dans les rues, les gens ne se mirent pas à échanger des sourires. Il y avait des limites aux miracles. Mais ils grimacèrent avec moins d'amertume dans le coin des lèvres et les femmes, ravies, redécouvrirent qu'elles possédaient un corps. Le printemps était de retour et, dans la tête de Théo, la musique des *Manine** virevolta de nouveau, légère, épicée et fraîche comme un vin blanc tiré à même la cuve.

Appliquant à la lettre le conseil d'Anselme Guilledoux, Théophraste Sentiero avait laissé la plus grande liberté à ses pieds. Dès le matin, avec les premiers rayons, ses jambes l'emmenaient d'un pas alerte jusqu'aux Bonheurs d'Antioche. Là, après un café et le temps d'une cigarette pour l'un et d'une pipe pour l'autre, les deux hommes se mettaient au travail. Avec toujours autant de méthode et d'application, le libraire poursuivait le tri de ses ouvrages et Théo assurait le remplissage et la manutention des cartons. Les jours passant, hélas, les yeux d'Anselme poursuivirent leur plongée inexorable dans l'obscurité. Bientôt, la loupe lumineuse ne lui fut plus d'un grand secours et ce fut son commis qui dut lire pour le vieil homme les pages de couverture ainsi que les indications de dates de parution, sans oublier celles ayant trait aux maisons d'édition. Par coquetterie, ou peut-être seulement pour dissimuler aux autres ces yeux devenus inutiles, Anselme prit l'habitude de chausser des lunettes aux verres fumés. Rondes, cerclées de fer, elles lui conféraient, au choix, de faux airs d'un John Lennon chenu ou d'un vieux Chinois mystérieux, à l'image de ceux qui apparaissaient, parfois, dans les aventures de Tintin. Sa mauvaise humeur, quant à elle, ne baissa pas pavillon. Sans avoir toujours besoin d'une raison précise pour éclater, celle-ci surgissait soudain, le faisait cingler, tempêter et vociférer. Puis, sans que l'on pût dire pourquoi, elle retournait s'enfouir dans le crâne du boutiquier. Sur l'instant, celui-ci redevenait alors l'être le plus délicat et bonhomme qu'il était possible d'imaginer.

* Musique du film *Amarcord*, Federico Fellini, 1973.

Théo avait fini par s'habituer à ces coups de grisou qui frappaient sans prévenir dans le silence et faisaient trembler jusqu'aux poutres noircies au brou de noix des plafonds. Ainsi, ce jour où, bien malgré lui, il avait ânonné le dernier mot d'un titre d'ouvrage traitant de religion et de spiritualité. Sous les taches de moisissure noires et violettes, il avait déchiffré de son mieux : « *Vie de saint Antoine le Grand, patri… patria…*

– Patriarche.

– C'est ça : *Vie de saint Antoine le Grand, patriarche des céno…* des cénobites ? »

Le rire, à son corps défendant, était monté dans sa gorge, et le libraire, subitement ulcéré, s'était exclamé : « Qu'est-ce qui vous prend ? Pourquoi riez-vous ?

– Je ne ris pas !

– Si. Je vous ai déjà dit que j'étais aveugle et pas sourd, non ? Alors ? »

Luttant de son mieux contre cette hilarité qui lui saisissait le ventre, Théo articula de son mieux : « C'est vrai que c'est un mot qui n'est pas banal : cénobite. Et son auteur, en plus…

– Quoi, son auteur ?

– Il s'appelle Verge ! »

Aussitôt, la main d'un Anselme exaspéré s'abattit sur le plateau du bureau, faisant tanguer sur leur base les tours de Pise qui y étaient disposées. Les lèvres secouées par de petits tics d'indignation, il s'emporta : « Verger, pas Verge ! Triple buse ! Espèce de sybarite de l'ignorance ! Imbécile heureux ! C'est *La Vie de saint Antoine le Grand, patriarche des cénobites* ! Par l'abbé Verger ! 1890 ! Vous êtes un pornocrate doublé d'un érotomane aux petits pieds, laissez-moi vous le dire ! »

Tout en s'esclaffant, Théo tenta de s'excuser : « Ne vous fâchez pas, allez ! Avec les moisissures, votre abbé a perdu son R. Je fais ce que je peux, moi !

– Et vous ne pouvez que peu, comme d'habitude ! Savez-vous seulement ce que c'est qu'un cénobite ?

– Je n'en ai pas la moindre idée.

– Le contraire m'aurait étonné.

– Et laissez-moi vous dire aussi que je m'en fous.

– C'est faux.

– Comment ça, c'est faux ? Je sais quand même ce qui m'intéresse et ce qui ne m'intéresse pas ! Votre cénobite, ça peut bien être ce que ça veut. J'ai vécu jusqu'ici sans savoir ce que c'était et je crois que je vais pouvoir continuer.

– Vous ne savez rien et vous parlez à tort et à travers, comme toujours. Mais je vais vous expliquer ce qu'est un cénobite, petit aliboron infatué. C'est un moine qui s'est retiré du monde. Un peu comme moi, à la différence près que je ne place pas tous mes espoirs de salut dans un dieu, mais bien dans le Verbe et ses secrets inépuisables. »

D'une voix plus feutrée, Anselme Guilledoux raconta alors non pas toute son existence – car celle-ci avait été tumultueuse et se perdait dans des tours et des détours infinis –, mais bien les raisons pour lesquelles, un jour, il avait décidé d'ouvrir les Bonheurs d'Antioche.

« Je l'ai fait, expliqua-t-il, pour vivre avec les mots. Les mots, et non les histoires. Qu'importe que cela vous semble bizarre, pour ne pas dire douteux. Tel fut mon choix, et je le fis en pleine conscience.

– Les histoires ne vous intéressent pas ?

– Après une existence passée à les parcourir, je peux affirmer qu'elles se ressemblent toutes. Prenez *Roméo et Juliette* de

Shakespeare d'un côté, *Titanic** de l'autre. Les histoires sont identiques. À quelques détails et un naufrage près, je vous l'accorde. Mais ce sont les mêmes ressorts, et personne de sensé ne devrait se lancer dans l'écriture d'un roman sans être conscient de cela : toutes les histoires ont déjà été racontées. Elles n'ont donc qu'un intérêt mineur et se résument le plus souvent à des prétextes. Les mots, en revanche… »

Comme Théo s'asseyait sur un carton pour l'écouter, le vieux libraire, en alchimiste s'apprêtant à révéler le secret de la pierre philosophale, confia : « Les mots, mon jeune ami, c'est là que réside le pouvoir véritable. D'ailleurs, Dieu lui-même ne s'y est pas trompé. La première phrase de la Bible dit, en effet, ceci : "Au commencement était le Verbe." Est-ce que vous percevez bien tout le poids de cette assertion ? "Au commencement était le Verbe…"

– Peut-être. Oui… Je crois que je comprends.

– Non. Vous répondez ceci pour me faire plaisir. Cela signifie que le mot, le Verbe, est préexistant à toute chose. Il est l'alpha et l'oméga. Sans lui, rien ne se crée. Et celui qui le maîtrise détient la puissance absolue, une force auprès de laquelle mille armées ne sont rien. »

À la façon dont Théo se tortilla sur son carton, Anselme comprit qu'il lui faudrait avancer d'autres arguments. Aussi, il insista : « Vous me dites que vous vous moquez de ce que peut être ou ne pas être un cénobite. Je vous crois aisément. Mais sachez que vous faites avec ce cénobite ce que vous faites avec des kyrielles d'autres mots. Vous ne les possédez pas. Ou alors, lorsque vous les croyez en votre pouvoir, ça n'est hélas que de façon approximative. Et vous ne cherchez pas même à savoir ce qu'ils recouvrent. Vous vous satisfaites de l'à-peu-près. Tant que votre langage vous permet

* Film de James Cameron, 1997.

d'acheter le pain ou de commander à vos enfants, vous vous estimez quitte vis-à-vis de lui. Vous n'approfondissez jamais la chose. Et c'est une erreur. Une erreur que je qualifierais même de funeste.

– Ma foi… Je ne m'en suis pas si mal sorti, jusqu'ici. Pourquoi j'approfondirais ?

– Mais pour être plus fort, que diantre ! Si le dictionnaire dispose de tant de mots, de tant de nuances, c'est parce que c'est dans le détail que se cache le diable. Il s'y niche et s'y repaît avec extase ! Savoir désigner une chose ou exprimer un sentiment, c'est tenir le monde entier entre ses mains. Maîtrisez le langage et vous maîtriserez le monde ! Pataugez dans l'à-peu-près, et vous n'avancerez pas d'un pouce. Regardez votre généraliste ou votre neurologue.

– Quel rapport ?

– Lorsque vous êtes allé les voir, ils vous ont submergé, enseveli sous un jargon dont vous n'avez pas compris la première lettre. Et c'est parce que vous étiez ignorant que vous avez accepté leurs discours sans rechigner ni réclamer. Vous êtes allé les consulter avec la même innocence qu'un veau se rendant à l'abattoir. Il en va de même avec la majorité des politiciens qui, eux, ont saisi depuis longtemps l'impérieuse nécessité de savoir parler afin de mieux mentir. Laissez-vous déposséder des mots et vous ne serez, au final, qu'un ignare à qui l'on pourra faire prendre des vessies pour des lanternes. Si vous en doutez, imaginez-vous au fin fond de la Russie ou de la Thaïlande. Si vous ne parlez ni le russe, ni le thaï, vous ne ferez qu'admirer l'écume sans jamais connaître les secrets qui pullulent au fond des fosses marines. »

Ne sachant que dire, Théo baissa la tête et observa ses pieds qui, dans la poussière, se tenaient étonnamment sages. Fine mouche, le vieux questionna : « Vous ne voulez pas maîtriser le monde ?

– J'en ferais quoi ?

– C'est vrai… Et oser parler à votre inconnue ? »

Anselme tendit alors devant lui ses longues mains déformées par les nodosités. Puis, avec une grimace semblable à celle du Faust incarné par Michel Simon*, il martela, saisi par une fièvre renouvelée : « Si vous savez trouver les mots, les mots justes, ceux qui savent toucher au cœur, vous séduirez votre inconnue lorsque le moment sera venu de lui parler. Choisissez avec intelligence les bons vocables, traduisez en termes bien sentis toutes les finesses de vos sentiments, et vous verrez. Votre inconnue ne vous considèrera plus comme un prétendant semblable à tous les autres, à tous ceux qui vous ont précédé. Pour elle, et par l'unique magie de vos mots, vous deviendrez une possibilité d'amour, une porte d'entrée conduisant vers une grande histoire.

– Vous croyez ?

– Non. J'en suis certain. Car, voyez-vous, mon jeune ami, c'est bien là tout le grand drame de notre siècle. Nous ne savons plus parler. Et, si nous n'en sommes plus capables, c'est parce que nous abandonnons notre langage pour nous contenter de la facilité. En bons moutons de Panurge gros et gras, bêlants et soumis, nous acceptons notre sort et disons oui à tout. Nous parlons en acronymes, en anglais de basse extraction, en phrases toutes faites qui, à force d'avoir été utilisées à tort et à travers, ne signifient plus rien. Ce faisant, hélas, nous ne savons plus parler d'amour.

– Donc, si je parle mieux, vous dites que mon inconnue sera…

– Évidemment ! Cela ne fait aucun doute ! »

Tout en tapant dans ses mains à plusieurs reprises, Anselme jubila : « Elle ne pourra pas vous résister. Songez à Cyrano ! Si Roxane tombe amoureuse de Christian, c'est parce qu'elle croit que c'est lui qui, sous sa fenêtre, lui parle. Mais l'auteur de ces

* *La Beauté du diable*, film de René Clair, 1950.

déclarations enflammées est bien Cyrano. C'est lui qui trousse les phrases et les fait fleurir à la façon de bouquets d'oiseaux de paradis ! C'est sa musique, à lui, qui embrase son cœur, à elle, tout assoiffé d'amour !

– Si vous le dites… Mais comment je dois m'y prendre ? Je ne vais pas pouvoir lire tous vos livres avant de lui parler.

– Vous êtes indécrottable, monsieur Sentiero !

– Je fais ce que je peux pourtant…

– Si vous voulez acheter une femme, ce n'est pas moi qu'il faut venir voir. Faites plutôt fortune et allez la trouver avec, pour tout discours, une carte bancaire et des liasses de billets. Si c'est une Ninon, une péronnelle, une pécore ou une simple mijaurée que vous entendez séduire, alors oui, cela fera l'affaire !

– Mais je…

– En revanche, si vous désirez être aimé, si votre inconnue relève tout à la fois d'une Antigone, d'une Carmen, d'une Emma Bovary ou d'une angélique Eugénie Grandet, votre musique devra être bien différente et passer par les mots. Vous devrez progresser dans l'acquisition de ces locutions, de ces petits farfadets, ces gobelins lubriques, ces lutins multicolores et, bien souvent, imprévisibles. »

Pendant que le libraire pouffait à l'énoncé de ses propres images, Théo le questionna à son tour : « Mais vous ? Puisque vous connaissez tant de mots, vous n'avez jamais eu envie d'écrire tout ça, dans des livres ? »

Coupé net dans sa jubilation, Anselme se figea sur son fauteuil et réfléchit un instant, avant de répliquer : « Écrire ? Certes. Mais pourquoi ? Ou pour qui ? Peut-être que je n'ai jamais eu d'inconnue à séduire, moi.

– Et celle dont vous m'avez parlé ?

– Elle ? Oui, j'y ai cru. Au début tout du moins. Elle possédait, de prime abord, toutes les qualités et tous les attributs pour être mon inconnue. Nous avons même fait un bout de chemin ensemble. C'était une jeune femme étonnante, différente de toutes les autres. Figurez-vous que, une nuit, elle m'a montré comment l'on pouvait passer d'un gratte-ciel à un autre, en marchant sur un fil.

– C'était où ? À New York ?

– À Maubeuge. Dans la salle de bains d'un hôtel assez miteux, je dois l'avouer. Sur le rebord de la baignoire. Mais ça n'est pas le sujet de notre conversation. Où en étions-nous ?

– Je vous demandais si vous aviez écrit.

– Ah oui… »

Le vieil homme, alors, se rencogna dans son assise. Pour la première fois, une pointe de nostalgie affleura sur son visage. Sa voix se fit murmure et il finit par confier : « J'ai écrit pour elle. Mal, sans doute. Mais j'ai écrit.

– Et ça n'a pas marché ?

– C'est plus compliqué que cela. Disons que j'ai écrit, mais qu'elle n'a pas su, ou qu'elle n'a pas voulu me lire. Avec les femmes, allez comprendre. Comme disait en substance Jules Muraire*, le plus grand acteur de tous les temps**, les femmes sont des animaux très compliqués. Elles sont pires que les montres suisses. Et la mienne, il faut croire qu'elle était valaisanne. »

Avant de reprendre leurs tâches respectives, les deux hommes s'accordèrent la douceur d'un café. Tandis que Théo le préparait dans le réduit qui faisait office de cabinet de toilette et de cuisine, il

* Raimu (1883-1946).
** Orson Welles.

entendit le libraire qui renouait le fil de la conversation, d'une voix tout à la fois empreinte de fatalisme et de bonne humeur : « S'il faut être tout à fait honnête avec vous, j'ai même ressenti l'orgueil insensé de vouloir faire publier tout ce fatras. J'ai voulu emprisonner mes rêves d'amour dans des pages et encore des pages, jusqu'à l'écœurement. Mais j'ai dû mal rêver ou rêver à côté. Personne n'en a voulu. C'est là que j'ai compris que je serais plus utile en ouvrant les Bonheurs d'Antioche. Vendre les rêves des autres, ça, je sais le faire. »

Depuis son cagibi, Théo lança : « Et pour parler comme vous parlez ? Vous avez dû lire tous ces livres ? »

Anselme ne répondit pas. Quant à Théo, il se garda bien de reposer la question. Le vieux l'aurait sans doute enseveli sous de nouvelles couches de sybarite, d'aliboron, de cénobite, de roussin d'Arcadie ou de Dieu seul pouvait encore savoir quoi. En réalité, celui-ci ne jugea pas nécessaire d'expliquer à son commis que les livres, lus ou non, transmettaient tout de même leur énergie pour peu qu'ils fussent, jour après jour, présents à vos côtés.

*

Ainsi donc se déroulait la nouvelle existence de Théophraste Sentiero. Le matin, il rejoignait Anselme Guilledoux et l'aidait à classer les milliers d'ouvrages qui constituaient le fonds de la librairie. Au début, il s'était imaginé qu'il ne serait question que de deux ou trois semaines, tout au plus. Au fil des jours, les étagères se vidaient et laissaient apparaître un plâtre scrofuleux, cloqué d'humidité et de salpêtre. Les cartons, eux, étaient refermés avec de larges bandes de ruban adhésif, puis disparaissaient dans les escaliers, où ils s'entassaient jusqu'au soir. Alors, dans l'heure creuse du début de la nuit, les brocs des marchés, ouverts ou fermés, venaient faire leur choix. Taiseux, la prunelle toujours soupçonneuse, ils s'exprimaient d'un geste et possédaient le droit de vie ou de mort sur chacun de ces lots.

Un matin, après avoir marché d'un bon pas pour se rendre à la librairie, Théo commença à nourrir des doutes sur le temps que prendrait tout ce chambardement. La veille encore, il ne restait plus que quelques rayonnages à débarrasser. Sa mission touchait à sa fin et, déjà, il pensait à l'emploi qu'il occuperait par la suite. Non que cela l'inquiétât outre mesure. Mais il devait aujourd'hui s'avouer qu'il se sentait bien, aux Bonheurs d'Antioche. Il y était chez lui. Et il s'y sentait utile. Lorsqu'il poussa la porte vitrée, il marqua un temps d'arrêt. Sur le carrelage de la boutique, d'autres cartons liés par des ficelles – mais aussi des malles et des cantines de fer – occupaient l'espace vidé la veille. Avec des explications confuses, Anselme lui révéla que la plus grande partie de ses livres dormait toujours dans ses caves et que, moyennant quelques billets, il les ferait désormais remonter au rez-de-chaussée, dès potron-minet, grâce à l'intervention d'un gaillard qui habitait au troisième. Il débita encore quelques phrases qui parlaient d'un satané rocher de Sisyphe et de foutus tonneaux des Danaïdes, autant de radotages auxquels Théo n'entendit rien. Tout ce qui avait été fait ne serait plus à faire, certes. Mais le chantier, chaque jour réalimenté, semblait ne jamais devoir connaître de fin. Au lieu de l'angoisser, cette perspective ravit le commis. Tant qu'il trouverait de la besogne à accomplir, il échapperait aux doutes et à l'ennui dans lesquels il se confisait, rue de l'Estrapade. Au côté du vieil aveugle, il respirait. Puis, celui-ci était la seule personne avec qui il partageait le secret de son inconnue.

À midi ou à treize heures, selon le bon vouloir du libraire, les deux hommes avalaient un morceau sur le pouce. Une fois les estomacs rassasiés dans le silence, ils allumaient pipe et cigarette. Alors, avec des mots choisis, le propriétaire des lieux lui parlait des livres, de ses livres. Non pas de ceux qu'il avait écrits – car ceux-ci n'avaient jamais existé que dans son esprit. En revanche, il était intarissable sur les romans dont il affirmait, de l'air le plus sérieux du monde, qu'ils avaient tatoué son âme. Il discourait à leur sujet comme il l'aurait fait d'une personne chère. Emporté par sa passion, il lui arrivait même de s'adresser à leurs auteurs de la même façon que s'ils avaient été là, dans cette pièce oblongue qui sentait fort le tabac et la poussière humide : « Mon jeune ami, maintenant que vous savez que les histoires ne sont, sauf à de rares exceptions, que secondaires, pouvez-vous me dire pourquoi, même des siècles après qu'ils aient été imaginés et écrits, nous continuons à lire, à dévorer, à nous gorger de ces romans, de ces poèmes ou de ces pièces de théâtre ? Ne répondez pas. Ne répondez pas, car vous n'en savez rien. Mais moi, je vais vous le dire. Si nous lisons, aujourd'hui encore, ce cher *Candide*, ça n'est pas pour savoir s'il va trouver le bonheur entre les bras de Cunégonde, fille du baron de Thunder-ten-tronckh. Nous nous en moquons comme d'une guigne. Et nous avons bien raison. En revanche, si nous suivons, trois siècles plus tard, les pérégrinations de maître Pangloss, de la vieille à qui il manque la moitié d'un cul ou de Cacambo, c'est tout simplement parce que la musique de ce conte nous séduit et que nous entrons en résonance avec elle. Elle nous parle à l'âme. C'est cela que nous recherchons, dans les grands livres. Ça n'est ni l'intelligence ni le savoir tout encyclopédique de Voltaire qui nous importe. C'est sa petite musique à lui, celle qui ne ressemble à aucune autre. En lisant ce livre, d'une certaine manière, nous nous sentons moins seuls. Et, partant, moins inutiles à nous-mêmes comme au reste de l'humanité. Voilà pourquoi la lecture est un délice irremplaçable. C'est parce que la mélodie de l'écrivain – que celle-ci soit teintée d'humour, de désespoir, de révolte ou d'amour, peu importe en vérité – nous emporte avec elle. Elle nous murmure à l'oreille que d'autres ont, avant nous, joui et souffert. Qu'ils ont déjà éprouvé les doutes qui nous saisissent ou nous transcendent. Et il est donc naturel, pour moi, de dialoguer ici même avec Jean Giono ou Boris Vian, Virginia Woolf, Richard Brautigan ou Chester Himes… »

Les premiers temps, les envolées d'Anselme avaient eu pour effet d'inquiéter Théo. Puis, il s'était fait au bonhomme, tout comme les pieds se font aux chaussures de cuir d'abord trop étroites. Ainsi, après chaque déjeuner, il en était venu à attendre avec impatience les identités de celles et ceux avec qui il allait partager sa digestion. Jour après jour, aux vieilles lèvres d'Anselme, fleurissaient en colliers des patronymes qui lui étaient inconnus mais dont il découvrait les existences, souvent échevelées et baroques, avec enthousiasme : Diderot, T'Serstevens, Olympe de Gouges, Rabelais, Machado de Assis, Marie de France, Kessel, Moravia, George Sand ou Buzzati, pour ne citer qu'eux. Anselme parlait, racontait, mettait en scène et jouait tout à la fois ces vies de femmes et d'hommes illustres, qu'ils fussent Lazarillo* ou Don Juan désargentés. Loin du Panthéon, il leur rendait leur humanité, et lui, simple ignorant de toutes ces merveilles, il écoutait, béat.

Lorsque quatorze ou quinze heures sonnaient au clocher de l'église de Saint-Julien-le-Pauvre, Théo se levait et allait s'acquitter d'une course que lui commandait son maître et complice. À

* *La vida de Lazarillo de Tormes y de sus fortunas y adversidades*, récit anonyme de langue espagnole publié en 1554, considéré comme le premier roman picaresque.

chaque fois, il s'agissait de quelques ouvrages à porter chez un bouquiniste de ses amis ou chez un particulier avec qui il avait fait affaire. Zélé, Théo s'exécutait. Au début, ces marches se limitaient au cinquième, voire au sixième arrondissement. Bientôt, elles l'emportèrent jusqu'au septième ou quinzième, parfois dans le huit ou neuvième. La règle était simple, immuable : Théo ne devait jamais se presser. Il avait pour obligation, en quelque sorte, de faire confiance à ses pieds et de ne surtout pas prendre les transports en commun. Pour le vieux, métro et autobus constituaient l'une des plaies majeures de la société dite moderne. Il appelait cela des boîtes de conserve, des cercueils dans lesquels il fallait accepter de s'enfermer et qui s'apparentaient à de petites morts. C'était rapide et sûr. Mais c'était aussi dénué d'humanité. À son retour, le commis était tenu de rendre des comptes à Anselme qui, assis derrière son bureau, lui posait toujours la même question : « Eh bien, comment se porte le monde, aujourd'hui ? »

Alors, Théo devait répondre ce qui lui venait à l'esprit. Il racontait des petits riens, les drôles de gueules ou les frimousses qu'il avait pu croiser. Il ramenait aux Bonheurs d'Antioche les échos d'une rixe ayant opposé deux automobilistes, un couple d'amoureux qui se séparait dans un torrent de larmes, l'image d'une famille se rendant à la gare de Lyon, chacun de ses membres tirant derrière lui une valise à sa taille. Il évoquait le plaisir sournois qu'il avait pris à fumer une cigarette à l'entrée du jardin du Luxembourg, à l'heure où les sportifs de l'asphalte venaient s'exhiber. Ce pouvaient être aussi les cris d'orfraie d'un clochard en manque de vin, une poignée de bonnes sœurs emboîtant le pas à leur mère supérieure comme autant de canetons derrière une maman cane. Le vieil homme écoutait ces récits avec la même délectation que s'il dégustait le meilleur vin du monde. Parfois, il demandait une précision, un détail. Il fournissait le mot juste qui faisait défaut au récit de Théo. La plupart du temps, cependant, il demeurait coi, les bras croisés sur la poitrine, parfaitement satisfait.

Lorsque le printemps prit ses aises et que Théo abandonna sa vieille parka pour des pulls plus légers, le libraire décida, un après-midi, de l'envoyer jusqu'à la porte de la Chapelle. La trotte, sous le soleil doux, promettait d'être longue et belle. Avant de quitter la boutique, Théo lui proposa de faire un petit bout de trajet ensemble.

Avec une moue de regret, Anselme déclina la proposition : « J'aimerais bien vous accompagner, mon jeune ami. Tout comme j'aimerais encore avoir mes yeux pour observer, à la dérobée, les jolies filles ou me délecter du spectacle des façades de Paris. Hélas, mes jambes ne me portent plus qu'avec difficulté.

– On ira à votre rythme, le rassura Théo.

– Ça, jamais de la vie !

– Pourquoi ?

– Pour la plus simple des raisons qui soit. Chacun, sur cette terre, a un chemin à accomplir. Et il doit l'accomplir à son rythme propre. J'ai presque fini mon temps. Pour moi, l'heure est à l'immobilité. Pour vous, elle est à l'aventure et à la découverte. Vous dévorez, vous engloutissez le monde. Moi, je ne fais plus que le picorer. Et encore, pas tous les jours. Je ne ferais que vous ralentir. Le temps passe beaucoup plus vite que vous ne le saurez jamais.

– Mais je…

– Filez ! Moi, je resterai là. J'ai de l'ouvrage. Je vous attendrai. Vous me raconterez le monde tel qu'il est. Vous serez à la fois mes yeux et mes jambes. Alors, montrez-vous à la hauteur. Et, si vous croisez le chemin de votre inconnue, ayez un peu de cran et d'audace, que diable ! Engagez au moins la conversation. Puis, sans faute, revenez ici. Je veux tout savoir de cette histoire ! »

✷

Plusieurs fois, au cours de cette période, Théo crut apercevoir son inconnue. Au coin d'une rue, derrière une fenêtre entrebâillée, dans le reflet fuyant de la vitre d'un taxi ou d'un autobus lancé à tombeau ouvert sur les Grands Boulevards. À chaque fois, il hâta le pas, les tempes en feu, l'haleine courte. À chaque fois, il finit par s'immobiliser sur son bout de trottoir. Ça n'était pas elle. La couleur et la masse de ses cheveux, la silhouette, le nez volontaire, tout y était. Mais l'inconnue n'habitait aucun de ces corps de passage, et Théo, alors, n'avait plus qu'à reprendre son cheminement. Cela faisait près de deux mois qu'il ne l'avait pas revue. Ça n'était pourtant pas faute de mettre toutes les chances de son côté. Lorsqu'il quittait la librairie, il ne manquait jamais d'emprunter les quais Saint-Michel et des Grands-Augustins, simple histoire d'aller traîner ses guêtres jusqu'au pont Neuf. Là, il s'adossait quelques instants au piédestal qui supportait la statue équestre d'Henri IV. Pendant que l'inventeur de la poule au pot paradait, couronné de laurier et brandissant un sceptre à fleurs de lys, Théo, pauvre de lui, remâchait ses souvenirs de l'inconnue. Lorsqu'il en avait assez, il poursuivait son chemin, cherchant toujours dans la foule des badauds les lignes fluides de son rêve fait femme.

Avant de s'engager dans les petites rues qui le conduisaient à celle de l'Estrapade, Théo avait aussi pris l'habitude d'effectuer un crochet par le parvis de Saint-Sulpice. Là, avec toute la discrétion dont il était capable, il s'arrêtait pour observer le vieux mendiant qui, amputé de ses deux jambes, continuait à demander l'aumône avec des yeux mouillants de désespoir. Cette moitié d'homme, sans qu'il pût s'expliquer pourquoi, le fascinait. Assez vite, l'estropié avait repéré le marcheur. Un jeu de chat et de souris s'était instauré, chacun guettant l'autre, aucun des deux ne voulant accomplir le premier geste. Au fil des jours, pourtant, les regards des deux individus finirent par se croiser. Théo ou le cul-de-jatte, difficile de dire lequel, osa un bonjour, du bout des lèvres. L'autre lui répondit sur le même mode. La glace était brisée. Mais l'on en resta là pour une bonne semaine. Puis, insensiblement, la trajectoire du promeneur se rapprocha des escaliers, l'air de rien. À chaque passage, il gagnait quelques dizaines de centimètres et le mendiant, sur sa marche, ne hâtait rien non plus, se contentant de vagues sourires ou de hochements de tête. Un soir enfin, surmontant sa timidité naturelle – mais aussi sa répulsion, car le clopinard accompagnait son triste état par une odeur de crasse insoutenable –, Théo déposa une pièce de deux euros dans la sébile.

Après avoir considéré l'obole d'un œil circonspect, l'homme lui lança, avec l'accent traînant caractéristique des Caraïbes : « Merci, monsieur… »

Comme Théo allait repartir, le clochard reprit : « Je commence à vous connaître, vous savez ? Et vous marchez bien, y a pas à dire.

– Pardon ?

– Je dis que vous marchez bien. C'est pas donné à tout le monde.

– Merci.

– Il y a marcher et marcher, remarquez. Tous les gens le font pas de la même manière. Et la vôtre, elle est pas banale.

– Pourquoi vous dites ça ?

– Parce que. »

De sa main brûlée de taches blanches, il indiqua alors son bassin tronqué. Puis, il expliqua avec un grognement : « Tous ceux qui tiennent sur leurs deux pieds marchent, mais tous ne savent pas marcher. Faut pas croire. Moi, je juge personne. Mais vous, ça se voit que vous marchez pour de bonnes raisons.

– À quoi le voyez-vous ?

– Je le vois, c'est tout. Et je me trompe jamais. Vous auriez pas une cigarette, des fois ? »

Alors que Théo allait s'exécuter, il aperçut, quelques degrés plus haut, l'ombre rondouillarde du prêtre ou du curé des lieux qui lui adressait un salut amical de la main. Après lui avoir souri en retour, Théo se pencha sur la forme ramassée à ses pieds et lui tendit la cigarette demandée. Pendant que le mendiant l'allumait avec un plaisir avide, Théo lui dit : « Vous savez, ce n'est pas parce qu'on marche qu'on sait où on va.

– Pas faux. Mais vous, vous avez pas tellement l'air perdu… »

Après avoir recraché ses premières volutes de fumée, le clochard s'ouvrit d'une grimace qui dévoila aussitôt un trou noir, en lieu et place des dents. Avec un mépris ostensible, il grommela : « Qu'on sache ou pas où on va, ça a pas d'importance. L'essentiel, c'est de marcher. Voilà ce que je dis, moi.

– Bien sûr, mais…

– Si vous savez pas où vous allez, c'est sûrement triste pour vous, mais c'est votre affaire. C'est des problèmes de riches que vous avez là. Regardez, moi, j'ai eu des guiboles jusqu'à mes dix-neuf ans. Puis, une saloperie de voiture m'a renversé, ma bécane a cramé. Ils auraient pu me rafistoler, à l'hôpital. Mais, à mon avis, ils ont pas voulu s'emmerder la vie avec un Nègre. Ou c'était pas réparable. On a jamais bien su, remarquez. Alors, ils ont coupé. Et voilà le résultat. »

Avant que Théo ne pût se fendre du moindre mot de compassion, le clodo redressa ses épaules et plaisanta : « Je suis plus qu'une moitié d'homme. Mais heureusement qu'ils ont gardé la bonne, non?

– Sans doute…

– L'autre moitié, je sais pas ce qu'ils en ont foutu. Ils l'ont peut-être jetée à la Seine. En tout cas, c'est plus moi qui l'ai. Au début, ça m'a manqué. Puis, on se fait à tout. Même à ça. Alors, j'ai fait avec. Ou sans. Ça dépend comment vous voyez la chose.

– C'est bien triste, mais je… »

Emporté par ses réflexions, le mendiant continua, le regard posé sur le voile d'eau de la fontaine: « La vie est bizarre, quand on y pense. Vous, vous avez vos deux jambes et vous me dites que vous savez pas bien où vous allez. Moi, j'en ai plus du tout. Mais je sais bien où j'en suis. Ma vie, elle vaut pas un pet de lapin. Et je sais bien aussi où j'irai. Quand le moment sera venu, on me foutra à la fosse commune. Et je peux vous dire que j'attends ce jour comme le billet gagnant du loto!

– Il ne faut pas dire ça. La vie est…

– Le billet gagnant, je vous dis! Ma vie à moi, elle aura été qu'une vache de saloperie. Alors, le plus tôt ça viendra, le mieux ça sera. Mais je reviendrai…

– Pardon? »

Un sourire inquiétant fleurit sur le visage brûlé et édenté du clochard. Dans un parfum d'encens qui s'échappa de Saint-Sulpice, le cul-de-jatte expliqua: « Bien sûr que je reviendrai. J'avais des choses à faire sur terre, moi. Et comme je les ai pas faites, il faudra bien que je revienne pour les faire. Et ça va envoyer du bois, vous pouvez me croire…

– Je vous crois, mais je dois…

– Quand je reviendrai, je sais pas trop encore ce que je serai. Sprinteur jamaïcain, ça me plairait bien. Ou danseur. Ou nageur.

Et *serial killer* aussi, parce que j'ai des comptes à régler. En fait, j'en sais rien. Je m'imagine des choses comme ça, pour passer le temps. Qu'est-ce que vous voulez foutre d'autre quand il vous manque vos deux jambes ? Remarquez... Si je les avais, je ferais peut-être pas mieux que vous. Je les avancerais, l'une après l'autre, pour marcher. Et ça voudrait pas dire que je sais où je vais. Vous me comprenez ? »

## QUATORZE

Au numéro 12 de la rue de l'Estrapade, rien ne changea vraiment après que Théo eut croisé Flingot dans la cour intérieure. Cécile continua à tenir à la perfection son rôle de maîtresse de maison et de mère de famille honorable. Bénédicte et Joël ne s'aperçurent de rien, ou du moins firent-ils semblant, se plongeant plus que jamais dans les écrans de leurs portables. Léonide, pour sa part, demeura la même vieille chose glacée, sèche et sévère. Arrimée à son fauteuil roulant, elle portait toujours sur le monde son regard aigre, dénué de la plus petite lueur d'humanité. Quant à Théo, il se laissa couler dans cette existence sans provoquer le moindre remous. Il avait, bien entendu, éprouvé quelques temps le désir rageur d'attraper sa femme et de la questionner sans relâche afin qu'elle avouât sa liaison avec Flingot. Le temps passant, pourtant, sa jalousie s'évapora. Ses longues marches dans Paris, mais aussi les réflexions souvent frappées du coin du bon sens d'Anselme, émoussèrent son ressentiment. Avec pragmatisme, il se dit qu'il n'aurait rien à gagner à faire éclater l'éventuelle vérité au grand jour. De plus, il n'était sûr de rien. Soit Cécile ne le trompait pas et, auquel cas, il devrait payer jusqu'à la fin de sa vie ce manque de confiance, soit elle le trompait, et l'affaire se compliquerait alors d'une façon funeste. Il faudrait passer par la séparation de corps et de biens. Prévenir les enfants. Entamer la procédure de divorce. Et, vu que l'appartement était au nom de la vieille toupie cassée, Théo se retrouverait comme la grande Gisèle, l'Anglaise ou la majorité des suce-glaçons du Gay-Lu, obligé d'habiter un taudis minuscule qui lui serait facturé au prix d'un palace. Sans parler de Flingot. Il n'échapperait pas à une explication en règle avec lui, et Théo ne se sentait pas transporté de joie à l'idée de recevoir trois coups de pistolet sur l'autel de l'honneur cocufié, fût-ce par un pistolet d'alarme.

Usant de son mieux de son emploi du temps, Théo quittait donc l'appartement dès l'aube et il n'y remettait les pieds que le soir, à l'heure du repas. Pour des raisons obscures, et d'ailleurs à chaque fois différentes, Cécile ne s'attardait plus dans le salon où, de fait, un confortable canapé-lit avait fini par être livré et installé. Sitôt la vaisselle terminée, elle poussait devant elle le fantôme de sa mère et s'enfermait dans la chambre. Enfin seul, Théo bâillait deux ou trois heures devant l'écran de la télévision puis, aux alentours de minuit, il repassait en songe les différentes étapes de sa journée. Ses jambes, employées à parcourir Paris dans tous les sens, se tenaient désormais plus tranquilles. Bien calées dans le convertible, elles frétillaient encore parfois, mais elles recouvraient leur immobilité dès qu'il en émettait le souhait. Il n'aurait su dire pourquoi – était-ce le résultat de ces courses ? son nouvel emploi ? les histoires rocambolesques que lui racontait Anselme ? le fait de redécouvrir sa ville pour en ramener de petits morceaux au libraire ? celui de ne plus culpabiliser en pensant à l'inconnue puisqu'il se supposait cocu et possédait, de fait, une espèce de crédit sur la malhonnêteté éventuelle de Cécile ? ou bien étaient-ce toutes ces raisons à la fois ? –, mais Théo goûtait à une paix qu'il prenait grand soin de savourer à chaque seconde. Il se sentait un homme neuf. Ses jambes, justement, s'étaient affinées et musclées. Son ventre avait maigri et ne s'échappait plus de ses pantalons cargo ni de ses jeans. Son visage, sans être hâve ni creusé, s'était émacié et les rayons du soleil avaient fini par lui donner une patine brune que n'auraient pas renié les stars des films de pirates et de flibustiers, dans le début des années 1950. Lorsqu'il passait devant le Gay-Lu, dont les vitrines avaient été barbouillées de l'intérieur avec de la peinture blanche afin de masquer l'avancée des travaux, il ressentait toujours un pincement au cœur. Mais il n'était plus saisi de tristesse ni de mélancolie en songeant à madame Jouve et ses décolletés, à Gégène ou à La Guigne, à Petit Pois, à Séfanaze ou à Cothurne. Ces bois-sans-soif devaient désormais traîner dans d'autres troquets, à supposer qu'il en existât encore quelques-uns dans Paris. Ou bien, hypothèse plus vraisemblable, ils devaient finir d'engraisser leurs cirrhoses en solitaire, plantés devant les jeux télévisés, en maudissant ce monde qui s'y entendait pour créer des désirs et des besoins, mais qui ne concédait aucune solution quant aux moyens de se les offrir.

À bien y réfléchir, le seul véritable point noir dans cette parenthèse de paix, c'était la Mère Tapedur. Elle vivait encore. Il n'avait pas trouvé le moyen, pas plus que le courage, de lui faire avaler son extrait de naissance. Il en rêvait toujours, la nuit. Dans son esprit, il la faisait passer sous un rouleau compresseur, lui arrachait les ongles un à un ou, délice suprême, il parvenait à l'étouffer en lui faisant gober un pigeon vivant. Et par la queue. Au matin, pourtant, il devait se rendre à l'évidence. Cette matrone, à elle seule une insulte à l'ensemble de l'humanité, était encore de ce monde. Mais le temps viendrait. Dieu, à un moment donné, serait bien forcé de se rendre compte de son erreur. Dans son infinie bonté, il trouverait certainement un biais pour effacer de la surface de la terre cette motte de margarine pétrie de médiocrité, tout empestée de fiel. Il la rayerait de ses cartes et l'on n'en parlerait plus.

Un soir, Théo faillit devancer l'action divine. Il fut à deux doigts de crucifier la rombière sur la porte d'entrée de l'immeuble – tout comme le faisaient les sorcières avec des corbeaux noirs pour répandre des maléfices, en ces temps que l'on se complaît aujourd'hui à qualifier d'obscurs. Plus tôt dans la journée, Anselme avait entretenu Théo des aventures ineffables et croquignolettes de Gulliver*, signées d'un certain Jonathan Swift. Le pied léger, l'esprit à Lilliput, Laputa ou Brobdingnag, il avait marché de longues heures, de Chaillot à Auteuil, puis de Javel à Petit-Montrouge. Son âme baignait dans une légèreté délicieuse et il se sentait suffisamment fort pour aborder son inconnue qui pouvait, à tout moment, surgir devant lui. Après un crochet par le kiosque du Calabrais, ses pieds avaient fini par le ramener chez lui. Dès la porte d'entrée de l'immeuble poussée, la Mère Tapedur lui était tombée dessus. Un pied sur le trottoir et l'autre à l'intérieur, il s'était figé. Bouchant le passage, poings serrés dans les poches de son tablier, sourcils en bataille, elle s'était épanchée sans la moindre pudeur. L'affaire était de taille. Patte Rouge, son pigeon préféré, était venu mourir sur son devant de porte. Pour elle, le doute n'était pas permis. Il avait été empoisonné par une personne malfaisante.

Alors que Théo allait lui demander pourquoi elle s'adressait à lui sur ce ton inquisiteur, elle le coupa aussitôt : « Il est pas mort tout seul, ce petit ange ! »

Comme Théo ne pouvait s'empêcher de sourire en imaginant ce que pouvait être le paradis de la Mère Tapedur, au vu de ces sacs à plume qu'elle prenait pour des chérubins, la bignole monta sur ses grands chevaux : « Ça vous fait rire, le malheur des autres ? Grand

* *Les Voyages extraordinaires de Gulliver*, roman satirique, 1721.

bien vous fasse ! Mais rira bien qui rira le dernier. Et c'est pas vous, monsieur Sentiero, qui me ferez taire. Je vais trouver des preuves ! Et je connais du monde, moi ! Je porterai l'affaire en haut lieu !

– Qu'est-ce que je peux y faire, si votre pigeon est mort ? Les pigeons ont bien le droit de mourir eux aussi, non ?

– Peut-être. Mais on parle pas de n'importe quel pigeon, on parle de Patte Rouge !

– Et alors ?

Approchant sa trogne de viande grise du visage de Théo, elle souffla : « Je sais que vous aimez pas les pigeons, monsieur Sentiero. Vous, c'est les piafs, les moineaux. Je sais aussi que vous leur donnez à manger, par la fenêtre qui donne sur la rue et aussi par celle qui s'ouvre sur la cour, alors que le règlement l'interdit. Et ne me dites pas le contraire : mon neveu travaille à la ville et il m'a bien précisé que c'était interdit par le Code de la santé publique.

– Si c'est interdit pour les moineaux, ça l'est aussi pour les pigeons, non ?

– Peut-être. Mais Patte Rouge, c'est différent. Même que c'était Patte au singulier, parce qu'il lui en manquait une. Il marchait pas, il sautillait que c'en était à vous tirer les larmes. C'était un compagnon, vous comprenez ?

– Madame Chevillard, je suis désolé pour vous, mais…

– Ça remplace pas un mari, je sais bien. Mais quand même. Et Patte Rouge, c'était pas un pigeon comme les autres, je vous dis. Il était fidèle. Plus fidèle que bien des hommes, vous pouvez me croire sur parole… Figurez-vous qu'y a qu'à moi qu'il venait s'adresser, quand il avait faim. Il avait un regard… Un regard d'enfant, sans mentir. »

Les yeux globuleux de la Mère Tapedur s'étaient voilés de larmes sincères. Ayant trouvé en Théo une oreille qu'elle s'imaginait compatissante, elle se déversa sur le même ton geignard qu'elle poussait au pathétique : « Parfois, il venait cogner à ma fenêtre. Vous pouvez imaginer ça, monsieur Sentiero ? Tac-tac ! Tac-tac-tac ! Il me reconnaissait comme si j'étais sa mère… Mais pourquoi on lui a fait ça ?

– Il est sûrement mort de vieillesse. Vous en trouverez un autre, j'en suis sûr. »

Toujours plaintive, la pipelette posa un instant l'une de ses mains boudinées sur l'épaule de son locataire et se lamenta : « Jamais de la vie. Patte Rouge, c'était un peu comme mon enfant, je vous dis. C'était une bête, bien sûr, mais il valait bien des humains et…

– Madame Chevillard, s'impatienta alors Théo. Je dois rentrer. Ma femme m'attend. »

À ces mots, la Mère Tapedur abandonna sur-le-champ son masque de douleur pour son regard de mégère. D'un air chafouin, elle remâcha entre ses dents mal soignées sa réponse. Puis, elle finit par cracher : « C'est ça, monsieur Sentiero. La compassion et vous, ça fait deux. Et votre femme vous attend ? Vous êtes sûr ? C'est aussi bien que vous soyez pas revenu chez vous dix minutes plus tôt, dans ce cas. Les chiens font pas des chats, vous allez me dire, et votre belle-mère a bien tracé la route…

– Qu'est-ce que vous sous-entendez par là ?

– Rien. Mais je me comprends.

– Pas moi. Alors ? Répondez ! »

Comme la bignole tentait de se défiler, ce fut lui qui la saisit au poignet et la foudroya du regard. Interloquée par la force de la prise et le visage mauvais de Théo, elle bredouilla : « Laissez-moi partir. J'ai dit ça, mais j'ai rien dit. C'était juste pour parler.

– Pourquoi vous parlez de la mère de ma femme, maintenant ? Et quel rapport avec votre pigeon ?

– Y en a sans doute plus qu'on le pense. Et qui vole un œuf… Mais lâchez-moi ! Vous me faites mal, je vous dis !

– La mère de ma femme est dans un fauteuil roulant. Comment voulez-vous qu'elle s'en prenne à votre foutu pigeon ?

– Quand on veut, on peut ! Puis, ça se voit que vous l'avez pas connue d'avant ! Et confondez pas tout. Ce que j'ai dit, ça a rien à voir avec mon pauvre Patte Rouge. C'était rapport à l'éducation que je disais ça. Quand le pli est pris, il faut pas s'étonner.

– Quel pli ?

– Celui de votre dame. Mais vous allez me lâcher, oui ? »

Alors que Théo allait répliquer, il sentit soudain une présence dans son dos. D'instinct, il regarda par-dessus son épaule, dans la rue de l'Estrapade. La nuit était tombée et les lampadaires n'étaient pas encore allumés, mais il la reconnut. Au premier coup d'œil. Vêtue d'une robe sans doute trop légère pour la saison, d'un orangé tirant sur le safran. Ses cheveux dénoués flottaient sur ses épaules et disparaissaient, coincés par un sac à dos de cuir trop volumineux pour elle. Elle portait un casque audio sur les oreilles et, lorsqu'elle passa près de lui, à le frôler, Théo saisit quelques notes de musique qui ressemblaient à celles d'un violoncelle ou d'une contrebasse. C'était de la musique classique, profonde comme le ventre de Saint-Sulpice. Elle n'eut pas un regard pour lui. Et, toujours aérienne, elle traça son chemin, comme si elle n'appartenait pas à ce monde, à cet univers composé de Mère Tapedur, de Patte Rouge, de Léonide et de fauteuils roulants. Théo desserra enfin son étreinte du poignet enflé de la commère et voulut emboîter le pas à cette inconnue. Il avait tant de choses à lui dire, des secrets qu'il n'avait encore avoués à personne, pas même à Anselme, et qui lui déchiraient le ventre. S'il parvenait n'était-ce qu'à lui parler, il lui semblait que tout, dans son existence, prendrait une couleur différente et changerait enfin.

Hélas, à l'instant où il s'apprêtait à franchir le pas de la porte pour la rattraper, il sentit le battoir de la Mère Tapedur qui, à son tour, le retenait par la manche de son pull. Et sa voix, son brame plutôt, son rognonnement de bouledogue hargneux, tout cela monta dans la pénombre : « Oubliez pas que, si vous avez votre appartement, vous le devez en rien au Saint-Esprit, monsieur Sentiero !

– Laissez-moi tranquille, nom de Dieu !

– Parce que ça se sait comment elle l'a eu son appartement, votre belle-mère. Et si vous, vous le savez pas, je vais vous le dire.

– Mais…

– Elle a fricoté plus qu'à son tour, pendant la guerre. Et ça, c'est ma mère qui me l'a dit. Ça y allait, les parties de jambes en l'air, et elle était pas regardante sur la carte d'identité. Il suffisait de monter et de payer. Et c'est miracle si on l'a pas tondue, à la Libération. Vous le saviez, ça ?

– Foutez-moi la paix…

– Pas si vite ! Elle a su retourner sa culotte comme d'autres ont retourné leurs vestes. Et, à la Libération, par ici le bel appartement ! Qu'est-ce que vous dites de ça ?

– Ta gueule !

– Oh ! »

Théo mit un temps infini à gravir les escaliers qui le conduisirent au deuxième étage de l'immeuble. Il y monta avec autant d'enthousiasme qu'un condamné à mort se rendant à la guillotine. L'inconnue était apparue. Elle était passée. Elle avait disparu dans la nuit. Il n'avait pu garder d'elle que quatre notes de musique. Et un parfum d'orange amère, aussi. Il flotta dans son sillage telle une écume vive sous l'étrave d'un bateau. L'espace d'un instant, il avait eu un pied dans la rue et l'autre dans la cour de l'immeuble. L'un au paradis et l'autre…

Avec cette insulte, il avait finalement réussi à crucifier la Mère Tapedur. Pendant les secondes qui avaient suivi, une éternité pour Théo, elle avait gardé sa main crispée sur sa manche et, s'il avait pu s'en libérer, cela n'avait été que doigt après doigt, au prix de toute sa force. Lorsqu'il avait enfin jailli dans la rue, l'inconnue s'était évaporée. Il avait couru dans l'obscurité. Place Levinas, rue Blainville, Tournefort, Thouin, Laromiguière. Puis rue Clothilde, d'Ulm, Lhomond. Et celle des Irlandais, aussi. Au désespoir, il avait fini par rentrer à pas lents au bercail.

Ce soir-là, pendant que Bénédicte et Joël se disputaient au sujet d'une quelconque application Internet, Théo demeura silencieux. De tout le dîner, il ne put détacher ses yeux du masque mortuaire de la vieille Léonide qui lui faisait face, à l'autre bout de la table. Bien sûr qu'il connaissait son histoire. Qui, dans l'immeuble, ne la connaissait pas ? Elle avait couché avec des Allemands. Puis, avec des partisans, des FFI et sans doute aussi des soldats de la deuxième DB. À l'époque, elle avait su s'adapter. Beaucoup de Français aussi, d'ailleurs. Collabos un jour, résistants de la vingt-cinquième heure le lendemain. Et libérateurs de pacotille, pour finir. S'il avait fallu coffrer tous les salauds de France, à cette époque troublée, il y aurait eu plus de prisons que de mairies, d'écoles et d'églises réunies.

En attendant, la vieille, comme la Mère Tapedur, refusait de crever. Et l'inconnue, elle, était déjà loin.

*

Ce fut vers la fin du mois d'avril qu'eut lieu une tentative d'explication entre Cécile et Théo. Ce dernier ne s'y attendait pas le moins du monde lorsque, aux alentours de trois heures du matin, son épouse était apparue dans le salon. Depuis des jours, rien de notable ne s'était passé. Lors du dîner, l'ambiance avait même été plus légère qu'à l'accoutumée. Joël avait rapporté des notes moins mauvaises que de coutume et son professeur principal, de sa plus belle écriture, s'était même fendu d'une appréciation encourageante. Bénédicte, pour sa part, traversait une nouvelle phase. Elle se voyait désormais intégrer une ONG quelconque, bien décidée qu'elle était à sauver le monde, même sans l'accord de celui-ci.

Les pieds nus, vêtue d'une robe de chambre en éponge, Cécile était venue s'asseoir sur le bord du canapé-lit. Pour se justifier, elle avait murmuré, avec une lassitude qui le disputait à une anxiété non feinte : « Je t'ai entendu marcher autour de la table. Ça faisait longtemps que ça ne t'était pas arrivé. Alors, je suis venue voir. »

Comme il ne répondait pas, elle ajouta : « Tu as des problèmes au travail ? Si tu veux démissionner, tu peux. On a un peu d'argent de côté. Et pour le lave-vaisselle, j'attendrai.

– Non. De ce côté-là, tout va bien. D'ailleurs, monsieur Guilledoux m'a réglé ma semaine en liquide, comme d'habitude. J'ai mis l'argent dans le tiroir de l'entrée. Pour mes jambes, c'est juste mon syndrome qui se réveille de temps en temps, rien de grave.

– Et le neurologue ? Quand est-ce que tu dois le revoir ?

– C'est lui qui doit m'appeler.

– Bien. Je ne te dérange pas plus. »

Un moment encore, ils demeurèrent ainsi, muets dans la nuit qu'éclairait faiblement le lampadaire posté au coin de la rue. Ils ne se haïssaient pas. Ils ne s'aimaient tout simplement plus. Elle, elle aurait pourtant eu tant de choses à lui dire. Pas sur Flingot, bien entendu. Une chape de plomb s'était posée sur cette histoire.

Puis, c'était du passé. Ça ne comptait pas. Ça n'avait même jamais compté. Cela n'avait été qu'un coup de sang. Un frisson de la chair. Raté, qui plus était. Flingot portait beau. Mais il n'entendait rien aux femmes. Et encore moins à leurs corps. En revanche, et tout en entortillant autour de son index la ceinture de son peignoir, elle aurait aimé avouer à Théo la mauvaise action dont elle s'était rendue responsable, une dizaine de jours plus tôt. Pas de quoi ameuter les populations, mais suffisamment pour la tracasser. Pendant qu'il prenait sa douche, elle était allée chercher des informations dans son téléphone portable. Quitte à y être, elle avait tout passé en revue. Assez vite, d'ailleurs, puisqu'il n'y avait, dans l'historique des appels comme des textos, pas la moindre preuve d'une infidélité de son mari. Au moment de remettre le téléphone en place, elle avait toutefois eu l'idée de consulter le podomètre, qui affichait une notification. Elle l'avait ouverte. Elle n'en avait pas cru ses yeux. En deux mois et demi, Théo avait parcouru, à pied, près de mille kilomètres. Elle en était restée saisie. À la fois par la surprise et par l'incompréhension. Mille kilomètres. Cela faisait un aller-retour Paris-Concarneau. Ou six fois la distance pour rejoindre Bellême et la maison secondaire de son frère et de sa bêcheuse de femme. Mentalement, elle aligna les chiffres. Ça faisait une moyenne de treize kilomètres par jour. Son patron, Théo le lui avait dit, l'envoyait en courses à travers Paris. Mais tout de même, treize kilomètres ? D'autant que, dans ce calcul, elle avait compté les week-ends, alors qu'il ne bougeait pas de la maison, ou presque, ces jours-là.

Dans la tête de Cécile, l'évidence s'était imposée, incontournable et glacée. Son mari avait une liaison. Il n'y avait que pour une femme qu'un homme pouvait arpenter les rues de cette façon. Elle, en tout cas, n'en voyait pas d'autres. C'était une amante, une maîtresse. Peut-être, même, une amoureuse. Sinon, comment expliquer tous ces kilomètres ? Il ne lui avait pas échappé que Théo avait changé. Sur le plan du physique, il s'était même transformé. Pas du tout au tout, certes. On métamorphosait difficilement un âne en cheval de course. Mais il avait l'air plus jeune. Plus heureux, aussi. Et c'était bien ce qui la gênait avant tout. Il en voyait une autre. Il en aimait certainement une autre. Une étrangère qui, par sa seule présence, mettait en danger l'équilibre, voire la survie du couple. Afin de ne pas avoir à croiser son mari au sortir de sa douche, Cécile s'était enfermée dans la chambre de sa mère. Là, elle avait pleuré en silence, sous l'œil de la vieille Léonide. Une heure plus tard, elle était ressortie, le visage chaviré. Puis, elle s'était assise à la table de la cuisine et elle avait réfléchi. En fait, elle ne parvenait pas à savoir si cette liaison l'arrangeait ou la rendait malheureuse. Tout ce dont elle était sûre, c'était que son époux pouvait s'épanouir sans elle. Toute la journée, elle avait ruminé mille idées, échafaudé autant de scénarios, certains plausibles, d'autres parfaitement incongrus et dictés par la seule terreur de se retrouver, un jour, seule. Afin de sauver ce qui pouvait l'être encore, elle imagina lui faire une scène. Ou le traiter par le mépris. Lui envoyer ses avocats, même si elle n'en connaissait aucun. Elle se vit aussi le supplier, tomber à genoux. Puis, le gifler à toute volée. Jouer la psychologie inversée, comme elle l'avait lu dans ses magazines de chevet. Lui dire, en faisant bien semblant de retenir ses larmes, qu'elle préférait le voir heureux avec une autre que malheureux avec elle. Selon la journaliste experte en psychologie, il aurait alors protesté de son innocence. Avant de finir par avouer. Elle aurait pleuré, sans un cri. Une détresse muette. Et, s'il l'avait tout de même quittée, cela n'aurait été que pour revenir au bercail, un peu plus tard. Là, elle l'aurait pris contre son cœur, magnanime. Ou elle aurait profité de la situation pour le mettre à la porte de façon définitive, drapée dans sa dignité. Sur ce point-là, elle était encore partagée.

« Tu ne vas pas dormir ? demanda Théo, d'une voix douce.

– Si, j'y vais. Maintenant que je sais que tu vas bien. »

Dans toutes ces pensées, une autre hypothèse s'était aussi dégagée. Elle aurait pu aller le trouver pour tenter de le ramener à la raison. Mais elle ne lui aurait pas parlé des enfants, pas plus que de son devoir de père. Il les aimait, c'était indéniable. Elle l'espérait, en tout cas. Hélas, que pouvaient des enfants face à une maîtresse qui offrait à un homme en pleine force de l'âge ce que son épouse ne lui donnait plus depuis longtemps ? Pas les enfants, donc. Pas un mot sur la maîtresse, non plus. Pas si folle. Mais elle aurait su le prendre, lui remettre les idées en place. Elle avait même préparé tout un discours qui en appelait à son intelligence plutôt qu'à ses sentiments ou à sa pitié. Elle aurait dit à ce pauvre Théo qu'il rêvait trop haut et que le charme de la nouveauté ne durait qu'un temps. Que leur mariage, lui, avait déjà su faire front pendant dix-sept ans. Parce qu'ils se ressemblaient. Parce qu'ils n'avaient peut-être pas tiré les bonnes cartes, ou qu'ils n'avaient pas su les jouer au bon moment, mais les années avaient prouvé qu'ils avaient su s'habituer l'un à l'autre. Ils étaient faits pour rester dans le rang. Ils étaient programmés pour les petits bonheurs et les petits malheurs. Ils n'avaient pas de grand destin qui les attendait. Leurs enfants avaient encore une chance. Mais pour eux, c'était trop tard. Puis, ils ne se débrouillaient pas si mal que cela, au bout du compte. Joël et Bénédicte grandissaient bien. Leur loyer de 1948 leur permettait de vivre honnêtement. Et le canapé-lit, à la teinte parfaitement coordonnée avec le reste du mobilier, était une bonne idée, en attendant une guérison toujours possible.

« Parce que tu vas bien ? répéta Cécile. C'est sûr ?

– Oui. »

Quant aux mille kilomètres, soit elle n'en aurait pas parlé, soit Théo aurait su inventer une raison plausible à laquelle elle aurait fait semblant de croire. Des courses pour le libraire. Ou un emballement du podomètre dû à un problème informatique. Elle en aurait même rajouté sur tous ces téléphones chargés de nous espionner et qui ne fonctionnaient qu'à moitié. En revanche, s'il s'était aventuré à défendre Anselme Guilledoux, elle aurait joué sa partition sur un mode bien différent. Celui-là, elle ne l'aimait pas. Même sans l'avoir vu. Aperçu, une fois. Mais de loin, alors qu'il était en compagnie de Théo. Les aveugles, pour commencer, cela ne fonctionnait pas comme nous. Ils cachaient tous quelque chose. Ils n'étaient pas pareils, quoi. Surtout celui-là, avec sa calotte noire et sa canne blanche. Il prenait certainement Théo pour son esclave, et lui, pauvre de lui, il se laissait manger la laine sur le dos, sans protester. Depuis qu'il avait été embauché dans cette librairie, elle ne le reconnaissait plus. Elle avait même trouvé des livres, posés sur la table basse du salon faisant office de chevet, la nuit. Le plus ancien des deux parlait des souffrances d'un nommé Werther. La tranche était moisie, et elle ne l'avait pas ouvert. Le second, lui, racontait une histoire d'amour qui se déroulait en Grèce. C'était le texte d'avertissement, à l'arrière du roman, qui le lui avait appris. Théo lisait donc des romans d'amour ? Ça lui avait coupé le souffle ! Ça n'était pas des lectures d'homme, ça ! C'était sans doute du travail qu'il ramenait à la maison. Il n'y avait pas d'autre explication. Et qu'il ne se faisait bien sûr pas payer…

Après avoir vérifié d'un regard machinal que les coussins du convertible avaient bien été empilés et rangés sur le fauteuil, Cécile finit par se lever. Puis, la voix molle de sommeil, elle soupira : « Cette fois, j'y vais. Demain, j'ai du repassage. »

Toujours allongé, Théo sentit que ses jambes se remettaient à trembler. Lui aussi, il aurait eu des choses à dire à sa femme. Pas toutes agréables. Mais comment annoncer à son épouse, tout à trac ou après mille précautions oratoires, qu'il ne l'aimait plus ? Qu'il ne l'avait peut-être même jamais aimée ? Qu'il avait plus appris en quelques semaines auprès d'un vieux fou aveugle, tenant une librairie moribonde, qu'en dix-sept années de mariage ? Qu'il était tombé amoureux d'une femme qu'il ne connaissait pas, dont il ignorait tout, jusqu'au prénom ? Comment expliquer, sans passer aussitôt pour le dernier des margoulins, qu'il se foutait d'être cocu ? Mais alors, il s'en foutait à un point qu'elle ne saurait imaginer ! À ce jour, il souhaitait d'ailleurs à ce couple adultère tout le bonheur du monde. Lui, Théophraste Sentiero, voulait juste avoir la paix. Le droit de rêver à autre chose. Celui de marcher, aussi, sans être immédiatement la cible de phrases toutes faites, de critiques ou de jugements à l'emporte-pièce. Il ne voulait pas marcher pour aller quelque part. Les courses qu'Anselme lui commandait n'étaient que des prétextes, il n'était pas dupe. En voyant que, chaque jour, les distances augmentaient, il avait renâclé. Pour la forme. Mais il avait à chaque fois obéi, et il n'y avait pas, dans tout Paris, un seul marcheur qui pouvait s'aligner. Des plus rapides, des plus malins qui connaissaient les raccourcis, des plus lents ou des plus pressés, l'on pouvait en trouver des brassées. Mais des gens qui ne marchaient que pour suivre leurs pieds, en espérant que ceux-ci les mèneraient quelque part ? Certainement pas.

« C'est vrai, on est déjà mardi… », murmura en réponse Théo.

Allongé sur le convertible, les arguments et les questions se percutaient dans son crâne comme des billes de flipper. Ainsi, comment dire à sa femme qu'il se sentait plus heureux avec un bonhomme râleur, fagoté comme l'as de pique, coléreux, gueulard et de mauvaise foi, qu'avec elle, son épouse légitime ? Qu'il éprouvait plus de plaisir et de sens à parler des bordels chinois de la Guyane avec la grande Gisèle que de planifier des vacances de Pâques, qui plus était dans le trou du cul du monde, avec une belle-famille qui le méprisait ? Qu'il pouvait tomber en admiration devant une rose des sables peinte par une Anglaise qui n'en était pas une ? Qu'il pouvait voyager, sans même bouger d'un pouce, juste en regardant des couvertures de chez Chandeigne ? Qu'il échangeait plus avec le Calabrais mutique qu'avec ses propres enfants ? Qu'il rêvait d'occire, chaque nuit, la Mère Tapedur, de toutes les façons les plus ignobles qui fussent ? Qu'il n'aimait pas la dinde de Noël – qu'il la détestait, même ! – et qu'il trouvait injuste que son anniversaire tombât justement le jour de la naissance du Christ ? Qu'il se retenait, depuis dix-sept ans, de pousser dans les escaliers la vieille Léonide et son maudit fauteuil roulant ? Qu'il aurait adoré ne plus voir, tous les soirs, en face de lui, sa sale gueule de collabo rescapée ?

« Alors, bonne nuit… », dit Cécile.

Et, bien au-delà de tout cela, comment lui dire – sans passer cette fois illico presto pour un inconséquent, voire un faible d'esprit –, comment lui dire qu'il s'ennuyait à mourir ? Que, loin d'ici, avec un peu de chance, il trouverait des terres à parcourir, des mers sur lesquelles voguer, des fleuves à remonter entre cent murs de jungle impénétrable, des déserts où ne survivaient que les rêves, mais que ces rêves-là, justement, il fallait les vivre lorsqu'ils passaient à votre portée ? Quant à l'inconnue, il se moquait finalement de qui elle pouvait bien être. Un prix Nobel ou une cruche, vide et fêlée, cela n'avait aucune importance. Tout ce qu'il savait, c'était qu'elle était autre que cette existence morne. Et cela suffisait à son bonheur. À son idée du bonheur, en tout cas.

« Bonne nuit », finit par répondre Théo.

## ✵ QUINZE

La vie de Théophraste Sentiero se poursuivit donc ainsi – non pas heureuse et tranquille, certes, mais à flot. De toute façon, s'il avait toujours peu ou prou caressé l'espoir de toucher à la tranquillité, il n'avait jamais eu la prétention d'être heureux. Ce mot, d'ailleurs, ne signifiait pour lui rien de concret. La seule chose à laquelle il aspirait vraiment était que le monde lui foute la paix. En retour, il lui garantissait sur l'honneur de ne rien bousculer dans ce fragile équilibre qui l'entourait. Il continua à se rendre rue Galande et à marcher dans Paris. Comme à son habitude, Anselme Guilledoux donnait la destination, le paquet de livres ou l'exemplaire qu'il devait acheminer. Puis, toujours grommelant, il le congédiait. Dès que Théo s'était acquitté de sa tâche, il se fiait alors à ses pieds et ne se concentrait plus que sur deux choses : la rencontre possible avec son inconnue et les histoires formidables dont le libraire le nourrissait et l'abreuvait après le déjeuner. C'était son pain et son vin. Son souffle d'air. À chaque personnage dévoilé, historique ou de pure fiction – cela ne fit bientôt plus une grande différence dans l'esprit de Théo –, celui-ci sentait son horizon s'élargir. Il avait dévoré le *Werther* de Goethe. Il avait terminé *Gioconda* au cœur de la nuit, pendant ces heures rares qui n'appartenaient ni au jour qui venait de mourir ni à celui qui allait se lever. Dans cette parenthèse bénie, il avait pu pleurer sans rougir, goûtant jusqu'à l'ultime page la déchirure mettant aux prises la jeune héroïne et Nikos. Il avait adoré *Gulliver*, qui l'avait sauvé un jour que ses pieds s'étaient soudain immobilisés sur le parvis de Notre-Dame. Impossible de les faire avancer ni reculer. Dans le couchant, il avait fini par lever les yeux. Face à la masse ensorcelante et trop dense du monument, il s'était tout à coup senti écrasé, anéanti. Il se serait même évanoui si, dans un réflexe, il ne s'était transporté à Lilliput. Aussitôt, l'édifice s'était contracté, recroquevillé sur lui-même. Bientôt, il ne lui sembla pas plus grand qu'un dé à jouer. Alors, avec une infinie délicatesse, Théo avait cueilli du bout des doigts cette fleur de pierre et l'avait accrochée à sa boutonnière.

« Le monde n'est pas définitif, clôturé, balisé, triple couenne ! le sermonnait souvent Anselme Guilledoux. Le monde n'est jamais fini. Il n'est, somme toute, que ce que nous en faisons. Lisez donc Kafka, petit phacochère nouveau-né ! Lisez-le vite avant de vous retrouver transformé en un monstrueux insecte et de rejoindre le lit grouillant des cloportes qui nous entourent ! »

Obéissant, Théo l'avait lu. Et il n'avait jamais plus réussi à regarder du même œil les cafards, les cancrelats, ni même le plus inoffensif des scarabées. Quant à *Tristram Shandy**, ce roman l'avait dérouté, mais ravi. Certes, il n'avait pas su saisir toutes les finesses du récit. Il avait buté sur des mots, des tournures qui n'étaient plus de mise de nos jours. Pourtant, il était ressorti de cette lecture avec le sentiment d'avoir grandi. En ce sens, il avait fait sienne la philosophie du Calabrais. Il était parvenu au bout de toutes ces centaines de pages pour la seule raison que c'était beau.

* *Vie et opinions de Tristram Shandy, gentilhomme*, Laurence Sterne, 1759.

L'émotion primait sur tout. Et le reste n'était donc, en définitive, que littérature. Lorsqu'il avait confié au libraire sa peur de passer pour un sot car il était incapable de saisir toutes les subtilités distillées par Laurence Sterne, le vieil homme n'avait pas ri. Au contraire, il l'avait encouragé à persévérer, à s'écorcher les yeux sur cette montagne de phrases. Afin de le convaincre, il avait mis un point final aux hésitations de son commis avec une nouvelle saillie de son cru, faite de bougonnerie, d'indignation et de bienveillance mêlées : « Il ne sert à rien de lire en s'imaginant que l'on peut ainsi devenir plus intelligent ou plus instruit. Il faut lire pour voir le monde qui nous entoure à travers les yeux des autres. Après, que ces chimères nous conviennent ou pas, ça n'est pas l'important. Pour vous comme pour moi, jeune homme, le livre est notre seul espace de liberté. Il est urgent d'en user et d'en abuser. Suivez cette piste, dévorez toutes les littératures, et vous verrez alors votre univers s'enfler à la façon d'un ballon de baudruche multicolore. Les romans ne possèdent pas toujours le pouvoir de transformer les Aldonza Lorenzo en Dulcinea, c'est exact. Mais cela reste dans le domaine du possible, pourvu que vous y mettiez du vôtre… »

Là encore, Théo avait fait confiance au géronte. Sans jamais renâcler, il lisait tous les ouvrages que le vieil aveugle choisissait pour lui. Toutefois, il ne s'infligeait aucune torture. Si, au bout de vingt pages, il ne trouvait qu'un intérêt limité à suivre l'auteur dans son univers – et si, a fortiori, sa petite musique grinçait à ses oreilles avec l'acidité d'une scie égoïne sur une plaque d'ardoise –, il refermait alors le livre et passait à un autre. Le libraire le lui avait suffisamment répété, comme une antienne : « Tous les romans ne sont pas faits pour tout le monde et ils s'apprécient différemment selon la période de votre existence que vous traversez ! Mais il suffit d'un seul ! Un seul roman qui dit le monde tel que vous, vous auriez aimé le dire, et c'est alors l'extase. C'est le petit Jésus en culottes de velours… »

Un soir que rien ne semblait distinguer des autres, Théo assista à une scène qui resta à jamais gravée dans sa mémoire. Le crâne encore plein de bruit et de fureur à force d'avoir trop lu de Shakespeare, il rentrait à son domicile lorsqu'il s'aperçut que ses pieds l'avaient conduit sur les souvenirs encore tièdes et palpitants du Gay-Lu. La semaine précédente, les nouveaux propriétaires des lieux avaient fini par ouvrir. L'établissement, désormais, étincelait de mille feux dans le crépuscule. En lieu et place du zinc centenaire et de sa barre de cuivre, des guéridons de marbre et des chaises de bois, s'étalait maintenant sans pudeur une large vitrine, d'un seul tenant. À l'intérieur, tout n'était plus que plastique et aluminium, bois contreplaqué, fausses menuiseries et stucs criards, écrans hypnotiques, cartes et menus en anglais, en chinois et en japonais. Des serveuses officiaient en uniformes stricts, un sourire commercial figé sur les lèvres. Le café y était servi dans des gobelets en carton recyclable et l'alcool, lui, avait été banni. L'inauguration avait eu lieu en grande pompe. Aucune des figures historiques du Gay-Lu n'y avait assisté. Les uns, pour protester. D'autres, car ils ne se voyaient pas troquer leurs paradis alcoolisés d'antan contre ce qu'ils appelaient, avec un infini mépris, un distributeur à pisse d'âne, un bousin à jus de chaussettes, à bistouille ou lavasse. Certains, enfin, s'étaient abstenus au motif qu'ils ne voulaient pas être les premiers à piétiner les mottes de terre encore fraîche qui avaient enseveli leur passé.

En arrivant au coin des rues Le Goff et Gay-Lussac, Théo demeura saisi par le spectacle qu'il découvrit. En rang d'oignons, les bras ballants ou les mains au fond des poches, sans même un banc pour s'asseoir, ses anciens copains s'étaient retrouvés, réunis par la force de l'habitude. Face à la devanture de ce nouvel établissement qui, pour eux, ne signifiait rien, ils semblaient attendre. Quoi ? Sans doute qu'eux-mêmes l'ignoraient. La Guigne et Petit Pois, Séfanaze et sa kippa en cheveux, mais aussi Gégène ou Babouche faisaient songer à des lapins pris dans la lumière aveuglante des phares. Un peu à l'écart, la grande Gisèle en imposait, comme toujours. Raide et noire, silencieuse, cigarette au bec, elle faisait songer à ces anges de la mort dénués de pitié dont Doré et Daumier possédaient le secret, toute d'os et de robe de percale ébène. Son rouge à lèvres semblait défier les clients de pénétrer dans le lieu. Lesquels n'accordaient à cette brochette, naguère grande gueule et vantarde, qu'un regard distrait. Parfois, moqueur. Jamais bienveillant, quoi qu'il en fût.

Dissimulé à la vue de ses anciens compères par un encadrement de porte, Théo demeura là de longues minutes, incapable de dire ce qu'il ressentait vraiment. D'un côté, il était peiné de voir ses fidèles compagnons de cartes et de discussions interminables éjectés sans égard de leur propre existence. D'un autre côté, il ne pouvait se mentir à lui-même. Il savourait à sa juste mesure le fait de savoir et de voir qu'il n'appartenait plus à cette tribu de braillards et d'aboyeurs de vent, à ces vestiges d'un art de vivre que la soi-disant modernité en marche avait écrasés et abandonnés sur le bas-côté, inutiles et grotesques. Alors, bien sûr, ils s'étaient tenus les coudes, avaient trinqué, ri, gueulé, maudit la terre entière. Ils avaient refait le monde plus qu'à leur tour, avaient ébauché des projets, grandioses ou plus mesquins. Ils s'étaient érigés en place forte de l'intelligence populaire et du bon goût qui ne se discutait pas. Ils avaient résolu en deux coups de cuillère à pot des énigmes aussi épineuses que la faim dans le monde, la primauté de la poule sur l'œuf, la sélection de l'équipe de France de football. Ils s'étaient même fabriqué, au petit pied mais avec une constance qui frisait le sublime, leurs propres thèses complotistes. Or, il fallait bien l'avouer, durant toutes ces années, ils n'avaient pas avancé d'un centimètre.

Alors qu'il allait revenir sur ses pas et récupérer la rue Malebranche, Théo vit soudain le SUV de Flingot qui, en bon Parisien, se garait en double file devant l'aire de livraison du petit supermarché. Après avoir fermé sa voiture rutilante d'un bip autoritaire, le conducteur alla saluer les uns et les autres de brefs serrements de mains. Au moment où il embrassait la grande Gisèle, son regard croisa celui de Théo. Ce fut rapide. Pas plus d'une seconde ou deux. Aussitôt, celui-ci détourna la tête et se rencogna dans son encadrement. Flingot, lui, resta la joue en l'air, tout entouré par la fumée de tabac et le parfum capiteux de l'ancienne gagneuse. Lorsqu'il plissa les paupières pour vérifier qu'il n'avait pas rêvé, il ne vit plus qu'un trottoir que piétinaient des badauds pressés de rentrer chez eux. Cela n'avait pu être qu'une illusion.

Une dizaine de minutes plus tard, lorsque Théo déboucha dans la rue de l'Estrapade, il avait encore en tête la silhouette de Flingot. Le Patient avait grossi. Son ventre débordait de son pantalon. Et son teint jaune avouait, à n'en pas douter, une maladie quelconque. Il devait être en train de se faire grignoter par ces crabes minuscules qui pouvaient fouiller vos entrailles des années durant avant de, tout à trac, vous asséner le coup de grâce. En songeant à cette bedaine de moine et à ce visage cireux, Théo n'éprouva pas la moindre pitié. Il abandonna Flingot à sa propre errance, là, sur son bout de trottoir, avec tous les autres. Cette fois, il en était sûr. Il n'en voulait pas à ce matamore d'opérette de l'avoir fait cocu. En revanche, il ne pouvait s'empêcher de ressentir, au creux du ventre, une sensation désagréable. Flingot, malgré sa grosse voiture et son pistolet – même d'alarme –, n'était pas un homme. S'il l'avait été, il aurait traversé la rue Le Goff et serait venu à lui. Tous deux se seraient regardés dans les yeux. Puis, ils se seraient serré la main. D'un œil froid, Théo lui aurait souhaité d'être heureux avec Cécile. S'ils parvenaient à se désennuyer l'un l'autre, leur liaison aurait eu une raison d'être. En retour, Flingot aurait pu lui souhaiter, d'un sourire, un bon voyage.

Hélas, rien ne s'était déroulé ainsi. Le chauffeur de SUV n'avait pas bougé. Il était resté à mariner sur son bout de trottoir, incapable d'assumer sa trahison. Théo, lui, était reparti vers son appartement. Décidément, non. Ce fiérot ne méritait pas son estime. Oui, il possédait une belle voiture. Mais cela ne rimait vraiment à rien si l'on n'utilisait ce carrosse que pour aller là où les clients vous demandaient de les conduire. C'était même idiot. Et peut-être, aussi, malhonnête.

L'espace d'une minute, Théo se sentit plus fort et plus riche que Flingot. Et beaucoup plus chanceux, aussi.

*

Le lendemain matin, à sept heures trente, il sembla à Théo qu'il était le premier à franchir les lourdes grilles du jardin du Luxembourg. Toute la nuit, ses jambes et ses pieds, comme torturés par des charbons ardents, avaient tressauté dans les draps trempés de sueur. Avant même que le soleil ne se levât, il fut debout, la tête bourdonnante de rêves et de cauchemars dont il ne parvenait pas à se souvenir. La douche, plutôt qu'une libération, se révéla être un calvaire. Dans l'eau savonneuse, ses pieds glissaient et ses muscles, durs comme du bois sec à force de contractions, semblaient vouloir partir dans tous les sens à la fois. Il ne prit pas même un café. Sans un regard pour la loge de la gorgone, il s'échappa de l'immeuble et frissonna tout le long du chemin. Cette fois, il le sentait. Paris était belle, Paris était immense. Mais Paris était devenue trop petite pour tous ces flots de sève qui circulaient dans ses jambes. Il avait faim. Faim et soif d'espace. Entre le cinquième et le sixième arrondissement, il tournait en rond. Il perdait son temps.

La bouche amère, Théo alluma une cigarette. Il lui fallait partir. Tout quitter. N'emporter que le nécessaire. Et marcher. Ne plus faire que cela. Marcher, droit devant lui. Il allait devoir abandonner le centre historique, le périphérique, les banlieues. Il ne pouvait plus se contenter de filer d'une avenue à une rue, d'un boulevard à une allée. C'était le lot des cités, bien entendu, que d'être bâties avec des angles et des lignes plus ou moins droites. Mais les immeubles avalaient tout l'espace, dévoraient les lignes d'horizon. Jamais de vastes perspectives ne s'ouvraient devant vous. Alors, vous pouviez marcher, certes. Mais vous ne pouviez le faire qu'à l'économie. Au bout de chaque rue, il y avait un mur. Il fallait choisir d'aller à droite ou à gauche. Ou revenir sur ses pas, en cas d'impasse. En fin de compte, il ne progressait pas et ses pieds, bridés par l'architecture urbaine, ne parvenaient pas à donner libre cours à leur fantaisie. Théo, malgré ses courses de plus en plus longues, se retrouvait, chaque soir, chez lui. C'était réglé. Du papier à musique. Et dans ses pénates, rien, absolument rien, n'avait changé ni ne changerait jamais. Alors, il s'endormait. Rêvait. Croisait parfois son inconnue à l'occasion de ses songes. Se réveillait. Et une nouvelle journée débutait. Il suivait ses pieds dans tout Paris mais, au fond de son âme, il savait dès le premier pas qu'il n'aurait pas d'autre issue, dans sa course, que de revenir couler l'ancre chez lui. Une histoire sans fin.

« Bonjour, monsieur Théo. »

Alors qu'il venait de poser son sac près d'une chaise disposée autour de la fontaine Médicis pour s'y asseoir, Théo cligna des yeux dans le vermeil du matin. À quelques mètres de lui, son barda de peinture dépassant du caddie, l'Anglaise lui souriait, essoufflée par sa marche plus matinale qu'à l'ordinaire. Écarquillant ses carreaux d'un bleu d'azur qui juraient avec le pistache et la fraise écrasée de sa robe à volants, elle demanda : « Je peux me poser un instant avec vous ?

– Je vous en prie. »

Aussitôt, la Chassepot se laissa aller sur l'assise. Dans le mouvement, un parfum de muguet s'échappa de sa tenue. Ravie, elle contempla avec délice le plan d'eau incliné que le vent friselait. Dans les arbres, les passereaux s'en donnaient à cœur joie. Ils sifflaient à tue-tête pour annoncer l'arrivée imminente des grosses vagues de chaleur. Parfois, ils s'indignaient aussi en longs trilles irrités lorsque les piaillements irréguliers des quelques perruches à collier en goguette se faisaient entendre. Ces dernières s'étaient, selon les sources, échappées du Jardin des Plantes, de la cage d'un particulier ou des soutes d'un avion, nul n'aurait pu le dire avec certitude. Quoi qu'il en soit, elles avaient élu domicile ici, libres d'aller et venir. Elles régnaient sur Paris tout en se cachant avec soin, dans les anfractuosités des troncs d'arbres, des regards des curieux.

Sans se tourner vers son voisin, l'Anglaise murmura, un sourire aux lèvres : « Ça va être un beau jour de peinture. Je le sens. »

Théo, les yeux également fixés sur le bassin, demanda : « Vous allez encore peindre votre rose des sables ?

– Et pourquoi pas ?

– Je ne sais pas. Vous n'avez jamais essayé autre chose ?

– Non.

– Vous n'en avez pas envie ?

– Non. Je n'ai jamais été fidèle de ma vie. À rien ni personne. Sauf à moi-même. Et à cette rose des sables… »

Ce disant, elle tira de son sac à rabats frangés une boîte de fer qui, jadis, avait dû contenir des biscuits ou des sucreries. Les quelques mots inscrits en arabe qui figuraient sur le couvercle n'en apprirent pas plus à Théo. En revanche, les éraflures, les creux et les bosses, les parties griffées, écaillées, malmenées par le temps affirmaient que cet écrin avait vu du pays. D'une main appliquée, la Chassepot ouvrit la boîte et en tira un objet enveloppé dans de la laine et du papier de soie. Un à un, elle déplia les bords jusqu'à ce que, enfin, la rose des sables apparût dans la lumière.

D'une voix émerveillée, elle chuchota : « C'est beau, n'est-ce pas ?

– Oui. Mais ça doit être fragile, aussi. Pourquoi vous ne la laissez pas chez vous puisque vous peignez de mémoire ? »

Après un sourire moqueur, la vieille plaisanta : « Et pourquoi pas dans un coffre-fort, tant que nous y sommes ?

– Peut-être pas jusque-là. Mais je me disais que…

– Je sais. Vous vous disiez que ce serait dommage si, tout à coup, à cause d'un mauvais geste, je la lâchais. C'est bien ça ?

– Oui. »

Après avoir haussé ses épaules maigres, comme Anselme le faisait lorsqu'il avait à répondre à une question qui lui paraissait saugrenue, la Chassepot laissa s'écouler de ses lèvres maquillées d'orange un rire nerveux. Puis, sur le ton de la fatalité, elle expliqua : « Si cette rose doit se casser, elle se cassera. Elle sera de nouveau du sable, et rien de plus.

– Ce serait dommage, non ?

– Pour vous, peut-être. Mais pas pour moi. Il faut prendre des risques dans la vie, mon cher jeune homme. Sinon, ça ne sert à rien. Qu'est-ce que vous voudriez que je fasse ? Que je la pose sous un globe de verre incassable et que je la regarde sans jamais la toucher ? Ce serait absurde. Criminel, même. »

À cet instant, l'Anglaise se tourna avec lenteur vers Théo et poursuivit, sur le même ton, calme et posé : « J'ai beaucoup de défauts. La vanité, je le crains, en fait partie. Et c'est peut-être pour ça que je me flatte de prendre, chaque jour, le risque de casser cette rose des sables. Exister, c'est risquer. Sans quoi, on creuse sa tombe, pelletée après pelletée, les yeux fixés sur la terre. Quand on s'arrête enfin, satisfait par le travail accompli, on s'aperçoit qu'on n'a pas bougé d'un mètre. Comme on est fatigué et qu'on a fait un joli trou, là, devant soi, on finit par s'y coucher. Et par mourir. Mais on n'a rien touché de la vie. Et elle ne vous a pas touché non plus. »

Comme elle se levait, satisfaite de ses paroles, et prête à aller installer son chevalet, il lui lança : « Et l'Afrique ? Elle ne vous manque pas ?

– Si, bien sûr. Pas tous les jours, quand même. Mais presque.

– Vous n'avez jamais eu envie d'y retourner ?

– Non. Je n'ai pas le goût du pèlerinage. Ça sent les larmes et les regrets. La naphtaline, quoi. Mon Afrique, je veux la garder comme je m'en souviens. »

Avisant le sac à dos en toile légère qui se ramassait aux pieds de Théo, elle s'amusa : « Et vous ? Vous partez en voyage ?

– Avec ce petit barda ? Non. C'est pour porter des livres chez un bouquiniste du quai Voltaire.

– Ce n'est pas la taille du sac qui fait le voyage. Ce n'est même pas le sac, en fait. Puis, de toute façon, l'essentiel est ailleurs. L'essentiel, c'est d'avoir le courage de partir. Ou l'inconscience. Ça dépend des cas. »

Avant de tirer le chevalet de son caddie, elle ajouta : « Quand on est malheureux, ça ne sert à rien de se plaindre.

– C'est pour moi que vous dites ça ?

– Qui sait ? N'oubliez jamais une chose, jeune homme. Quoi qu'on dise, on ne sera jamais que le résultat de toutes les décisions qu'on a prises, qu'on prend. Ou qu'on va prendre. Se plaindre de l'existence qu'on mène, c'est aussi idiot que de râler parce qu'on n'a pas gagné au loto. Si vous voulez gagner, il faut commencer par jouer… »

❋

« Vous faites la grève, monsieur Guilledoux ?

– Non. Pourquoi ?

– Les livres, ils sont où ?

– Les livres ? Mais vous le savez aussi bien que moi, voyons ! Cela fait des semaines que nous les classons, que nous les rangeons dans des cartons. Il fallait bien que tout cela s'arrêtât un jour. Il y a un temps pour tout, mon jeune ami. Et je suis fatigué de jouer au fils de Danaos. J'ai quand même d'autres choses à faire…

– Alors, vraiment ? Il n'y a plus de livres ? Même dans la cave ? Vous auriez pu me le dire, non ?

– Pourquoi vous énoncer l'évidence ? Vous avez deux yeux, il me semble…

– Oui, mais je…

– Alors, vous auriez dû vous en servir. Aujourd'hui, c'est le dernier jour des Bonheurs d'Antioche. Le rideau va enfin pouvoir se baisser sur une vie entière de labeur. »

Avec une outrance toute théâtrale, Anselme Guilledoux ouvrit ses deux bras. L'espace d'un instant, il fit songer, dans la lumière avare, à un vieil albatros déplumé, un prince des océans blanchi sous le harnais, au moment de son dernier tour de piste. La pièce qui s'allongeait devant lui à la façon d'un couloir étalait désormais, sans la moindre pudeur, sa nudité humide. Aux murs ne demeuraient plus que des étagères vidées, ponctuées çà et là de panonceaux écrits à la main, avec des pleins et des déliés qu'on eût dit tracés à la plume Sergent-Major. *Littérature. Philosophie. Géographie. Histoire. Théâtre.* Dans la rue Galande, ce soir, l'on compterait une librairie de moins. Le grand orchestre de Paris ne se déplacerait pas pour l'occasion. Il n'y aurait aucune oraison. La grille de fer tomberait. Définitive. Pendant quelques semaines ou quelques mois, des courriers et des prospectus seraient encore glissés sous la porte. Puis, une franchise quelconque ou un Chinois récupéreraient les lieux. Le souvenir de Voltaire serait enseveli sous les gobelets en carton recyclable, suintant leur pissat prétentieux. Celui de Diderot s'éteindrait dans des avalanches ininterrompues de jeux de hasard, mais aussi de cibiches, de tiges, de sèches, de sucettes à crevards.

Encore sous le choc, Théo s'avança dans le vide de la pièce et vint se poster devant le secrétaire. Derrière le plateau, comme un gamin ravi d'avoir réussi une mauvaise farce, le libraire souriait en coin. Excédé, Théo grinça : « Ça vous fait marrer ?

– Et pourquoi pas ? Puis, c'est votre étonnement qui m'amuse.

– Grand bien vous fasse.

– Que se passe-t-il, mon jeune ami ? Même si vous ne vous êtes pas aperçu, ces derniers temps, que les cartons se faisaient de plus en plus rares et de moins en moins lourds, vous saviez que cet emploi n'était que provisoire, non ?

– Oui, finit par bougonner Théo, les yeux baissés. Je savais. Je m'étais fait à l'idée, quoi. Mais je croyais qu'il y en avait encore pour quelques jours. »

Durant de longues secondes, l'on n'entendit plus, alors, dans la poitrine des Bonheurs d'Antioche, que le souffle court et sifflant d'Anselme. Bien calé dans son fauteuil, la pipe au coin de la bouche, il ne disait rien, semblant s'accommoder au mieux de la situation. Les jambes encore chaudes d'avoir marché vite, Théo le regardait du coin de l'œil. Sans qu'il pût s'expliquer pourquoi, avec des raisons et des termes simples, il se sentait le dindon de la farce.

Tout en tirant une cigarette de son paquet, il grommela : « Et vous ? Qu'est-ce que vous allez faire ?

– Comment ça ?

– De votre vie ? Vous allez faire quoi ?

– Si je le pouvais, jeune homme, absolument rien.

– Vous n'auriez pas peur de vous ennuyer ?

– Certainement pas. Tout d'abord, je vous rappelle que l'oisiveté prend un temps fou. Pour peu qu'on la pratique de façon sérieuse et assidue, s'entend. Ne rien faire, c'est une occupation à plein temps. Si j'en avais les moyens, soyez bien certain que je m'offrirais ce luxe. Hélas, je ne les ai pas. Et ça n'est pas qu'une vulgaire question d'argent, vous pouvez me croire.

– C'est une question de quoi, alors ? »

Après une grimace gênée, qui relevait davantage de la minauderie d'enfant gâté, le géronte expliqua : « Parce que l'oisiveté est chronophage, comme je viens de vous le dire. Et, justement, je n'ai plus beaucoup de temps devant moi. *Vulnerant omnes, ultima necat**. Encore une histoire de montres suisses que monsieur

* « Toutes blessent, la dernière tue. » Phrase que l'on trouve en général sur les horloges ou les cadrans solaires.

Muraire aurait adorée, si vous préférez. Je manque de temps, donc. Puis, j'ai des affaires sérieuses à mettre en ordre, de celles qui ne peuvent pas attendre.

– Pour l'héritage ?

– Diantre ! Vous m'enterrez déjà ? Le temps me fuit, mais vous allez vite en besogne !

– Ce n'est pas ce que j'ai voulu dire, mais je…

– Remarquez bien que c'est naturel de penser à ça. Mais non. De ce côté-là, tout est en ordre. C'est d'ailleurs d'une simplicité absolue puisque je n'ai pas d'héritier. Les notaires feront leur métier. Ils retrouveront peut-être des ayants-droit qui verront tomber dans leurs escarcelles de l'argent dont ils ignoraient l'existence. Et je dois vous avouer que l'idée de jouer au Père Noël, depuis l'au-delà, ne me déplaît pas. »

Avisant l'incompréhension sur le visage de son commis, le vieil homme prit le temps de toussoter, avant de reprendre le fil : « Je vous aurais volontiers légué les Bonheurs d'Antioche, remarquez. C'était une possibilité séduisante, et j'avoue que j'y ai pensé.

– Je ne vous ai pas dit ça pour ça ! se défendit Théo.

– Je le sais. Je vous connais. Mais je connais aussi les hommes. Et vous me surprendriez au-delà du dicible si vous m'affirmiez, là, maintenant, que vous n'avez jamais songé à cette éventualité funèbre. »

Comme Théo se taisait, l'aveugle développa : « L'argent, croyez-moi, ne vaut pas grand-chose. Que feriez-vous, avec ces quatre murs ? Rien de bon. Mettons que vous gagneriez peut-être de l'argent en revendant des mochetés pour les touristes ou en débitant de la pizza surgelée au kilomètre. Mais à quoi utiliseriez-vous votre richesse, d'ailleurs toute relative ? Vous flamberiez ? Vous rouleriez carrosse comme tous ces imbéciles qui confondent les priorités et qui mélangent allègrement le verbe avoir avec le verbe être ? L'argent n'achète que des illusions. Illusion d'amour, illusion d'amitié, illusion de famille soudée autour du sac d'os en attendant qu'il crève.

– Vous exagérez !

– Même pas. D'ailleurs, vous en êtes l'exemple parfait. Si votre belle-mère à roulettes n'était pas la seule garante de votre loyer de 1948, comme vous me l'avez expliqué, n'y a-t-il pas beau temps déjà que vous ou votre épouse l'auriez mise au rencard ?

– Oh !

– Et ne venez pas jouer les pucelles effarouchées. L'argent est un faux ami. Lorsque l'on en brasse, l'on en veut toujours plus. C'est comme une maladie qui vous brûle le cœur. Quand on en manque, l'on devient incapable de réfléchir, l'on crève de trouille à la seule idée que les huissiers débarquent chez soi. Les Bonheurs d'Antioche feront donc le malheur d'un autre que vous. Et je ne vous demande pas de me remercier. Je le fais de très bon cœur. »

Préférant ne pas répondre, Théo fila dans le coin cuisine afin de préparer le café. Pendant que, dans des hoquets geignards et de brusques souffles de vapeur bouillante, la cafetière semblait sur le point de rendre l'âme, Anselme Guilledoux chevrota, haussant un peu la voix pour se faire entendre : « Vous ne serez pas le malheureux propriétaire des Bonheurs d'Antioche, c'est une affaire classée. En revanche, cela ne signifie pas que j'ai résolu de me passer de vos services. Si vous êtes toujours disponible et si vous en éprouvez le désir, cela va de soi… »

À ces mots, Théo s'immobilisa face à l'évier crasseux et tendit l'oreille.

« Vous êtes encore jeune. Vous avez vos deux yeux, vos deux jambes, vos deux pieds. Et une intelligence qui se hausse de plus en plus au niveau de la moyenne, je vous en fais mon compliment.

Enfin, vous êtes là et je crois que nous avons fini par nous apprivoiser. De toute façon, je dois faire avec ce que j'ai sous la main.

– C'est trop gentil !

– Je vous en prie. Puis, j'aime votre histoire d'inconnue. Et je ne veux pas aller grignoter les pissenlits par la racine avant de connaître le dénouement de cette romance sans parole. Ce serait comme quitter un banquet avant le digestif qui clôt les festivités. Cela peut se faire, mais ça manque cruellement d'élégance. Vous me suivez ?

– J'essaie…

– Bien. Je vais donc continuer à vous rémunérer. Chaque semaine, je vous paierai afin que vous poursuiviez vos courses dans Paris. Dans Paris, et ailleurs. Le monde est vaste. Et ne vous inquiétez de rien : tous vos frais seront à ma charge. »

La main de Théo se crispa sur le paquet de sucre. Incapable de se faire une opinion sur les intentions de l'aveugle – s'agissait-il d'une nouvelle lubie ? Était-ce, au contraire, une proposition sérieuse ? –, il passa la tête par l'entrebâillement du réduit. Anselme, toujours derrière son secrétaire débarrassé de ses livres, affichait la mine la plus sereine du monde. Sur le même ton appliqué, celui-ci enchaîna : « Vous irez où bon vous semblera. Au petit bonheur la chance, comme l'on disait autrefois. Et sans livre à porter, je vous en fais la promesse. Comme à votre habitude, vous n'aurez qu'à suivre vos pieds. De mon côté, j'établirai un virement hebdomadaire sur le compte que vous aurez la gentillesse de m'indiquer.

– On ne donne pas de l'argent pour rien, comme ça, monsieur Guilledoux.

– Comment ça, pour rien ? Vous ne m'avez donc pas écouté ?

– Qu'est-ce que j'aurai à faire ? Je veux dire : vraiment ?

– Mais rien, vous dis-je. Rien d'autre que marcher. Et, si nos discussions vous manquent, vous passerez chez moi, au-dessus. Alors, autour d'un café qui n'aura aucune difficulté à être meilleur que celui que vous nous préparez, vous me raconterez le monde tel qu'il est.

– Gagner de l'argent sans travailler, juste en me promenant ? Je ne sais pas trop. Il faut que j'y réfléchisse. En fait, j'aurais l'impression de vous voler. Je n'ai jamais demandé la charité à qui que ce soit. »

En écho à la tempête de klaxons qui se déchaîna soudain dans la rue, le vieux renâcleur s'emporta : « Vous êtes fatigant, avec votre manie d'inverser les rôles ! S'il y a un mendiant dans cette proposition, c'est bien moi ! Je vous supplie presque de parcourir le monde à ma place et de m'en rapporter des fragments. D'être le spectateur privilégié de votre histoire d'amour ! Ce que je vous demande n'est donc ni un travail ni une peine. C'est un service que j'aimerais que vous me rendiez.

– Et pourquoi vous feriez ça ? »

Dans la rue Galande, le vacarme cessa soudain, remplacé par les crachotements de la cafetière qui rendait son dernier jus. Au milieu d'un nuage de fumée que venait de lâcher sa pipe, Anselme Guilledoux se contenta d'un : « Ça, c'est mon problème. Et c'est même ma solution. » In petto, il murmura ainsi : « Mais je lui dirai. Un jour, je lui dirai. Si je trouve les mots… »

# ✹ SEIZE

Nul ne sut jamais avec exactitude ce que devint Théophraste Sentiero après qu'il eut refermé derrière lui la porte vitrée des Bonheurs d'Antioche. Des bruits circulèrent. L'on émit des hypothèses, pour certaines crédibles, pour d'autres absolument absurdes.

Les derniers qui l'aperçurent jurèrent l'avoir vu sur le pont Neuf, où il prit le temps de fumer une cigarette et d'emmerder voluptueusement tous les touristes et les badauds qui le regardèrent d'un œil brillant de réprobation. Lui, à cet instant précis, était sans doute déjà ailleurs. Peut-être même que dans son crâne résonnaient les derniers mots prononcés à son endroit par Anselme Guilledoux : « J'ai eu une inconnue, moi aussi. Elle n'était peut-être pas aussi parfaite ni aussi belle que la vôtre. Cela, je ne le saurai jamais et vous non plus. Mais elle m'a fait marcher, tout comme vous. Et, tout comme vous, je n'ai jamais eu le courage de lui parler. La peur, sans doute. Pas d'elle, non. Mais de la différence cruelle qui pouvait exister entre ce que j'imaginais de cette jeune sylphide et ce qu'elle était réellement. Que voulez-vous ? Certaines femmes ne se hissent jamais à la hauteur de l'amour qu'elles ont su inspirer. Elles n'en sont tout simplement pas capables. Et c'est très exactement en cela que ce sont des meurtrières.

– Pourquoi ne lui avez-vous pas parlé ? s'était étonné Théo.

– La peur, jeune homme. La peur que nous éprouvons, vous et moi, nous qui aimons sans savoir même si nous serons aimés en retour. Si l'on ne veut pas souffrir, croyez-moi, il ne faut ni aimer, ni désirer. Mais à quoi rimerait l'existence si nous n'aimions pas ? Pour ce qui n'est que de moi, je ne saurai jamais si mon inconnue était ma femme idéale, ma parfaite moitié. Elle est passée. J'en ai rêvé. J'en rêve encore, parfois. Mais j'ignorerai, jusqu'à mon dernier souffle, ce que cachait cette sylphide. Elle aurait peut-être fait mon malheur. Et quoi ? Puisque toutes les autres n'avaient pas réussi à faire mon bonheur, je me serais peut-être contenté du malheur que m'offrait celle-là. Aujourd'hui, j'ignore ce qu'elle est devenue. Elle s'est sans doute mariée avec un avocat, un dentiste, un commissaire aux comptes. Elle m'a sans doute oublié. Quoique…

– C'est une histoire triste.

– Foutaises de foutaises ! C'est le passé et rien de plus. Avec cet amour qui me bloquait la poitrine, j'étais aussi déchirant que pathétique, j'en suis conscient. Mais que voulez-vous ? Il faut parfois accepter de s'asseoir sur le respect que l'on se porte à soi-même si l'on veut aimer aussi fort. Vous, en revanche, vous n'en êtes pas encore là. Et vous tenez toujours votre destin entre vos mains. C'est pour cela que vous devez marcher, sans jamais vous arrêter. « Quand tu aimes, il faut partir* ! » Et dites-vous bien, comme le balançait Audiard, qu'un intellectuel assis va toujours moins loin qu'un con qui marche.

– Trop aimable…

* « Tu es plus belle que le ciel et la mer », *Feuilles de route*, Blaise Cendrars, 1924.

– Je vous en prie. Il y a des millions de personnes dans Paris, et des milliards de femmes et d'hommes de par le monde. Alors, qu'attendez-vous, foutredieu ? Avancez vers votre fortune, votre fatum, votre fatalité. Votre futur ne sera que ce que vous en aurez fait. Mais attention, tout de même. Cette quête ne vous garantit rien. Ni que vous croiserez de nouveau votre inconnue, ni que vous oserez lui adresser la parole, ni que cet objet de votre désir répondra à vos espérances. Peut-être que vous ne serrerez jamais contre vous sa gorge chaude et parfumée. Si tel est le cas, vous n'aurez pas le droit de vous lamenter. Votre seule consolation sera de vous dire que, tout bien considéré, cela n'aura été qu'un mal pour un bien. Parce que, en lieu et place de caresses et de serments, il vous restera le rêve de cette insaisissable créature. Et ce rêve, croyez-en ma vieille expérience, se révèle souvent plus beau que la réalité. Mon inconnue ressemblait, au gré des jours, à une Tzigane d'opérette, à une Tunisienne danseuse du ventre entourée de falbalas improbables, à une bourgeoise stricte et triste. Elle venait d'Europe de l'Est, de Kairouan ou de Bizerte. De Maubeuge, peut-être. La vôtre écoute du violoncelle, flotte plus qu'elle ne marche, et chacun de ses yeux voit le monde à sa façon. La mienne demeurera telle que je viens de vous la décrire. La vôtre, qui sait ? Lorsque vous en aurez assez des caprices de ces rues qui se coupent à angles droits, ne désespérez pas. Attrapez, dès que vous le pourrez, une ligne d'horizon. Marchez vers elle. Lorsque vous l'aurez atteinte, et si votre quête est encore infructueuse, choisissez-en une autre. Et n'ayez de cesse de recommencer. Quant à moi, je vous attendrai. Et vous me direz le monde, non pas tel qu'il est, mais tel que vous, vous le voyez. Voilà qui sera propre à alimenter mes rêves. »

Oui, c'est certainement ces mots que Théophraste Sentiero se répétait, accoudé à l'une des rambardes du pont Neuf.

Quant à ce qu'il advint des autres, leur vie se déroula sans encombre. Le non-retour de Théo rue de l'Estrapade ne fit pas plus de bruit que la fermeture des Bonheurs d'Antioche, rue Galande. Au numéro 12, l'immeuble bruissa bien de cancans, de racontars, de clabaudages. Puis, comme les journaux n'annoncèrent ni suicide ni mort suspecte, l'on oublia l'affaire. Théophraste Sentiero avait quitté le domicile conjugal. Cécile endossa donc avec dignité le costume amer de la femme abandonnée. Elle veilla sur l'éducation de ses enfants avec une vigilance redoublée. Dans les escaliers, chacun se mit à la saluer avec déférence, ajoutant au besoin une pointe d'admiration non feinte pour le courage dont elle faisait preuve pour affronter le départ inexpliqué de son mari. Elle était la victime. Il était le coupable.

Madame Chevillard, à dater de ce jour, ne fut plus jamais appelée la Mère Tapedur. Après avoir pleuré la perte de Patte Rouge, elle jeta son dévolu sur d'autres pigeons – tous munis de leurs deux pattes – et continua à mettre les poubelles au garde-à-vous, dans la cour intérieure de l'immeuble. Jusqu'à la fin de son existence, elle s'entêta à martyriser les moineaux et les étourneaux à l'aide de son balai. Son univers se résumant aux quatorze mètres carrés de la courette, elle y régna en despote absolue jusqu'à ce qu'elle dût en sortir, les pieds devant et la trogne violacée, plus congestionnée que jamais. Rupture d'anévrisme. Ou sage décision du Tout-Puissant. Chacun put s'arranger à son idée.

Les orphelins du Gay-Lu, eux, poursuivirent leur lente descente, sans se presser le moins du monde. La Guigne continua à vivre des minima sociaux et à insulter, en bouquets fleuris, tous les gouvernements qui se succédèrent à la tête de l'État. Petit Pois, lui, se mit à l'espagnol dans le but de renouer avec son perroquet.

Il ne dépassa hélas jamais la leçon numéro deux, se révélant incapable de prononcer correctement la traîtresse fricative vélaire que constituait la *jota*. Il essaya, pourtant. Mais à chaque tentative, sa gorge le brûlait comme après avoir tiré trop fort sur une Boyard papier maïs sans filtre. Cothurne, ainsi qu'il fallait s'y attendre, ne coucha jamais sur le papier le premier mot de sa nouvelle version de la Bible. Officiellement, il justifia son renoncement par le fait que les droits de l'ouvrage original devaient être protégés et qu'il ne se sentait pas de force, à son âge, pour entamer un procès avec l'Église. Saoul, il changeait de version. Le Vatican, ulcéré par son projet, lui avait envoyé de mystérieux émissaires. S'il persistait dans son entreprise, il finirait au bout de l'une des hallebardes des gardes suisses, et son meurtre serait maquillé afin que l'on crût à un accident. Lorsque l'on se hasardait à l'interroger sur la nature de cet accident, il posait un index tremblant sur ses lèvres et déviait le sujet de conversation. Pour Gégène, aucune évolution ne fut, là encore, à porter à son compte. Huit fois père sans qu'un seul de ses enfants ne fût de son sang, il biberonna du soir au matin, sans discontinuer, et ce, sans créer le moindre trouble à l'ordre public. À l'inverse, son foie finit par prendre des rotondités et un volume dignes de ceux d'un ballon de rugby. Au seuil de la mort, il eut juste le temps de se dire qu'il n'avait rien entendu au monde, pas plus qu'à sa propre existence. Mais il avait accompli le plus dur et il pouvait donc, sans rougir, tirer sa révérence. Séfanaze, toujours ashkénaze par sa mère et séfarade par son père, refusa avec l'obstination des désespérés de choisir entre l'une ou l'autre de ces deux communautés. Il continua à porter sa kippa en cheveux et à maudire, avec la même fureur, les antisémites comme les sémites ultrareligieux.

Madame Jouve, elle, ne put faire autrement que de s'installer en Alsace, dans une petite bourgade portant le nom de Barr. Elle y demeura un mois. Pressée par ses amours avec le portefaix de la maison Vermorel & Cie, tenaillée par le manque de Paris, fatiguée par trop de cigognes et de flammekueche, elle revint poser ses seins énormes et sa grande gueule de bistrotière en retraite, rue Poliveau. Son céladon déménageur lui trouva un deux-pièces sur le même palier que lui – et ne s'inquiéta pas que son épouse légitime et leurs enfants croisassent son amante dans les escaliers. Les deux femmes, comme il se doit, se détestèrent au premier coup d'œil. Elles finirent néanmoins par s'apprivoiser l'une l'autre. Trouvant dans le même homme un amant pour l'une, un mari pour l'autre, elles prirent leur parti de cette aubaine et se moquèrent comme de leurs premières chemises de tous les ragots qui se mirent à fleurir aux bouches des voisins outrés.

Concernant la grande Gisèle, les choses ne furent pas moins cocasses. Peu après la disparition de Théo, elle se sentit prise de vertiges qui, dès lors, et sous forme de poussées imprévisibles, ne la laissèrent plus en paix. Un soir où elle se recueillait avec dévotion dans un appartement cossu abritant la dépouille d'un parfait inconnu, ces vertiges se firent plus violents qu'à l'ordinaire. Elle flageola sur ses jambes grêles. Elle vacilla, s'accrocha au linceul et finit par s'écrouler sur le mort, à même le cercueil, s'emboîtant parfaitement avec le macchabée qui, toute sa vie durant, avait milité dans les rangs de la Fraternité sacerdotale saint Pie V. Les ongles de la grande bringue s'étant profondément incrustés dans la chair froide du défunt, les assistants de la veillée funèbre eurent toutes les peines du monde à séparer le vice de la vertu.

Le mendiant cul-de-jatte du parvis de Saint-Sulpice mit, pour sa part, un temps infini à mourir. Ce ne fut pas faute d'y mettre du sien, mais il dut se rendre à l'évidence: la mort ne voulait pas de lui. Il hanta donc les escaliers de l'église, ne s'interrompant dans ses lamentations que pour voir si, sur le coup de six ou sept heures du soir, il n'apercevait pas Théo. Il l'attendit, et ne perdit jamais espoir de le recroiser. Il avait en effet trouvé en quoi il se métamorphoserait lors de sa vie suivante. Mais il n'eut pas l'occasion de le lui dire, emporté qu'il fut par une mauvaise grippe.

L'Anglaise, enfin, peignit encore des centaines et des centaines de roses des sables. Toutes identiques. Toutes différentes.

Quant à Théophraste Sentiero, il marcha. Sans jamais cesser de fredonner des mélodies de Nino Rota. Certaines et certains, parmi les personnalités précédemment citées, jurèrent que le bonhomme avait mis le cap au sud, vers le soleil. On l'envoya sur le chemin de Compostelle, dans le désert du Sinaï, sur l'argentine place de Mai, mais aussi dans la région indienne d'Ahmedabad*. On fit de lui un chercheur d'or, du côté de Maripasoula et de Papaïchton. On lui prêta le titre de seigneur du désert, qualité qu'il aurait acquise dans le canyon de Midès. À chaque retour de vacances, c'était à qui rapporterait sur le compte de Théo l'histoire la plus rocambolesque. On l'aurait ainsi aperçu à Lisbonne, à la terrasse du café A Brasileirinha, en train de faire la manche. Ou au Cap-Vert. En Angola. Des esprits plus raisonnables finirent par faire courir le bruit qu'il se cachait en fait chez Anselme Guilledoux et qu'il ne quittait l'appartement qu'à la nuit tombée. Ayant repris du service sous les ordres du vétilleux Gustave Vermillon, il n'aurait cependant plus supporté de repêcher des vélos et des trottinettes électriques dans les flots tourmentés de la Seine et aurait trouvé à s'engager comme piqueur de canaux souterrains, dans les sous-sols parisiens.

---

* Point de départ de la Marche du sel de Gandhi, le 12 mars 1930. Ce parcours s'étendit sur 386 kilomètres et trouva son terme, le 6 avril, au bord de l'océan Indien.

Bref.

Chacun se fit son idée et l'on oublia, au fil du temps, jusqu'à l'existence de Théophraste Sentiero. Seul, Anselme Guilledoux sut la vie que Théo finit par se choisir. Il fut aussi le seul à savoir s'il rencontra, enfin, son inconnue. S'il osa lui parler. S'ils s'aimèrent ou si la belle se révéla bête, bête à manger du foin. Mais le vieux libraire emporta ce secret dans sa tombe. Lorsque ses voisins découvrirent son corps inerte, ce dernier était dans son fauteuil. Un sourire malicieux éclairait encore son visage. Sur son cœur, il serrait une carte postale envoyée par Théo.

Au dos de celle-ci, deux mots étaient inscrits : « Je marche. »

Conception graphique
Anne-Marie Bourgeois/m87design

Achevé d'imprimer
sur Roto-Page
par l'Imprimerie Floch
à Mayenne,
en janvier 2021.

Dépôt légal
février 2021
Numéro d'imprimeur
97491

Édition n° 1